8클래스 마법사의 회귀

WISHBOOKS FANTASY STORY

류송 판타지 장편소설

8클래스 마법사의 회귀 6

류송 판타지 장편소설

초판 1쇄 찍은 날 | 2017년 9월 4일
초판 1쇄 펴낸 날 | 2017년 9월 11일

지은이 | 류송
펴낸이 | 예경원

기획 | 위시북스
편집책임 | 이규재
편집 | 이즈플러스

펴낸곳 | 예원북스
등록번호 | 제396-2012-000132호
등록일자 | 2012. 7. 25
KFN | 제1-147호

주소 | 경기도 고양시 일산동구 호수로 646-24 위너스21 II 빌딩 206A호 (우)10401
전화 | 031-819-9431 팩스 | 031-817-9432
E-mail | yewonbooks@naver.com

ISBN 979-11-6098-439-2 04810
979-11-6098-168-1 (set)

※ 이 도서의 국립중앙도서관 출판시도서목록(CIP)은 서지정보유통지원시스템 홈페이지(http:seoji.nl.go.kr)와 국가자료공동목록시스템(http:www.nl.go.krkolisnet)에서 이용하실 수 있습니다.

8클래스 마법사의 회귀

6

류송 판타지 장편소설

WISHBOOKS FANTASY STORY

Wish Books

8클래스 마법사의 회귀

CONTENTS

1장
상아탑 의회

"들어오십시오."

상아탑 회의장에 모인 10인의 고위 마법사. 그중 제법 젊은 편에 속하는 '알버트'가 바깥을 향해 읊조렸다. 의회의 첫 번째 순서는 재판, 불법적인 마법 전수자이자 제국의 공주 '하이리 그린리버'에 대한 마법재판이었다.

"이쪽으로."

상아탑은 국법 처리기관이 아니다. 그 어떤 심문도, 포박도, 까다로운 절차 또한 없다. 그저 고위 마법사들의 합동 심문마법으로 거짓과 참만 가려낼 뿐이다.

"마마께서는 가운데에 앉아주시고, 이번 사안과 관련된 나머지 분들은 저 뒤편 의자에 모두 착석해 주시면 됩니다."

알버트의 안내에 따라 공주 하이리, 그리고 그녀에게 불법적인 마법 지도를 행했던 황궁 마법사 케빈, 공주의 친구나 다름없는 하녀들까지 전원 배정된 자리에 착석했다.

"좋습니다. 그럼 이제……."

"잠시."

알버트의 말을 끊어낸 이안, 그가 자리에서 일어났다. 그러더니 케빈과 하녀들의 곁으로 걸어가 앉았다. 모두가 이해할 수 없는 가운데, 이안이 건조한 목소리로 말했다.

"저도 공주마마의 혐의와 관련이 있습니다. 그런 제가 재판을 진행할 순 없겠죠. 로난 님과 데커드 님께서 대신 진행해 주십시오."

갑작스런 이안의 고백.

고위 마법사 로난이 물었다.

"그, 그게 갑자기 무슨 말씀이십니까?"

"마마께 마법을 전수해 준 혐의가 있다는 얘깁니다."

뜬금없는 얘기에 고위 마법사들의 안색이 어두워졌다. 전후 사정이야 들어봐야 알겠다만, 이미 그 자체로 당혹스러운 상황이었으니까. 간단히 요약하자면 이런 상황인 거다.

'우리더러 상아탑주를 재판하라고?'

평범한 상아탑주여도 어렵다.

하물며 이안 페이지를 재판하라고?

인간임이 의심되는 경지의 마법사, 백색의 용까지 타고 다니는 존재.

그런 존재를 앞에 두고 재판?

제대로 판결이나 내릴 수 있을까?

심지어 재판의 방식도 문제였다. 심문마법 자체가 통하지 않을 터. 이안이라면 파훼하고도 남을 테니까.

'알고 저러는 거야? 모르고 저러는 거야?'

고위 마법사들은 궁금할 따름이었다. 눈앞에 저 어린 상아 탑주가 정말 몰라서 이러는 건지, 아니면 아는 데도 이렇게 나오는 건지. 단순히 나이로만 봤을 때는 전자에 해당하겠으나, 지금까지의 여러 행보로 미루어보자면 후자일 것도 같았다.

"크흠!"

고위 마법사들의 분위기를 살폈던 데커드, 그가 노쇠한 목청을 가다듬으며 환기시켰다. 그는 상아탑의 가장 큰 선배이자 연장자였다. 이럴 때일수록 자신이 나서줘야만 했다.

"탑주님. 아시다시피 상아탑의 재판은 전적으로 고위 마법사들의 합동 심문마법에 의지하는 구조가 아니겠습니까."

"그렇게 알고 있습니다."

"하나 탑주께서는 다르십니다. 이 늙은이도 잘은 알지 못하지만, 심문마법 정도야 가볍게 무력화시킬 역량이 충분하실 거라고 짐작됩니다. 아, 물론 탑주께서 심문마법을 의도적으로 조작할 거란 얘기는 아닙니다."

물론 나이가 많다고 겁이 나지 않는 것은 아니었다. 통상적인 수준의 상아탑주라면 모를까, 상대는 그 이안 페이지 아니겠는가?

그럼에도 꾹 참으며 말문을 이어갔다. 데커드는 나이를 허투루 먹지도, 그 기나긴 세월을 허투루 보내지도 않았다.

"무슨 뜻인지 알겠습니다. 제가 미처 거기까지 고려하지는 못했군요. 까마득한 후배로서 깊이 새기도록 하겠습니다."

이안이 예를 차리며 대답했다. 전생이나 이번 생이나 데커드는 모든 마법사의 모범과도 같은 존재였다. 대단한 인격자까진 아니었지만, 충분히 존중받을 만한 어르신이었다.

"말씀하신 합동 심문마법 파훼, 확실히 가능할 것 같습니다. 물론 그럴 생각은 추호도 없습니다만, 증명할 방법 역시 없는 것 같군요. 으음, 이를 어찌하면 좋을지……."

이안이 턱을 쓰다듬으며 고민했다.

어쩌면 고민하는 척일지도 모르겠다.

"일단 자초지종부터 듣는 것이 순서 아니겠습니까?"

그때 고위 마법사 로난이 나섰다.

평범한 딸랑거림은 아니었다.

"탑주께서 본인의 혐의를 인정하셨습니다. 적어도 그 사실을 완전히 은폐하고자 하시지는 않았단 얘기죠. 물론 재판이니만큼 여러 가능성을 염두에 둘 수 있겠으나, 인정하신 혐의에 대한 설명의 기회를 먼저 드리는 것이 옳다고 봅니다."

로난의 말에 제법 설득력이 있었다.

나머지 고위 마법사들도 끄덕거렸다.

"모두 동의하신다면……."

이번에도 분위기를 읽어낸 데커드.

그가 재판을 계속 진행하기 시작했다.

"탑주께서는 스스로 인정하신 혐의에 관한 배경을 설명해 주십시오. 어떠한 까닭으로 공주마마의 마법 지도를 도왔는지, 그와 관련된 모든 것을 설명해 주시길 바랍니다."

이안이 두 눈을 지그시 감았다.

그는 거짓을 말할 생각이 없었다.

단지 사실 중 일부만 얘기할 뿐. 어째서 나섰느냐고? 간단했다. 공주를 보호하기 위해서였다.

'갚을 건 갚아야겠지.'

공주는 이안의 가족을 도왔다. 용아병들이 쳐들어왔던 그 난리 속에서 올리버와 함께 가족들을 구해줬다. 또한 마지막까지 책임지기도 했다. 그에 대한 보답 중 하나였다.

'이참에 내 양심 고백도 좀 하고.'

또한 일종의 자기 위안이기도 했다. 일전에 언급했듯, 이안은 불법적인 마법 전수와 그로 인한 마법사 양성을 엄격히 통제해야 한다는 입장이었다. 지금도 그 신념은 마찬가지였다.

한데 스스로 신념에 맞지 않는 행위를 일삼았다. 제아무리 이유가 있다 한들, 가치관을 통째로 부정해 버린 상황 아니겠는가? 바로 그 찝찝함을 털어내고 싶었다.

"저는."

이안의 감겼던 눈이 열렸다.

동시에 말문도 열리기 시작했다.

"마마께서 마법사란 사실을 7년 전부터 알고 있었습니다. 물론 당시에는 황궁에서 우연히 목격했던지라, 저만 알고 있었죠. 그때부터 거의 5년을 까맣게 잊고 지냈습니다."

돌심장 버섯에 관한 얘기는 뺐다.

선택의 여지가 없는 각색이리라.

"그러던 중, 5황자의 황제 폐하 암살시도 사건 때 말씀드린 바가 있습니다만, 저는 상아탑주 허버트의 처형 이후, 5

황자 곁에 새로 득세한 자들을 조사했었습니다. 폐하의 호위 기사였던 덤필 모릿, 황성 귀족 오번 파커가 그 핵심이었죠. 그자들을 조사하는 과정에서 공주마마의 신분이 필요했습니다. 마법사의 신분으로는 귀족사회에 제대로 스며들기가 어려웠으니까요."

드래고니안과 관련된 얘기 역시 빠졌다.

"마침 저에게는 마법이란 미끼가 있었고, 그 마법을 협조의 대가로 지급했습니다. 상아탑 전체에 공개한 새로운 호흡법부터 몇 가지 약소한 노하우까지. 그리 대단한 것들은 아닙니다만, 불법적인 마법 전수가 있었음은 사실입니다."

이안의 발언이 끝났다.

결코 거짓은 한 점 없는 내용, 하지만 실제와 조금은 다른 내용.

찰나의 침묵이 회의장에 맴돌았다.

"공주마마께 질문을 올리겠습니다."

데커드의 목소리가 적막함을 걷어냈다.

그는 공주 하이리 그린리버에게 말했다.

"지금 탑주님께서 하신 말씀이 사실인지요?"

"……그렇습니다."

공주 역시 거짓을 말하는 게 아니었다. 그녀 또한 이안이 돌심장 버섯을, 드래고니안을 쫓았단 사실은 몰랐으니까. 지금 이안의 발언은 곧 공주가 알고 있는 전부이기도 했다.

"정확히 어떤 일을 도우셨는지요?"

"황성귀족 오번 파커가 주최하는 비밀 경매, 그 자리에 구매

자로 참가해 달라는 부탁이었습니다. 부탁대로 경매에 참가했고, 이후 보답으로 호흡법과 몇 가지 조언을 받았습니다."

공주의 말이 사실임을 고위 마법사들도 알 수 있었다. 그들이 펼친 합동 심문마법으로부터 아무런 반응이 돌아오지 않았으니까. 물론 바로 옆에 이안이 있긴 했으나, 굳이 조작의 경우를 문제 삼진 않았다. 엄연히 죄를 인정하는 상황 아니겠는가?

"좋습니다. 계속 질문을 드리도록 하겠습니다."

이후부터는 재판 본래의 취지 그대로였다. 거의 모든 질문이 공주에게 향했다. 공주 역시 성의껏 대답했다. 마법사임을 숨기게 된 배경과 이유, 방법까지 전부. 실로 상당한 시간이 흘렀고, 드디어 끝날 기미가 보이기 시작했다.

"마지막으로 공주마마께 발언권을 드리겠습니다. 지금 하시고 싶은 말씀이 있으시다면 자유롭게 해주십시오."

마지막 자유발언의 기회.

공주 하이리가 주변을 둘러봤다.

덤덤한 표정의 황궁 마법사 케빈.

겁에 질려 떨고 있는 하녀들까지.

공주가 마음먹은 듯 입술을 뗐다.

"……저는 엄격하게 금지된 국법을 어긴 죄인입니다. 어떠한 벌이든 달게 받을 준비가 되어있습니다. 그렇지 않았다면 끝까지 나서지도 않았을 테니까요. 황족이라는 신분으로 받는 어떠한 특혜도 바라지 않습니다. 제국과 상아탑의 규정대로 처리해 주시길 부탁하겠습니다. 다만."

덤덤한 어조로 말했던 공주 하이리.

그녀가 말미에 한마디를 더 붙였다.

"제가 마법사란 사실을 알면서도 숨겨주신 분들. 여기 계신 케빈 님과 하녀들은 아무런 죄가 없습니다. 단지 황족이란 신분 아래 강압적으로 짓눌렸을 뿐이지요. 제 명령을 따르지 않았다면 목이 달아났을 테니까요. 부디 그 특수한 상황을 참작하시어 모든 죄를 저에게만 적용해 주시기를, 상아탑의 모든 마법사 여러분께 간곡히 청하겠습니다."

그녀의 마지막 발언은 주변의 보호였다. 그 발언에 마법사 케빈도, 친구나 마찬가지인 하녀들도 당황했다. 실로 고마운 얘기였지만 사실은 달랐다. 그들은 단 한 번도 강압적인 명령을 받아본 바가 없었다. 물론 처음에야 알게 모르게 작용하긴 했으나, 이후부터는 자발적인 침묵이나 마찬가지였다.

"고, 공주마마! 저희는……!"

"그만, 발언권은 오직 마마께만 있소이다."

"……."

다른 이들의 잡음을 끊어버린 데커드. 그가 노회한 눈으로 이안을 바라봤다. 가만히 넘어갔어도 되었을 사안이다. 한데 상아탑주 이안은 굳이 나섰다.

이유가 뭘까? 단순한 양심의 문제?

아무래 생각해도 그건 아니었다. 데커드의 눈치와 감으로는 그랬다.

'과한 처분을 원치 않으시는 건가?'

어떻게 생각해 본들 똑같았다. 결론은 그 부근에만 머물렀다.

데커드가 조용히 고개를 돌렸다.

현 상아탑에서 가장 가까운 동료. 눈치가 빠르고 시류를 잘 타는 자.

로난의 표정을 읽어보고 싶었다.

"……."

데커드와 로난의 눈빛이 맞닿았다. 로난은 조용히 고개를 끄덕여줬다.

로난 역시 똑같은 생각이었다.

'그런가.'

데커드는 이제야 확신했다. 상아탑주는 자신이 나섬으로써 재판의 흐름이 어떻게 달라질지를 정확히 알고 있었다. 역시 그는 마법적 재능만 타고난 어린 상아탑주가 아니었던 거다. 자신의 위치를 활용할 줄 아는, 나쁘게 말하자면 영악하며, 좋게 말하자면 영리한 청년임이 확실했다.

'오히려 그편이 더 낫겠지.'

갓난아기가 쥔 날카로운 칼자루보다야.

똑똑한 자가 쥔 칼자루가 더 안전하다.

적어도 데커드의 판단은 그러했다.

"본래 상아탑주께서 의회의 의견을 규합한 뒤, 최종적으로 판결을 내리심이 옳으나, 지금은 탑주 본인께서 연루된 상황이므로 제가 판결을 고하도록 하겠습니다."

고위 마법사들과 의견을 나눈 데커드.

그가 결정된 판결문을 읊조리기 시작했다.

"불법적인 마법 전수 및 마법사 양성은 중죄에 해당하는 사안, 하나 몇 가지 상황의 특수함을 고려하고자 한다. 첫째로 당시 공주 하이리 그린리버가 경계했던 상아탑의 통수권자는 허버트 레온이란 자로, 황제 폐하를 시해하고자 했던 5황자 라그나르 그린리버의 심복이자 간악한 흑마법의 노예였으니, 그 경계는 결과적으로 타당했다."

첫 번째 특수함, 그것은 당시의 상아탑이다. 공주는 오라비인 황태자를 지키겠다는 일념 하에 상아탑을 경계했다. 결과적으로 그 경계는 옳은 것이었다.

"둘째로, 공주 하이리는 숨겨왔던 마법사로서의 힘으로 하여금 어떠한 이득도 취한 바가 확인되지 않았다. 오직 백성들을 보호하고자 오랜 비밀을 공개했으며, 그것이 처음이자 마지막이었다. 차후 또 다른 사실이 밝혀지는 경우를 제외한다면, 개인적인 욕망으로 마법사임을 숨겼다고 판단하기란 불가능에 가깝다."

두 번째 특수함, 바로 개인의 욕심이었다. 공주는 마법사의 힘으로 그 어떤 이득이나 욕망을 충족시키지 않았다. 그저 남몰래 마법적 역량만 키웠으며, 종국에는 백성들을 위해 어쩔 수 없이 움직였다. 적어도 확인된 바로는 그것이 전부였다.

"셋째로, 공주 하이리는 그 한정된 조건 속에서 고위 마법사에 해당하는 4클래스를 이루었다. 이는 대륙 전체를 통틀어도 몇 존재하지 않을 재능임이 분명하다. 그러한 바 본 상아탑은 공주 하이리에게 당장 죄를 물기보다는 마지막 기회를 주고자 한다."

셋째는 공주의 예상 그대로였다.

4클래스의 경지를 이루어낸 재능.

그 재능을 쉬이 벌할 수 없을 거란 판단.

"예정된 형벌은 5년 후로 유보하되, 그 기간은 철저한 상아탑의 마법사로서 책임을 다하라. 제국 내 발생하는 모든 파견 임무에 최우선적으로 파견될 것이며, 상아탑의 개인 교습으로 하여금 아카데미에서 배우지 못한 모든 것들을 전수받게 될 터."

모자란 지식은 과거 이안이 그랬던 것처럼 상아탑의 개인 교습으로 전수해 주겠다. 다만 이안과는 달리 처음부터 파견 임무에 투입될 것이다. 요약하자면 그런 얘기였다.

"유보된 형벌의 경중은, 그 모든 과정과 결과를 밑바탕 삼아 5년 후 다시 판결하도록 하겠다. 그러한바 지금 이 순간부터 마법사 하이리 그린리버는, 더 이상 제국의 공주가 아닌 상아탑의 마법사로서 책임을 다하길 명한다."

비록 조건부이기는 하나, 새로운 고위 마법사의 탄생이었다.

공주 하이리의 처분을 5년 유보, 그녀의 마나 반응검사 결과를 조작하고 마법까지 전수해 준 황궁 마법사 케빈은 공주 하이리의 보조 마법사로서 똑같이 5년 유보, 불가항력이었던 하녀들과 몇몇 하인들은 모두 무죄가 선고되었다.

“그럼 이제부터.”

이안이 과장된 손뼉을 치며 말했다.

“저는 어떻게 되는 겁니까? 신분적인 불가항력도 없었으니 무죄판결은 힘들겠고, 아무리 제국을 위한 조사 과정에서 발생한 문제라지만, 죄는 죄니까요.”

“그, 그것은…….”

이안의 갑작스러운 물음에 데커드가 당황했다. 아마 이안이 스스로 언급하지만 않았다면 이대로 슬쩍 넘어갔을 문제였다. 누구도 저 상아탑주에게 죄를 물어낼 배포가 없었으니까.

“가끔은 덕이 죄를 덮어줄 때도 있는 법이지요.”

고위 마법사 전원이 당황한 가운데.

오직 로난의 목소리만 장내를 울렸다.

“탑주님께도 불가항력은 있었습니다. 먼저 처음 목격하셨을 때, 그땐 아무것도 몰랐던 시절이 아니십니까? 마법 전수라는 죄목 역시 마찬가집니다. 5황자를 조사하기 위해서 어쩔 수 없는 선택이셨겠죠. 저희와 상의하셨다면 더욱 좋았겠지만, 결과적으로 그 조사가 황제 폐하의 독살까지 막아내셨습니다.”

로난의 맹목적이면서도 그럴듯한 비호가 이어졌다. 그는 이미 오래전부터, 예컨대 중립도시 데미데라에서 처음 본색을 드러낸 그 순간부터 이안의 추종자로 돌아섰다.

“탑주께서 이 제국을 구명한 일이 어디 한두 번입니까? 그것만 해도 쌓인 덕이 죗값을 한참 넘어섰습니다. 한데 그런 분께 죄를 묻는다? 그깟 자기네 마법사들 알력다툼으로 구국의 영웅 되시는 분을 벌한다? 오히려 그 선택이 상아탑의 위신을 떨어뜨릴 거라 봅니다."

더 듣다가는 이안이라 할지라도 낯짝이 간지러울 정도였다. 그만큼 로난의 찬양은 맹목적이었다. 심지어 설득력까지 갖췄다. 유능한 간신과도 같았다.

"죄를 묻는다면 탑주님를 제외한 상아탑 전원이 물어야지요! 불손한 주군을 모시며 흑마법까지 탐했던 허버트 레온, 그런 작자를 상아탑주랍시고 모신 탓에 여럿 피곤하게 만들지 않았습니까? 죄인이 있다면 바로 우리들입니다, 우리들!"

이쯤 되자 다른 고위 마법사들도 헛웃음이 나올 지경이었다.

그들은 똑똑히 기억했다. 처음 모그리안 영지의 소년 이안 페이지에 관한 보고가 상아탑에 올라왔을 때, 어떻게든 목줄을 채워야 한다며 노발대발했던 자. 그랬던 자가 바로 저 로난 아니었던가?

한데 이제는 스스로에게 목줄을 채웠다. 꼬리까지 살랑살랑 흔든다. 좋게 말하자면 완벽한 처세술이며, 나쁘게 말하자면 배알도 없는 놈이나 마찬가지였다.

"……로난 공의 고견은 잘 알겠소."

"어흠! 모두 생각 잘하셔야 합니다."

마지막까지 경고하듯 읊조린 로난.

그가 이안 쪽을 힐끔 바라봤다.

설마 칭찬이라도 바라는 걸까?

'하…….'

이안이 가볍게 고개를 끄덕여줬다. 그리하지 않는다면 저

낯간지러운 찬양 일색을 계속 들어야 할 느낌이었다.

'전생에도 이 정돈 아니었던 것 같은데.'

물론 전생에도 저러한 기질이 있었기에, 상아탑의 장악 과정 중 가장 먼저 접근하긴 했었다. 하나 아무리 그렇다 한들 지금은 좀 심해진 것 같았다.

'하기야, 전생에는 너무 늦었으니까.'

로난은 마법적 성취를 최우선으로 두는 자다. 전생에도 새로운 호흡법과 여러 정보를 공유해 준 탓에 충성도가 높았지만, 당시에는 이미 나이를 상당수 먹어버린 뒤였다. 성장의 속도도, 성장을 이루어낼 여유도 적었다는 뜻이다. 하지만 이번 생은 달랐다.

전생보다 훨씬 이른 나이에 많은 것을 알려줬고, 그에 따른 여유와 발전이 엄청났다.

'5클래스를 눈앞에 뒀다고 했던가?'

현재 로난의 클래스는 4클래스 마스터.

곧 5클래스의 경지까지 오르게 된다.

응당 충성할 수밖에 없으리라.

"자, 탑주님의 앞으로 걸린 몇 가지 죄목들. 이에 관해서 발언하실 분이 더 계신지요? 계신다면 가감 없이 말씀해 보시구려."

데커드가 마지막으로 확인했다. 물론 그 누구도 나서지 않았다. 처음부터 나설 생각도 없었거니와, 로난의 일장연설로 마침표까지 콱 찍혀 버린 상황이었다.

"……."

계속되는 침묵, 데커드 역시 쉽게 판결을 내릴 수 없었다. 어찌 해야 하는가 고민하는 것 같았다. 이안도 그 분위기를 읽어냈다. 직접 마무리시킬 차례였다.

"알겠습니다."

이안이 일어났다. 그 길로 자신의 자리, 즉 회의장에서 가장 상석인 '상아탑주의 자리'로 돌아왔다. 더는 피의자로서의 입장을 고수치 않겠다는 선언이기도 했다.

"제 부주의로 빚어진 죗값은 앞으로도, 제국과 상아탑에 헌신하면서 조금씩 갚도록 하겠습니다. 또한 이제부터는 독단적인 계획을 세우지도, 진행하지도 않을 것이며, 어떤 계획을 추진하든 여기 계신 선배 여러분께 가장 먼저 고견을 여쭈겠습니다."

존중으로 가득한 이안의 목소리였다. 물론 독단적으로 나선다 한들 아무런 문제도 없을 거다. 거의 신적인 힘까지 보여준 직후인지라 더할 나위 없을 터. 하지만 그런 식의 통솔에는 한계가 존재한다. 조금 돌아갈지언정 마음부터 얻어야 뒤통수가 든든한 법, 그것이 두 번째 삶을 살아가는 이안의 방침이었다.

"마침 첫 번째 고견을 여쭤볼 기회가 있겠군요. 다름이 아니라, 재판은 이쯤에서 마무리하고 다음 안건으로 넘어갈까 합니다만. 계속 진행을 해도 괜찮겠습니까?"

이안의 물음에 고위 마법사들도 고개를 끄덕거렸다. 마법사로서 까마득한 경지에 닿은 상아탑주가 자신들을 무시하기는커녕, 오히려 선배로서 극진히 대접해 준다. 기분이 나

빠지고 싶어도 나쁠 수가 있겠는가? 사람의 감정이란 단순하고, 때론 유치하기도 하다.

"그럼 고위 마법사분들을 제외한 모든 분은 이제 나가셔도 좋습니다. 바깥에 대기 중인 다른 마법사분들께서 안내해 주실 겁니다."

이안의 말에 공주 하이리와 하녀들, 황궁 마법사 케빈이 피의자석에서 일어났다. 그러고는 대회의장을 빠져나가고자 커다란 철문으로 향했다.

"마마께서는."

그때 이안의 목소리가 공주만 멈춰 세웠다. 아직 처리해야 할 문제라도 남아 있는 걸까?

콩닥거리는 마음으로 뒤를 돌아본 공주. 하나 돌아온 말은 예상 밖이었다.

"이쪽으로 오셔서 착석하시죠."

"예? 제, 제가 어째서……?"

"마마께서도 고위 마법사십니다."

그렇다. 비록 몇 가지 조건부가 붙긴 했으나, 지금 이 순간부터 공주 하이리 그린리버는 상아탑의 고위 마법사로 인정을 받았다. 의회에 참석할 권한이 생겼다는 뜻이다.

"하, 하지만 저는 아직 아무것도……."

"모르시니까 앉으라는 겁니다. 모르면 배워야죠. 대체 뭘 하는지, 어떻게 하는 건지, 뭘 하면 되는 건지. 그렇지 않습니까?"

"……아!"

마법재판으로 뒤숭숭한 기분 탓일까.
평소보다 이해력이 잔뜩 더뎌진 그녀였다.

제국력 509년의 첫 상아탑 의회.
그 행사는 무사히 끝을 맺었다. 재판에 이어 몇몇 안건들이 이어졌고, 대부분 긍정적인 분위기와 함께 흘러갔다. 새로운 해의 시작이 제법 만족스러웠다.
다그닥, 다그닥, 다그닥…….
이안은 오래간만에 마차를 탔다. 그간 비행과 텔레포트 등 마법에만 의존해서 그럴까? 이제는 마차의 승차감마저 생소할 지경이었다.
'너무 각박하게 살았나……?'
전생에도 마차가 생소하진 않았는데.
물론 생소한 것은 마차뿐만이 아니었다.
마차를 함께 탄 여인도 생소했다.
아니, 생소하다기보다는…….
'……어색하지.'
이안이 슬쩍 옆을 바라봤다. 그곳으로는 누구보다 아름다운 미녀이자, 조건부 고위 마법사의 자격까지 얻어낸 공주, 하이리의 그림과도 같은 옆선이 보였다.
'괜히 같이 타가지고.'
이안이 제안한 것은 아니다.

전적으로 공주의 요청이었다. 별다른 생각 없이 수락했거늘. 설마 이 정도로 어색할 줄이야.

"저기……."

공주도 견디기 힘들었던 걸까?

먼저 이야기를 걸어왔다.

"말씀하세요."

"……감사드려요. 스승님."

그녀의 첫마디는 감사 인사였다.

"무엇이 말입니까?"

"직접 나서주셨잖아요……."

공주는 바보가 아니다. 이안의 입장에서는 굳이 나설 필요가 없었던 상황, 그럼에도 선뜻 나서줬다. 이유가 무엇이겠는가?

"덕분에 하녀 아이들, 그리고 케빈 님이 형벌을 면할 수 있었어요. 염치없지만 죄를 지은 장본인인 저도 마찬가지고요."

"마마께서는 무죄가 아니십니다. 유보되었을 뿐이죠."

"그, 그렇긴 해도……."

이안의 냉랭한 반응 때문일까?

목소리가 기어들어 가는 공주였다.

"뭐 아시면 됐습니다."

"……네, 네?"

"제가 어째서 나섰는지, 제가 나섬으로써 마마께서 어떤 이익을 보셨는지, 아시면 됐다는 뜻입니다. 더 설명해 드릴까요?"

"아, 아뇨!"

자신도 모르게 목청을 높였던 공주. 얼마 지나지 않아 다시금 조용해졌다. 금방의 반응이 부끄러워진 모양이었다.

"사실."

그 모습에 이안이 옅은 웃음을 지으며 말했다.

"그렇게 감사하실 필욘 없습니다."

"갑자기 무슨 말씀을……."

"제 가족들을 구해주시지 않으셨습니까?"

용아병 사태 당시, 공주 하이리는 이안의 가족들을 구출해줬다. 자기 자신보다 가족의 안위를 더더욱 우선시 두는 이안으로선 최고의 은혜나 마찬가지였다.

"오히려 제가 감사드릴 일입니다. 오늘은 그 보답의 일부고요."

"그, 그건 오라버니의 명령으로……."

"생각난 김에 보답을 하나 더 드리도록 하죠."

"……네에?"

이안이 허리춤 아공간 주머니로부터 푸른색 로브를 꺼냈다. 황실의 아티펙트 로브인 '미첼 그린리버의 로브'였다.

"아마 내일이면, 마마께서 고위 마법사로 등극하셨다는 사실이 온 제국에 퍼질 겁니다. 이 로브 역시 제대로 된 주인을 찾은 셈이겠죠."

본디 미첼 그린리버의 로브는 황족 마법사에게만 전승되도록 유언까지 남겨진 물건이었다. 그리고 오늘, 거의 삼백여 년 만에 황족을 대표하는 고위 마법사가 탄생했다.

"하, 하지만 이건 폐하께서 하사하신……."
"선 조치 후 보고, 탑주의 권한 중 하납니다."
이안의 말문이 이어졌다.
"미리 드리고, 후에 보고를 올리도록 하겠습니다."
"……."
공주 하이리가 조심스레 로브를 받았다. 황족 대대로 전해지는 로브, 오직 황족 마법사에게만 정식으로 계승되는 아티펙트가 지금 자신의 수중으로 떨어졌다.
"그리고 이건……."
이안의 보답은 끝나지 않았다.
오히려 이번이 진정한 보답이었다. 그 정체는 바로 대초원의 지팡이. 끄트머리에 통신구만 제거했다.
"이제 마마께서도 지팡이 하나쯤 있어야겠죠."
이안은 목수 제르비오의 걸작 지팡이를 받았다.
더는 대초원의 지팡이가 필요하지 않았다.
그렇다고 마냥 썩혀두기란 아까운 일. 다른 누구에게 맡기는 것보다야.
'공주가 백번 낫지.'
가족들을 지켜준 행위에 대한 보답, 더불어 마법사 중에서는 가장 믿을 만한 주변인에게 맡기는 것. 제법 바람직한 선택이 아닐 수 없으리라.
"아……!"
어째 공주는 로브보다도 지팡이에 큰 관심을 보이는 것 같았다. 그럴 만도 했다. 마법사에게 지팡이란 상징과도 같은 존재, 그러한 상징을 공주는 단 한 번도 가져볼 수가 없었다. 장난삼아 잡아보는 것조차 조심스러웠을 테니까.

"우와!"

그녀 또한 마법사다. 대초원의 지팡이로부터 전해지는 기운을 느낄 수 있다. 굉장히 생소하면서도 기분 좋은 느낌일 터. 저리 아이처럼 감탄하는 것도 무리가 아니다.

"마음에 드십니까?"

"들고말고요!"

"얼마만큼 마음에 드십니까?"

"엄청 엄청……."

본능적으로 유치찬란한 대답을 늘어놨던 공주 하이리, 그녀가 한 박자 느리게 입을 꾹 다물었다. 얼마나 마음에 드는가를 표현하고자 벌렸던 팔도 거뒀다. 다만 붉어지는 얼굴색까지 제어하기란 불가능에 가까웠다. 아무리 고위 마법사라도 그건 힘들다.

"……."

그런 와중에도 지팡이를 쥔 손은 여전히 완고했다.

대초원의 지팡이가 어지간히 마음에 든 모양새였다.

"참고로, 그 로브를 입으시면 자유로운 비행이 가능해지실 겁니다. 로브의 효과 중 하나가 플라이 주문의 강화니까요."

"아! 그래서 스승님께서도……."

"맞습니다."

하이리가 이안의 자유로운 비행을 떠올렸다. 그러더니 곧장 미첼 그린리버의 로브를 걸쳐보기 시작했다. 이안이 처음

입었을 때와 마찬가지로 체형의 특징에 딱 맞춰졌다.
"와! 신기해요!"
방금까지의 부끄러움을 잊어버린 걸까?
또다시 감탄해 버리는 공주 하이리였다. 이번에는 부끄러워하지도 않았다.
덜컹!
이안이 하이리와 사제의 연을 맺고 느낀 건데, 저 얌전한 외모와 말투와는 달리 제법 거칠면서도 활동적인 면모의 소유자였다. 눈앞에 저 여인, 어느덧 마차 문을 열어 젖히고 몸부터 내던지기 시작한 공주 하이리 말이다.
"플라이!"
그녀의 몸뚱이가 마차 밖 허공으로 날아올랐다.
처음에는 어색한가 싶더니만, 금세 감을 잡았다.
'아주 신이 났군.'
피식 웃은 이안이 아공간 주머니를 바라봤다. 용아병 사태 속에서 가족들을 지켜준 존재, 그 고마운 존재는 공주뿐만이 아니었다.
'한 명 더 있지.'
제2 황실 기사단 단장, 황태자의 호위 기사, 그린리버의 검공.
'올리버 레이우드.'
그 또한 은인 아니겠는가?
그럴싸한 보답도 존재했다.
단지 문제가 있다면.

'과한 것 같단 말이지.'

물론 이안에게 가족의 안위란 세상 그 어떤 아티펙트보다 값진 가치를 지녔다. 다만 올리버에게 보검을, 그러니까 대장장이 할리아의 걸작을 내어줘도 되는 걸까? 라는 생각에 있어선 여전히 물음표가 떠 있었다. 이는 공주에게 준 로브나 지팡이와는 전적으로 다른 차원의 문제 아니겠는가?

"흐음."

처음 이 보검을 봤을 때. 그리고 올리버가 가족의 구출에 적극적이었다는 사실을 들었을 때, 그때 당시만 해도 이안은 생각했다. 할리아의 걸작은 올리버에게 주겠노라고. 한데 시간이 지나면 지날수록 그 결심이 희미해져 갔다.

'아까운 건 아니야. 단지 걱정될 뿐.'

아무리 생각해도 아깝지는 않았다. 다만 걱정이 앞섰다. 비단 그 걱정은 한 가지가 아니었다. 여러 갈래의 걱정들이 엉킨 실타래처럼 뭉쳐 버렸다.

"나리, 도착했습니다요."

고민이 깊어지던 그때.

마부의 목소리가 들렸다. 목적지에 도착한 까닭이었다.

그 목적지는 바로 이안의 저택 앞.

"수고가 많으십니다. 마마께서는 아무래도 계속 저러고 계실 것 같으니…… 적당히 보시면서 황궁 쪽으로 몰아주세요. 그래도 마차는 계속 따라오실 겁니다."

당부의 말을 남긴 이안.

그가 은화 몇 닢을 마부에게 내어줬다. 마부의 입꼬리가 금세 귓바퀴에 걸렸다.
“아이고, 뭐 이런 걸 다…….”
“그럼 계속 수고해 주세요.”
“본부대로 하겠습니다요.”
이안이 마차에서 내렸다. 공주는 아직도 저 멀리 하늘을 빙글빙글 돌고 있었다. 지팡이도 놓지 않았다. 아무래도 이안의 저택 앞에 도착했다는 사실조차 망각한 것처럼 보였다. 저리도 신이 날까? 분명 이안 역시 저랬던 시절이 있었을 텐데.
‘기억은 나지 않지만.’
이안의 어깨가 으쓱 올라갔다.
동시에 저택 쪽으로 발걸음을 옮겼다.
한데 저택으로부터 누군가가 나왔다. 낯선 사내 둘이었다.
“내가 뭐랬나? 뭐가 떨어졌다고?”
“아니라고, 분명히 봤다니깐?”
“잘못 봤겠지. 아무 일도 없다고 하잖아?”
자세히 보니 수도 내 제국군 복장.
그러니까 수도경비병인 것 같았다.
“무슨 일이십니까?”
이안이 그들에게 묻자.
“사, 상아탑주님!”
두 명의 경비병 또한 읍하며 인사했다.
“무슨 일이라도 있었나요?”
“아, 그, 그게…….”
우물주물거리는 경비병들.

그중 오른쪽에 선 자가 나섰다.

"저택으로 무언가가 떨어졌습니다. 처음에는 웬 사람이 떨어지는 건가 해서 탑주님이신 줄 알았는데, 그렇게 보기에는 덩치가 너무 컸습니다. 날개 같은 것도 달린 것 같았고요. 해서 확인 차 왔습니다만……."

"이, 이봐! 확실하지도 않은 사실을 탑주님께 알리면 쓰겠는가? 자네가 헛것을 본 거라니까? 탑주님. 너무 신경 쓰지 마십시오. 저희가 확인해 본 결과 아무런 문제도 없다고, 페이지 부인께서 직접 확인시켜 주셨습니다. 이 친구가 요즘 피곤한 모양입니다. 하하."

"아닙니다. 정말 제 눈으로 똑똑히……!"

"어허! 이 사람, 자꾸 왜 이래?"

멀어져 가는 두 경비병의 뒷모습. 이안이 그들을 바라보며 생각했다.

큰 덩치에 날개까지 달린 인간. 그러한 존재를 하나 알긴 안다.

'드래고니안?'

그로부터 잠시 후.

이안의 추측은 사실로 확인되었다.

2장
가고일의 왕

“어떻게 된 겁니까?”

갑작스런 저택의 방문객.

그것은 드래고니안이 맞았다.

가고일을 찾아 나섰던 그들. 다만 에반투스는 아니었다.

그의 아들, ‘말리오투스’였다.

(나도 자세한 것은 모르니라. 정원으로 추락하더니 그대로 기절했어. 깨어나야 뭐라도 물어보든 할 터인데…….)

페어리 퀸이 고개를 살며시 저으며 대답했다. 그녀는 인간의 모습으로 말리오투스를 저택 내부까지 들여놨다.

“상태가 좋지 않군요.”

(그러게 말이다.)

젊은 드래고니안 말리오투스의 육신은 성한 데가 없었다. 아주 격렬한 격투 끝에 도망친 것 같았다. 도대체 어떤 존재가 말리오투스를 이 지경으로 만들어 버렸을까?
(에반투스놈은 또 어디에 있는 건지…….)
불안한 듯 읊조리는 그녀였다. 이미 돌변해 버린 스파르토이를 봤다. 심지어 본 드래곤과 융합 후 소멸해 버리기까지 했다. 평소 티격태격하긴 했으나 오랜 세월을 알고 지낸 친구사이 아니겠는가?
가뜩이나 마음이 무거웠거늘, 이제는 에반투스의 행방까지 오리무중이라니. 불안함을 느낄 수밖에 없으리라.
"이 자손분께서도 저희 기준으로 따지자면 5클래스 상당의 마법사입니다. 5클래스 마법사를 이렇게까지 엉망으로 만들어버릴 존재, 세상에 몇 존재하지 않을 거라고 봅니다만."
말리오투스는 5클래스의 마법사다.
그런 자를 압도할 수 있는 존재.
세상에 얼마나 존재하겠는가?
해봐야 그 아비인 에반투스.
그리고 이안 페이지 본인.
더 높은 곳으로 가자면.
'드래곤이나 최초의 마법사 정도일 텐데.'
이안의 고민이 깊어질 무렵.
말리오투스가 눈을 떴다.
(크으윽……!)
그는 통증이 심한지 정신을 차리자마자 신음부터 뱉었다. 하나 거기서 멈추지 않았다. 곧바로 이안부터 찾아내더니 애원하듯 중얼거렸다. 입술 안으로 내뱉을 얘기가 많아 보였다.

(아, 아버지를……! 아버지를 구해 주시…… 쿨럭!)

특유의 푸른 피를 토해내는 말리오투스.

그러면서도 할 말을 멈추지 않았다.

(가고일의 왕이 아버지를……!)

(……뭐? 가고일의 왕?)

가고일의 왕.

이안에겐 생소한 이름이었다. 하나 페어리 퀸은 그 가고일의 왕이란 존재를 아는 듯했다. 안색마저 딱딱하게 굳혔다. 표현상으로는 사라진 가고일의 우두머리쯤인 것 같은데.

(놈이라면 그분들께서 봉인하셨을 텐데?)

(저도 자세한 건 모릅…… 쿨럭! 아버지께서 분명 가고일…… 가고일들의 왕이라고 하셨습니다. 저는 운 좋게 도망쳤지만, 아버지께서…… 아버지께서 놈들에게……!)

말리오투스가 피를 토하며 소리쳤다. 아들을 지키고자 한 몸 내던진 아비.

에반투스의 모습이 떠오른 탓이었다.

(이안 페이지…….)

"듣고 있습니다."

이안을 바라보는 말리오투스, 그가 힘겹게 손을 뻗었다.

(바, 받으시오. 아버지께서 목숨 걸고 얻어낸 눈이오. 무슨 수를 써서라도 당신께 전해주라 하셨소. 다른 권속들, 여, 여왕님이나 용아병께서 계신다면 이해가 빠를 거라…… 쿨럭!)

말리오투스가 건넨 물건은 보랏빛의 보석, 바로 '가고일의 눈' 한 쌍이었다. 단 한 마리의 가고일로부터 어렵사리 적출해 온 모양새였다.

(놈들은 빗물받이 산맥…… 가장 높은 봉우리를 중심으로 숨어 있었소. 머릿수가 무지막지하더군. 특히 왕이란 자는…… 감히 말하건대, 지금껏 만나봤던 그 누구보다 강했소.)

'빗물받이 산맥'이라면 이안도 알고 있었다. 대륙 전체를 놓고 봤을 때 북부 지역, 그러니까 콜드우드 제국의 영토 내에 존재하는 대산맥이니까. 대륙 5대 산맥 중 하나이기도 했다.

(제발…… 제발 부탁하겠소! 아버지를…… 내 아버지를 구해 주시오. 이미 돌아가셨다면 시신이라도, 살아 계신다면 목숨이라도 구명해 주시오! 그렇게만 해준다면 내 남은 평생을 이안 페이지, 그대에게 헌신토록 하겠으니 제발……! 쿨럭! 쿨럭!)

말리오투스의 남은 체력이 밑바닥을 보이는 것 같았다. 비록 생명에는 큰 지장이 없어 보였으나, 본디 그 생명의 불씨란 언제든 예고 없이 꺼져버리는 법 아니겠는가? 이변이 생기기 전에 쉬도록 해주는 편이 옳았다.

'듣고 받을 건 다 끝났으니까.'

그리 생각한 이안이 주문을 발동시켰다.

말리오투스를 한숨 재워주기 위함이었다.

"일단 쉬십시오."

"부디 아버지를……."

"슬립."

평소였다면 씨알도 먹히지 않았을 주문.

하지만 지금은 체력적 한계에 놓인 상태다. 그를 어렵지 않게 재워줄 수 있었다.

“그 가고일의 왕이란 게 정확히 뭡니까? 봉인했단 얘기는 또 무엇이고요. 설명을 좀 부탁드리겠습니다. 여왕님. 자세할수록 좋습니다.”

말리오투스를 재운 이안이 페어리 퀸에게 물었다.

(……그때는 나도 어렸던 탓에, 자세한 것들은 모른다. 단지 그러한 존재가 있었고, 그분들께서 봉인시켰다는 사실만 알고 있느니라.)

“죽인 것이 아니라, 봉인이라고요?”

(그래. 확실히 봉인으로 기억한다.)

“그 정도로 강한 존재입니까?”

(글쎄, 거기까진 알지 못한다.)

“그러시다면…….”

(아마 기억의 보고 속 그분께 자세한 내막을 여쭐 수 있을 거다. 천여 년 전까지의 기억을 품고 계신 분 아니더냐? 아마 가고일의 눈을 목숨 걸고 가져온 까닭도 그 때문이겠지.)

페어리 퀸의 말에 설득력이 있었다. 주변에 권속들이 있다면 이해가 빠를 거란 에반투스의 전언, 그 말은 실로 정확했다.

‘기억의 보고라…….’

이안은 페어리 퀸에게 최초의 마법사에 관한 얘기를 해주지 않았다. 그럴 수밖에 없었다. 돌변해 버린 용아병 스파르토이, 그리고 본 드래곤이 나타나 자신을 죽이고자 하지 않았던가? 본디 드래곤의 권속이었던 페어리 퀸 또한 경계의 대상, 기억의 보고 속 리시스 라덴쥬도 마찬가지였다.

'하지만.'

아직 내칠 수도 없는 노릇이다. 총 세 가지의 계획 중 마지막, '프란 페이지의 행방'을 쫓기 위해서는 과거의 기억과 경험이 반드시 필요할 터. 예컨대 페어리 퀸이나 드래고니안, 보고 속 정신체가 갖고 있는 '고대의 기억' 말이다.

'여전히 쓸모가 많다.'

고대의 기억을 제외하고도 페어리 퀸은 이안의 가족들에게 헌신적이다. 보고 속 정신체 역시 오래된 기억 속에 머물고 있다. 스파르트토이처럼 돌변하지 않을 거라 단언할 순 없겠으나, 적어도 당분간은 써먹을 데가 한두 곳이 아니리라.

'좀 더 신경을 써서 감시할 수밖에.'

이제 남은 것은 에반투스를 구해주느냐 마느냐다.

이안이 쉽게 이길 수 있는 적이라면 고민할 것도 없었다. 구해주고, 이를 빌미로 무언가 요구하면 그만이니까. 하지만 생각보다 강한 적이라면?

자칫 이안 자신을 위험에 빠뜨릴 수도 있는 적이라면?

'신중해서 나쁠 건 없겠지.'

이윽고 판단을 내린 이안.

그가 조용히 읊조렸다.

"바로 만들어야겠군요."

시간의 보고로 진입하는 열쇠.

이른바 '붉은 용의 다섯 숨결.'

그 비약을 제조할 때가 왔다.

"레디오 님."

레디오는 말리오투스를 눕힌 침실의 뒤편에 서 있었다. 응급처치가 시급했기에 이안보다도 먼저 들어와 있었던 거다.

"오늘 내로 조제하도록 하겠습니다."

레디오는 눈치가 빨랐다.

곧장 가고일의 눈을 받아 작업실로 향했다.

보고의 열쇠를 조제하기 위함이었다.

(……인간. 내 부탁 하나만 들어다오.)

레디오가 방을 빠져나간 그때. 여왕이 조심스레 말을 걸었다. 상당히 이례적인 얘기였다.

부탁이라니?

"말씀하세요."

(시간의 보고로 들어가 그분을 만나거든, 스파르토이에 대하여 여쭈어다오. 에반투스의 상황이 좋지 않으니 여유는 없겠다만, 간략하게라도 말이지. 그래 줄 수 있겠느냐?)

그녀는 스파르토이가 돌변해 버린 까닭, 나아가 생사까지 확인하고 싶은 눈치였다. 비록 정신체에 불과하나, 그래도 리시스 라덴쥬라면 무언가 알지 않을까? 그러한 기대감의 결과물이었다.

"그럴 필요 없습니다."

(뭐……?)

"여왕께서는 저와 함께 들어가실 테니까요."

드래곤의 권속이라면 언제든 스파르토이처럼 돌변해 버릴 가능성이 있다. 희박한 확률이라도 안심하기 힘들다. 하여 이안은 당분간 페어리 퀸과 함께 움직일 작정이었다. 그녀

자체로도 훌륭한 보조 마법사였으며, 가족들의 안위야 용용이들이 지켜줄 테니까.

(하, 하지만 나는 네놈의 가족 곁을 지켜야…….)

"당분간은 저와 함께 움직이실 겁니다."

(……나를 믿지 못하는 모양이로구나.)

직설적인 페어리 퀸의 물음.

이안 역시 직설적으로 대답했다.

"스파르토이 님께서 이 도시를 침공하셨습니다. 어머니를 노렸고, 마지막에는 본 드래곤에게 융합되어 저까지 죽이고자 하셨죠. 그분과 여왕님, 그리고 본 드래곤 사이에는 명백한 공통점이 존재합니다. 굳이 말씀드리지 않아도 아시겠죠?"

(그분들, 드래곤이겠지.)

"바로 그렇습니다."

이안의 대답에 침묵했던 페어리 퀸. 그녀가 곧 이해했다는 표정을 지었다.

(……합당한 의심이니라. 받아들이도록 하마.)

"너그러이 이해해주셔서 감사합니다."

(흥! 인간들은 의심이 너무 많단 말이지.)

"저는 특히 더 많은 편입니다."

(안다. 아주 피곤한 족속이라니까?)

"거기엔 사연이 좀 있습니다만."

(듣기 싫다! 언제든 이 몸을 내치고 싶다면, 도저히 믿지 못하겠다면 말만 하여라! 지금 당장에라도 돌아갈 테니까!)

"여왕님을 믿습니다. 가능하다면 계속 믿고 싶군요."

이안의 말에 페어리 퀸이 머뭇거렸다. 계속 믿고 싶다는 대꾸가 거슬리기라도 한 걸까? 쌍방의 침묵은 그리 길지 않았다.

(나, 나는 열쇠가 완성될 때까지 내 방에 있겠느니라. 설마 평소에도 네놈 곁에서 감시를 받아야 하는 건 아니겠지?)

"그럴 리가요. 편히 쉬십시오."

(흥!)

그로부터 정확히 반나절 후, 붉은 용의 다섯 숨결이 두 병 만들어졌다.

비록 에반투스의 브레스는 없었으나 아들인 말리오투스의 브레스로 열쇠를 완성할 수 있었다. 그 또한 리시스 라덴쥬의 혈통을 이어받은 손자 격이므로 가능한 결과였다

시간의 보고는 공허하다. 바로 그 공허 속에서 태어났으며, 먼 훗날 공허 속에서 소멸할 드래곤 로드 '리시스 라덴쥬'의 '정신체'는 본디 지루함이란 감정을 느끼지 못했다. 처음부터 그렇게 설계된 거다. 그래야만 영겁의 세월을 무난하게 버틸 수 있으니까.

(으으음…….)

하지만 드래곤 로드, 리시스 라덴쥬의 정신체는 태초로부터 물려받은 특성에서 벗어났다. 정확히 따지자면 얼마 전부터, 이안 페이지란 인간을 만난 직후부터 그랬다. 지루함이

란 감정이 느껴졌다. 기억의 보고를 지키는 정신체로서의 의무마저 일순간 망각해 버릴 정도였다.

(이런 적이 한 번도 없었거늘…….)

그의 일상은 간단했다. 기억을 열람하고자 하는 일족의 본신이 찾아온다면 열람시켜줬으며, 방문이 없을 경우 잠을 잤다.

드래곤은 인간과 달라 마음만 먹는다면 수백 년을 몰아서 잘 수도 있다. 한데 지금은 잠을 자고 싶지 않았다. '졸리지 않다,' 혹은 '잠이 깼다'라는 인간식의 표현이 실로 그럴듯하게 느껴졌다.

(난감하구나. 난감해.)

그는 계속해서 과거의 기억들을 재생시켰다. 여러 드래곤 일족들, 최초의 마법사, 몇몇 역사적인 전투와 전쟁, 일족간의 사소한 비밀, 훌쩍 커버린 페어리 퀸과 에반투스의 방문, 그리고 '이안 페이지'란 인간이 찾아와 흥미롭게 날뛰었던 나날들까지. 그렇게라도 하지 않으면 지루해 죽어버릴 것만 같았다.

(이럴 때 딱 나타나 준다면, 뭐라도 하나 더 챙겨줄…….)

정신체의 생각이 거기까지 닿는 순간.

눈앞으로 자그마한 빛줄기가 그려졌다.

누군가 보고 속으로 들어올 때의 효과.

크기로 봐서 본신이나 동족은 아니었다.

(……!)

재빨리 사방을 어둠으로 물들인 정신체.

그가 평소처럼 똬리를 틀고 누웠다. 관심 없는 척 눈까지 감아버렸다.

"리시스 라덴쥬 님. 도움을 청하고자 왔습니다."

이안 페이지의 목소리가 들렸다. 순간 미소가 지어지는 정신체였다.

(주, 주인님! 소녀도 왔사옵니다.)

페어리 퀸의 목소리까지 들렸다. 흡족한 방문이 아닐 수 없으리라.

"소녀요?"

(시, 시끄럽다. 인간.)

두 조그마한 존재가 주고받는 사이. 정신체의 커다란 눈이 스르르 떠졌다.

(또 왔군.)

심드렁한 어조로 읊조린 정신체. 그가 똬리를 틀었던 몸뚱이부터 풀었다. 그러자 사방에 깔린 어둠 역시 걷어졌다.

(그래, 열람해 볼 기억이라도 생겼는가?)

(주, 주인님! 소녀도 왔사온데…….)

(꼬맹이는 조금 있다가 이야기하도록 하자꾸나.)

주인님과 꼬맹이, 그리고 소녀. 영 적응이 되지 않는 호칭의 파도 속에서 이안이 입을 열었다. 묻고 싶은 바는 지극히 명확했다.

"가고일의 왕, 그 존재에 관한 기억을 제가 열람해 볼 수 있겠습니까?"

이안의 물음에 정신체가 눈을 반짝였다. 그 커다랗고 섬뜩한 동공이 이완과 수축을 반복했다. 분명 즐거움의 증거였지만, 이안으로선 분노와 불쾌함으로 느껴질 따름이었다.

(자격부터 증명해야 하는 법. 그간 얼마나 강해졌는지…….)

"또 그 증명을 해야 하는 겁니까?"

(물론이다.)

단호하기 짝이 없는 대답.

하나 이안도 물러서지 않았다. 시간을 낭비할 생각이 없었으니까.

"다음으로 미루기는 불가능합니까?"

(날로 먹으려고 드는군. 불가하다.)

"에반투스 님의 목숨이 경각에 달린 문제입니다. 당신의 자손이기도 하죠. 그런데도 미룰 수가 없겠는지요?"

(에반투스가……?)

이제야 반응을 보이는 리시스 라덴쥬의 정신체였다. 비록 정신체에 불과하다곤 하나, 기본적으로 본신의 모든 것을 그대로 따라갈 터. 자손에 대한 감정이 다르지는 않으리라.

"가고일의 왕이란 존재가 나타났습니다. 에반투스 님께서는 그 왕과 일족에게 당한 것으로 추정되고요. 지금으로선 생사조차 알 수 없는 상황입니다. 해서, 관련된 정보를 얻고자 찾아온 겁니다."

그 말에 정신체의 긴 목이 옆으로 휘었다.

이해할 수가 없다는 몸짓처럼 보였다.

(그럴 리가. 봉인이 풀렸을 리가 없을 터인데?)

"하지만 사실입니다."

이안의 확고한 대답.

거짓은 아닌 것 같았다.

그리 판단한 정신체가 말했다.

(……좋다. 그 존재에 대한 모든 것을 말해주도록 하지. 기회는 한 번뿐이니 집중해서 듣도록 하라.)

짐짓 근엄한 어조로 말한 정신체.

그가 오래된 기억을 끄집어냈다.

(가고일의 왕, 놈은 우리가 언어의 힘을 전수 받기 이전, 세상을 쥐락펴락하던 절대자였다. 말하자면 최상위 포식자였지. 인간은 물론 우리 일족들까지 사냥감으로 여겼던 존재로서, 상상을 초월하는 번식력까지 가졌다.)

전설 속에서도 다루지 않는 이야기.

그러나 이것은 명백한 역사였다.

먼 고대에나 존재했던 '포식자'.

'가고일의 왕'에 관한 기억.

(하나 우리 일족들이 언어의 힘을 깨우친 이후부터는 그 격차가 줄어들었지. 결국 우리들의 적수조차 되지 않았다. 따지고 보면 그리 강한 존재도 아니었어.)

당연한 얘기였다. 언어의 힘을 숙달한 용 일족보다 강할 리가 있겠는가? 물론 이안에게는 엄청나게 버거운 적이 아닐까 싶다만, 어디까지나 정신체의 입장이었다.

(다만 놈에게는 석화라는 이름의 성가신 능력이 있는데, 그 자리에 돌처럼 굳어 수백 년, 아니, 수천 년이 지나도록 유지할 수 있지. 단순한 돌덩이가 되는 게 아니다.)

정신체가 사방을 둘러보며 말했다.

(놈들은 이 보고와 같은 '무차원의 공간'을 만들어낼 수 있다. 육신은 돌덩이 속으로, 정신은 무차원의 공간 속으로 숨어버리는 원리로, 놈들의 눈이 열쇠의 재료로 쓰이는 까닭이기도 하지. 무차원의 힘, 가고일의 눈에는 바로 그 힘이 담겨 있으니까.)

시간의 보고, 즉 '무차원의 공간'은 용의 전유물이 아니었다. 오히려 가고일의 전유물에 가까웠으며, 용들은 단지 그 눈에 담긴 '무차원의 힘'을 빌리는 처지에 불과했다.

(놈들의 왕은 특별했다. 평범한 가고일의 석화야 부수면 그만이지만, 놈의 석화는 도저히 파손시킬 수가 없더군. 일족 중 누구도 흠집조차 낼 수 없었지. 우리 일족들의 스승이었던 최초의 마법사, 그분 역시 마찬가지였다.)

이안이 순간 움찔거렸다. 아무래도 드래곤의 정신체는 그 마법사의 이름이 '프란 페이지'란 사실을 모르는 것 같았다. 그렇지 않고서야 비슷한 외형적 특징, 비슷한 이름, 비슷한 인간 마법사인 이안을 보고도 의심하지 않을 수가 있겠는가?

(그때부터 우리는 무차원의 공간을 연구했다. 덕분에 놈들보다 훨씬 더 안정적이고 완전무결한 공간을 창조해 냈고, 석화 속으로 숨어버린 가고일의 왕을 새로운 공간에 가두어 버렸다. 놈으로선 기가 찰 노릇이겠지. 제아무리 석화를 풀어도 사방천지의 풍경은 변하지 않았을 터이니…….)

즉 무차원의 공간으로 진입한 가고일의 왕, 놈을 새로운 무차원의 공간에 재차 가둬 버렸다는 얘기였다. 가고일의 왕에게는 그야말로 정신고문이나 다를 바 없었을 터.

"그럼 그 공간에서 스스로 빠져나온 걸까요?"

(결단코 불가능한 일이다.)

정신체가 선언하듯 읊조렸다.

그 목소리에 자신감이 넘쳤다.

(만약 놈이 그 공간에서 빠져나왔다면 가능성은 하나밖에 없다. 누군가 풀어줬겠지. 본신을 포함한 일족이거나, 혹은 우리와 함께 무차원의 공간을 연구했던 최초의 마법사, 그분의 소행이거나.)

드래곤 일족, 혹은 최초의 마법사.

둘 중 하나가 가고일의 왕을 풀어줬다?

"이유가 무엇이겠습니까? 아무런 이유도 없이 풀어줬을 리는 없을 텐데요."

이안의 말에 설득력이 있었다.

드래곤의 정신체 또한 인정했다.

(본신의 기억과 경험, 그리고 판단의 척도를 종합해본 결과, 가장 그럴듯한 사유는 놈이 가진 '번식력'이다.)

"번식력?"

(이미 말했듯, 가고일은 엄청난 번식력을 갖고 있다. 마치 바퀴벌레와도 같지. 하지만 그 수많은 가고일의 번식능력을 합친 것보다도 가고일의 왕, 놈 하나가 지닌 번식력이 곱절은 더 월등하다. 심지어 우등한 가고일을 생산하더군.)

이안은 가고일을 만나봤다. 크게 위협적인 존재는 아니었으나, 범인류적으로 볼 때 충분히 강력한 괴물이었다. 그런 존재가 바퀴벌레처럼 무한대로 증식한다고?

'그건 좀 끔찍한데.'

이안이 혀를 내두르며 물었다.

"허면 봉인을 푼 존재의 목적이 번식이라는 말씀이십니까? 그러니까, 예를 들자면 대량의 가고일로 이루어진 군대를 양성한다거나……."

(아닐 것이다. 놈들은 조화를 이루지 못한다. 둘만 붙여놔도 금세 상잔을 일으킬 정도지. 그러한 족속으로 군대라. 글쎄, 여러모로 힘들지 않겠는가?)

"군대를 제외한다면 어떤 목적이 있겠습니까?"

(놈들의 눈에 담긴 무차원의 힘.)

가고일의 눈, 무차원의 힘.

정신체의 추측은 그것이었다.

(그 힘을 지속해서, 대량으로 공급받고자 할 가능성이 크다고 추측된다. 어떤 경우에도 드나들거나 엿볼 수 없는 강력한 공간을 생성한다든가, 오랜 세월 유지한다든가. 그러한 까닭들을 떠올려볼 수 있겠군.)

즉 가고일의 눈을 대량으로 취하고자 봉인으로부터 끄집어냈다는 추측이었다. 가고일의 개체 수가 적어진 지금으로선 가고일의 왕이 갖춘 번식능력이 필요할 테니까. 이안이 듣기에도 가능성은 충분했다. 다만 한 가지가 석연치 않았다.

"그 추측대로라면, 가고일의 왕은 눈이 뽑혀나갈 자손들을 계속 낳아주는 셈인데, 언어의 힘으로 정신까지 지배할 수도 있는 겁니까? 평범한 존재도 아니고 말이죠."

가고일의 왕은 한때 최상위 포식자로 군림했던 존재다. 그만큼 강력하며, 응당 걸맞은 정신력까지 갖췄을 터. 한데 그러한 존재의 정신을 지배할 수 있다? 아무리 언어의 힘이라도 그러한 경우가 가능할까?

이안의 지식으로는 불가능에 가까웠다.

(아니, 내가 알기로 그러한 힘은 존재하지 않는다.)

"그럼 어찌……."

(가고일의 왕은 가고일들을 자손으로 여기지 않는다. 조금 아프게 배설한 배설물에 불과할 뿐이지. 이해관계만 통한다면 충분히 가능한 일이다. 이해하겠는가?)

"……이해했습니다."

순간 탄성마저 뱉을 뻔했던 이안이었다.

정말이지 기가 막힐 정도의 비유였다.

(지금 세상에는 나의 본신과 일족들이 모두 사라졌다고 들었다. 내가 아직 존재하는 바, 죽지는 않았을 테지만, 오래전부터 자취를 감추었다고 했지. 현재도 유효한가?)

"유효합니다."

(그렇다면 가고일의 왕, 그 존재가 풀려난 일과 어떠한 연관이 있을 것이다. 그 거대하고도 다양한 개성을 가진 일족들이 완벽하게 사라질 방법은 두 가지, 먼저 세상의 이치가 전부 그렇듯, 죽음과 함께 흙으로 사라지거나…….)

"무차원의 공간 속으로 숨었을 수도 있겠군요."

(말귀가 밝군. 다만 말미에 한마디를 더 추가하자면, 누군가에게 '숨겨졌을' 가능성도 배제할 순 없겠지.)

무차원의 공간 속으로 숨었거나, 혹은 의도적으로 숨겨졌거나.
두 경우를 언급하는 정신체였다.
이안에게도 의미하는 바가 컸다.
'연관이 있다.'
프란 페이지의 행방.
그와 관련된 단서들. 분명 연관이 있으리라.
"한 가지 더 묻겠습니다."
(그럴 자격은 없지만, 말해보아라.)
"제가 그 가고일의 왕을 이길 수 있겠습니까?"
지금으로써 가장 핵심적인 질문이었다. 정신체의 눈에 푸른빛 마나가 일렁거렸다.
이안이 이루어낸 경지를 가늠해 보는 눈치였다.
(호오, 꽤 재미난 장난감들을 얻었군.)
"재미난 장난감…… 그런 셈이죠."
(가능성은 충분하다.)
"가능성 말입니까?"
(본인의 힘을 맹신하지만 않는다면.)
본인의 힘을 맹신하지 마라.
그 한마디로 이해할 수 있었다.
이안은 눈치와 이해력이 빠른 편이다.
"……알겠습니다."
(벌써 두 번째 얘기하지만, 말귀가 밝아서 좋군.)
기분 좋게 중얼거린 정신체.
이안이 마지막 질문을 올렸다.

"이번 질문을 마지막으로 드리겠습니다."

(좋다.)

"혹시 프란 페이지란 이름을 아십니까?"

(프란 페이지?)

잠시 고민하는 듯 보였던 드래곤의 정신체.

곧 그의 막힘없는 대답을 들어볼 수 있었다.

(그대의 이름이 이안 페이지라 했으니, 제법 비슷한 이름이로군. 으음, 나는 알지 못하는 이름이다. 어째서 묻는 건가?)

확실해졌다. 적어도 천여 년 전까지의 드래곤은 '프란 페이지'란 이름을 알지 못했다. 아마 이름을 본격적으로 사용한 시기가 조금 더 이후의 시간대일 터. 물론 이마저도 기만책이라면 어찌할 도리가 없겠으나, 직접 확인했다는 부분에 의미를 뒀다.

"아, 크게 중요한 문제는 아닙니다. 그보단 페어리의 여왕께서도 용무가 있으시니 대화를 나누시지요. 제가 드릴 질문은 여기까지입니다."

(그런가.)

그 후로 한동안 페어리 퀸과 정신체의 대화가 이어졌다. 대부분 용아병 스파르토이의 변화와 소멸에 관한 문제였는데, 리시스 라덴쥬의 정신체도 이렇다 할 결론이나 해결책까지 내려줄 수는 없었다. 그저 몇 가지 통상적인 추측과 위로가 전부였다.

(어찌…… 되었소?)

시간의 보고로부터 빠져나온 이안과 페어리 퀸, 그 복귀에 브레스로 하여금 비약의 완성을 도왔던 말리오투스가 물었다. 약간의 수면과 레디오의 여러 회복약으로 호전된 모습이었으나, 여전히 전투에 나서기란 불가능해 보였다.

“에반투스 님을…….”

이안의 대답은 간단했다.

“구해 드리도록 하겠습니다.”

(오오……!)

물론 진심으로 에반투스를 구하고자 나선 것은 아니었다.

페어리 퀸이 당한 경우였다면 조금 더 감정적일 가능성도 있겠지만, 드래고니안 일족과는 아직 이렇다 할 유대가 형성되지 않았다. 다만 그 배경에 깔린 의문점들이 궁금했다. 또한 그 의문으로부터 얻고자 하는 단서까지 찾아내고 싶었다. 물론 그 과정에서 에반투스를 구할 수 있다면야, 아주 기꺼운 마음으로 구해줄 터.

(조심해라. 그분께서도 네 녀석이 가진 힘을 너무 맹신하지 마라, 그렇게 조언하시지 않았더냐? 가슴 깊이 새겨듣는 게 좋을 게야.)

옆에 있던 페어리 퀸이 경고했다.

드래곤 앞 깜찍했던 콧소리는 어디에도 없었다.

“그렇지 않아도 그럴 생각입니다.”

자신의 힘을 너무 맹신하지 마라. 바꿔 말하면 '주변의 힘을 빌려라'.

다행히도 이안에게는 존재했다.

손을 뻗어 빌릴 만한 힘이.

"여왕님."

(듣고 있다.)

"페어리 일족 분들을 모두 소집해 주세요."

(흐응, 머릿수에는 머릿수로 대응하시겠다?)

"그런 셈이죠."

나지막이 읊조린 이안. 그의 손으로부터 흘러나온 마나가 저택 한구석 수정구를 휘감았다. 그러자 확장된 저택, 일명 '이안 페이지의 장원' 곳곳에 석상처럼 굳어 있었던 ~~용용~~이 1호, 2호, 3호, 5호, 6호, 7호가 각각 우렁찬 포효와 함께 작동하기 시작했다.

"다만, 이쪽은."

이안이 아공간 주머니부터 장검 한 자루를 꺼냈다. 대장장이 장인 할리아가 만든 걸작, 아직 이름조차 부여받지 못한 보검이었다.

"소수정예로 가볼까 합니다."

3장
소수 정예

이쪽은 '소수 정예'로 가보겠다.

그 발언에 말리오투스가 반응했다. 성치 못한 몸뚱이를 가까스로 일으켰다.

(나도 돕겠소!)

아비를 구하는 여정 아니겠는가? 당연하면서도 절실한 반응이었다. 그러나 이안의 생각은 달랐다.

"그쪽은 몸부터 챙기시는 게 좋겠습니다만."

(그럴 수는 없소! 아버지를 구하는 일이오. 나와 내 동생 헤르넬리아가 함께 돕겠소! 당신이나 아버지에 비할 바는 못 되겠지만, 우리도 나름대로 보탬이…….)

"압니다. 도움이야 되겠죠. 물론 그 동생분, 헤르넬리아 님의 힘도 빌릴 겁니다. 그렇다 해도 말리오투스 님은 그냥 쉬고 계시는 편이 좋을 것 같군요."

단호함이 묻어나는 이안의 어조.

말리오투스가 당혹감을 표했다.

(어, 어째서 그러는 거요? 내가 다쳤기 때문이오? 상관없소. 아버지를 구하는 일이라면 당장 죽더라도 여한이……!)

"그러니 남아계셔야 합니다."

이안이 설명을 늘어놓았다.

말리오투스가 남아야 하는 이유. 그 까닭은 생각보다 논리적이었다. 자기중심적이며 현실적이기도 했다.

"만약 에반투스 님께서 돌아가셨고, 그 아들과 딸 되시는 말리오투스 님과 헤르넬리아 님까지 죽어버린다면, 저한테도 막대한 손해가 일어납니다. 리시스 라덴쥬 님의 보고로 들어갈 방법이 사라질 테니까요."

리시스 라덴쥬의 정신체가 담긴 공간, 그곳으로 진입하기 위해선 리시스 라덴쥬의 혈통을 물려받은 '직계 반룡인 후손'이 필요하다. 즉 에반투스와 말리오투스, 헤르넬리아의 브레스가 있어야만 보고 속 리시스 라덴쥬를 만날 수 있다는 얘기다.

"그분의 드래고니안 혈통은 당신들이 전부 아닙니까? 그쪽 할아버지나 아버지한테 숨겨둔 자식이라도 존재하지 않는 이상, 쉽게 죽진 못할 겁니다."

(하, 할아버지라니…….)

그 표현에 어색함을 느끼는 말리오투스였다. 물론 혈통적인 측면으로만 따지자면 틀린 말도 아니긴 했다. 리시스 라덴쥬란 존재는 분명 할아버지나 마찬가지였으니까.

"여분 삼아 쉬고 계십시오."

(…….)

말리오투스가 입을 꾹 다물었다. 이안 페이지는 희망이나 마찬가지다. 자신의 아버지를 구해줄 유일한 희망.

어찌 그에게 무례를 범하겠는가?

그가 그렇다면 그런 것이다. 적어도 지금은 그랬다.

(……아버지와 동생을 부탁하겠소.)

"현명하십니다."

만족스러운 대답을 얻어낸 이안.

그가 다시금 페어리 퀸에게 말했다.

"여왕님. 보금자리로 포탈을 열어 드리겠습니다."

본디 드래곤의 둥지였던 페어리들의 보금자리. 이안이 그곳으로 통하는 포탈을 열었다.

"다녀오세요."

(흥, 당연한 걸 가지고 생색을 내는구나.)

페어리 퀸은 아까부터 왜 심통이 난 걸까? 이안은 도저히 그녀의 감정 기복을 읽어낼 도리가 없었다. 그저 이렇다면 이렇습니다, 저렇다면 저렇습니다, 하는 수밖에 없으리라.

"……그럼 저는 도움이 될 만한 분들을 찾아보도록 하죠."

(에반투스의 그 딸내미 말고도 쓸만한 자가 남았느냐? 상아탑의 마법사란 놈들은 아직 쓸 만한 수준이 아닌 것 같던데. 해봐야 그 칼잡이놈 뿐이려나?)

페어리 퀸의 언급이 실로 정확했다. 아직 상아탑에는 4클래스를 뛰어넘은 마법사가 없었다. 그나마 로난이 진입 직전까지 닿았으며, 몇몇 마법사들도 가능성만 보이고 있었다. 하여 지금부터 찾아갈 존재는 그녀가 언급한 둘, 드래고니안 '헤르넬리아'와 단장 '올리버 레이우드'였다.

(뭐, 알아서 하여라. 준비가 끝나거든 찾아오려무나.)

"알겠습니다."

그 말을 끝으로 페어리 퀸은 포탈 너머 자신의 보금자리로, 이안은 텔레포트 주문을 발동시켰다. 목적지는 보르돈 마을, 무작정 헤르넬리아에게 떠넘겼던 바로 그 마을이었다.

"그럼."

새하얀 빛줄기와 함께 사방의 풍경이 변했다. 방금까지만 해도 저택에 있었으나, 어느덧 로 공국 서쪽 구석진 마을 한복판에 서 있었다. 한데 조금 이상했다.

"……잘못 온 건가?"

제 눈을 의심할 수밖에 없는 이안이었다. 그도 그럴 것이 너무나 많은 게 변해 버렸다. 전체적으로 발전된 모양새의 마을풍경이 펼쳐졌다. 정착민도 예전보다 많아진 것 같았다.

'그때 그 마을이 아닌데……?'

작년까지만 해도 누추한 촌구석 마을에 불과했다. 이안이 가짜 교단원들을 몰아내고 조각가 클레반을 빼돌린 뒤, 헤르넬리아에게 통째로 떠넘겼던 당시만 해도 그랬다. 분명 그러했을 지언데, 벌써부터 이렇게 바뀌었다고?

"요, 용의 사자시여!"

마침 지나가던 중년 여인이 이안을 알아봤다.

빵 바구니마저 놓칠 정도로 놀란 눈치였다.

"이크, 죄송합니다."

그 모습에 이안이 마법을 발동시켰다. 떨어진 빵으로부터 흙먼지만 떼어낸 뒤 바구니 위로 차곡차곡 담아줬다. 마법사가 간단한 마법으로 편리함을 누리는 모습이야 당연한 이치였으나, 대다수 사람들에게는 그야말로 신비로운 현상이었다.

"받으십시오. 깨끗해졌을 겁니다."

"고, 고맙습니다! 고맙습니다! 용의 사자시여!"

깨끗하게 정리된 빵 바구니를 건네받은 중년 여인, 그녀가 감격이라도 한 듯 어깨까지 들썩거렸다. 어째 작년보다 더 심해진 것 같았다. 용이라는 존재를 향한 맹목적인 신앙심이 말이다.

'그래도 때깔은 좋아졌군.'

바뀐 건 마을만이 아니었다. 겨우 입에 풀칠만 하며 살아온 탓에 피골이 상접했던 그때와 달리, 지금은 나름대로 잘 먹고 잘 자며 생활한 것 같았다. 눈앞 중년 여인의 얼굴만 봐도 느껴졌다.

'마을이 생각보다 마음에 들었나?'

구석진 촌구석 마을이 이토록 단기간에 성장하는 방법, 아무리 생각해도 답은 한 가지였다. 헤르넬리아의 마음에 들었고, 그녀의 전폭적인 지원을 받고 있을 가능성이 컸다.

"헤르넬리아 님을 뵈러 왔습니다만, 어디 계시죠?"

"요, 용의 자손이시라면 아마 지금쯤……."

중년 여인이 가리킨 곳은 마을 바깥.

멀찌감치 떨어진 높다란 야산이었다.
"저 산에 가셨다는 뜻입니까?"
"그, 그렇습니다! 용의 사자시여!"
"흐음."
산중으로 직접 찾아가야 하는 걸까?
그러한 고민이 떠오르는 그때였다.
이안의 귀에 소리가 들려왔다.
"오늘은 마을 사람들 전부 배에 기름칠 좀 하겠군요."
(언제는 못했던 것처럼 얘기하는구나?)
"용의 자손께서 오시기 전까지는 항상 그랬습죠."
(잊어라. 엉터리들에게 놀아났을 뿐이니.)
한 무리의 사람들이 야산으로부터 걸어왔다. 날개와 꼬리, 뿔이 달린 여인을 중심으로 몇몇 남자들이 포진되어있었다. 이 마을에서만큼은 제법 젊은 축에 속하는 남자들인 것 같았다.
"그때만 생각하면 아직도 속에서 열불이 나는데, 그러다가도 기분이 좋아집니다. 따지고 보면 말이죠. 그 못된 놈들 덕분에 자손분께서 직접 저희를 찾아와주시지 않았습니까?"
"저 친구 말이 백번 옳습니다. 원래 저 산도 몬스터 놈들 탓에 함부로 드나들 수가 없었는데, 이제는 그 몬스터 놈들이 먼저 알아보고 슬금슬금 물러나더라 이 말입니다!"
(내가 돌봐주는 건 당분간일 뿐이다. 너희들 스스로 자립할 힘을 키워야…….)
"예 예! 물론입죠. 항상 명심하고 있습니다요."
남자들은 하나같이 땔감이나 물이 담긴 양동이를 짊어지고 있었다. 사냥된 사슴과 멧돼지를 짊어진 자들도 여럿 보였다. 오직 날개와 꼬리가 달린 여인, 헤르넬리아만이 아무것도 들지 않았다. 특유의 붉은 머리칼만 찰랑거리며 걸어왔다.

"헤르넬리아 님."

이안이 그 무리 앞으로 다가섰다. 순간 경계했던 마을의 남자들도 곧 이안을 알아봤다. 용의 자손을 모셔온 용의 사자가 아니던가? 마을의 은인 중 한 명이나 마찬가지였다.

"오오! 용의 사자시여!"

"오랜만에 뵙습니다!"

동시에 그들 사이로 불안함이 맴돌았다. 용의 자손을 손수 모셔온 용의 사자다. 하면 모셔갈 때도 찾아오지 않을까?

지금이 바로 그 순간은 아니겠지?

그러한 걱정거리가 줄을 이었다.

"잠시 헤르넬리아 님을 빌려 가도록 하겠습니다. 금방 돌려 드릴 테니 너무 걱정하지 마시고요. 넉넉잡아 며칠이면 될 겁니다."

분위기를 읽어낸 이안이 말했다. 그러자 마을주민들의 얼굴에 화색이 돌았다. 졸지에 물건취급을 당해 버린 헤르넬리아만 당혹스러울 뿐이었다. 멋대로 던져놓을 때는 언제고, 이젠 또 잠깐 빌려 가겠다고? 도대체 무슨 소리란 말인가?

(무슨 소리를 하는 거야? 빌려 가겠다니?)

"급한 일입니다. 제 손을 잡으십시오."

(그러니까 갑자기 또 뭐냐구!)

버럭 소리치는 헤르넬리아. 하나 그 반항도 오래가지 못했다. 돌아온 대답은 충분히 심각했으니까.

“에반투스 님의 신변에 문제가 생겼습니다. 급한 일이니 만큼 따라주셨으면 합니다만.”

아버지인 에반투스에게 문제가 생겼다.

그리 말하는데 무슨 토를 달겠는가?

헤르넬리아의 안색이 굳어버렸다.

(대, 대체 무슨 문제가……?)

“일단 가죠. 자세한 건 말리오투스 님께 들으시길.”

텔레포트 주문으로 하여금 헤르넬리아를 말리오투스 앞으로 이동시켜 준 이안, 그의 다음 목적지는 제2 황실 기사단의 첫 번째 연무장이었다. 그곳은 올리버의 주된 수련장이기도 했다.

제2 황실 기사단의 첫 번째 연무장.

이안이 예상했던바 그대로였다.

그곳에 올리버가 있었다.

“흐읍!”

대부분 황태자의 곁에 머물러야 하는 호위 기사로서, 누구보다 과정 자체를 중히 여기는 올리버로서, 이렇듯 수련에 매진하는 순간이야말로 휴가나 마찬가지였다.

파앙!

올리버의 검이 연무장 허공을 갈랐다. 아니, 소리만 놓고 보자면 허공을 뭉개버리는 것 같았다. 그가 피로 하여금 이루어낸 '마나 블레이드'는 한 단계 더 진화되어 있었다. 단순히 예리함만 더해줬던 단계를 넘어서, 이제는 마법이 그러하듯 마나의 폭발마저 일으켰다. 실로 놀라운 성취가 아닐 수 없으리라.

"후우우……!"

물론 한계만큼은 여전히 극복할 수 없었다. 어느새 피투성이로 변해 버린 올리버의 양손이 그 한계를 보여줬다. 피를 봐야만 비로소 일으킬 수 있는 능력의 한계, 가히 태생적인 한계라고 표현할 수 있을 터.

'저 한계만 뛰어넘을 수 있다면.'

이를 지켜보던 이안이 생각했다. 지금까지 드문드문 봐왔던 성취도, 나아가 용아병 사태 당시의 활약상으로 미루어볼 때, 현재 올리버의 무위는 5클래스 마법사조차 한 수 접고 들어갈 경지였다. 마법사들끼리도 5클래스란 꿈의 경지이거늘, 칼잡이로선 가히 신적인 존재가 아닐 수 없으리라.

'진짜 칼잡이들의 신이 될지도 모르겠군.'

전생에는 참으로 덧없이 죽었던 재능.

그 재능이 정말 무섭게 성장해 버렸다.

'심지어 지금도 계속 성장하고 있다.'

현재의 경지만으로도 충분히 감탄을 자아낼 만했다. 하나 올리버의 그릇은 여기서 멈출 정도가 아니었다. 저 꾸준한 노력에 약간의 운만 더해진다면, 언급한 그대로 '칼잡이들의 신'으로 등극할지도 모르겠다.

'운이라기보다는, 내 결정에 달린 건가?'

그럴 수밖에 없었다. 이안에게는 올리버의 근본적인 문제를 해결해 줄 수 있는 보검이 존재한다. 심지어 다양한 실전 경험을 쌓아줄 방법까지 두루두루 알고 있다.

'당장 이번 작전에 포함만 시키더라도…….'

충분히 제 몫을 해냄은 물론이거니와, 생소하고도 강력한 가고일 무리를 상대하며 엄청난 양의 경험치가 축적될 터. 거기다 할리아의 걸작 보검까지 쥐어준다면? 음유시인의 노랫말에나 등장할 법한 '전설의 기사'. 그러한 존재가 현신하는 거나 마찬가지이라.

'어디까지 믿을 수 있느냐가 문제겠지.'

올리버 레이우드는 믿음직한 자다. 그의 충성스러운 마지막을 봤다. 이번 생에도 크게 다르지 않다.

우직한 성품, 희생적인 면모. 분명 믿을 수 있는 아군은 맞다. 문제가 있다면 그 믿음의 '정도'.

혹은 믿음이 향하는 '방향'이다.

'올리버의 충성은 어디까지나 황태자의 것이니까.'

이안은 강력한 힘을 가진 아군이 필요했다. 동시에 드래곤이나 최초의 마법사 어느 쪽과도 연관이 없는 '순수한 아군'이 절실했다. 모든 권속들과 여덟 장인을 제외한다면, 남는 것은 결국 올리버뿐이었다. 그렇기에 고심을 피하기가 어려웠다.

'…….'

제법 긴 시간 고민에 빠졌던 이안.

어느덧 올리버의 수련도 막바지였다.

'어디 한번.'

이안이 숨겼던 기척을 '살짝' 내비쳤다. 물론 그 '살짝'조차 어지간한 마법사와 기사들은 알아채기 힘들 정도였지만, 올리버는 달랐다.

"웬 놈……!"

즉시 기척의 방향으로 쏜살처럼 달려들었다. '역시'라는 감탄사가 누구보다 어울리는 존재.

그것이 바로 그린리버의 검공, 올리버 레이우드였다.

"……이안 공?"

"연무장에서 뵙는 건 오랜만이네요."

기척의 주인을 확인한 올리버. 그의 검이 빠르게 거두어졌다.

"어쩐 일이십니까?"

"간만에 이야기나 좀 나누죠."

"이야기…… 말씀이십니까?"

"대련하던 시절에는 이런저런 얘기, 자주 나누지 않았습니까? 여기 오니까 생각나네요."

이안이 연무장을 둘러보며 말했다.

12살부터 17살까지 진행되었던 대련. 덕분에 올리버는 엄청난 성장을 이뤘다.

"많이 바빴습니다. 물론 이안 공께서 더 바쁘셨지요."

"그러게 말입니다. 생각해 보면 그때가, 올리버 경의 대련을 도와드렸던 그 5년이란 시간이 특히나 한가로웠던 것 같네요."

정말 그랬다. 이안의 두 번째 삶도 어느덧 7년 차에 접어들지 않았던가? 그 7년 중 올리버의 대련을 봐준 5년이 가장 평화로웠다. 그리 오래된 기억도 아니거늘, 아득하게만 느껴졌다.

"그 5년, 언제나 감사하게 생각하고 있습니다."

"당연히 그러셔야죠."

겸손 하나 없는 이안의 대꾸.

올리버 역시 미소를 지었다.

"공께서 친구가 없으신 이유를 알 것 같군요."

"친구 없는 건 경도 마찬가지 아닙니까?"

"제게는 충직한 부하들이 여럿 있습니다."

"저도 상아탑의 마법사분들이 계십니다만."

"좁게는 몇 년에서 길게는 이십 년 이상을 함께해 온 수하들입니다. 공과 상아탑의 관계에 비할 바가 아니지요."

"……그건 인정할 수밖에 없네요."

때 아닌 친구 논쟁에 붙은 두 남자.

어찌 되었든 둘 다 친구는 없었다.

"뭐, 인정합니다. 인간관계가 좀 협소한 편이죠."

그래도 저번 삶보단 넓어졌다. 믿기 힘들지만 사실이었다.

"사실 처음부터 알아봤습니다."

올리버가 나지막한 목소리로 말했다.

옛 생각에 떠오른 모양새였다.

"처음부터요?"

"7년 전 모그리안 영주성에서 처음 대화를 나누었을 때, 기억하십니까? 첩자로 밝혀진 세실리아를 공께서 생포하셨었지요."

이안이 고개를 끄덕거렸다.

기억하지 못할 리가 있겠는가?

"당시 공께 드렸던 첫마디가 보상에 관한 얘기였습니다. 황궁으로 돌아가거든 폐하께 오늘의 일을 고해드리겠다, 모든 정황이 사실로 밝혀질 경우 합당한 보상이 이루어질 것이다. 그런 식으로 말씀드렸던 것 같은데."

"기억납니다."

복수를 향한 본격적인 시작점.

정말이지 옛날 얘기처럼 느껴졌다.

"전혀 내색하지 않으시더군요. 평범한 아이였다면 얼떨떨해하거나, 좋아서 방방 뛰거나, 마냥 이해하질 못하거나, 어느 쪽이 되었든 일정한 반응이 있기 마련인데, 공께서는 그야말로 평온하셨습니다. 표정 관리가 아주 기막히셨지요."

분명 그랬다. 당시만 해도 이안은 어린아이의 행색에 익숙하지 못할 때였다. 하여 건조한 반응을 보인 것이 사실이었다.

"그때 느꼈습니다. 어린놈이 음흉하구나."

"……."

"그 흔한 마을친구도 하나 없겠구나."

"……."

"제가 사람 보는 눈이 좀 정확합니다."

저 '사람 보는 눈'이라는 표현에서부터 황태자를 향한 자부심이 드러났다. 순간 전생에 목격했던 황태자와 올리버의 결말을 말해주고 싶었으나, 이성을 되찾고 꾹 참는 이안이었다.

"……계속 인정은 합니다만, 면전에서 들으니 또 복잡해지네요. 요즘 들어 사람들이 절 괴물 보듯 하는 경향이 생겼는데, 경께선 그러시지 않아 다행인 것 같기도 하고……."

말은 그렇게 해도 내심 흡족한 이안이었다. 지금 이 세상에서 이안을 아무런 선입견 없이 바라볼 수 있는 존재, 장인들과 권속들을 제외하자면 손가락으로 꼽힐 정도였으니까.

"괴물은 맞지요. 기사단에 글쓰기를 좋아하는 친구가 있습니다. 그 친구가 말하길, 요즘은 이야기책에서도 공처럼 강한 주인공은 다루지 않는답니다."

"왜죠?"

"주인공은 굴려야 제맛이라든가? 그런 소릴 하더군요."

올리버가 양쪽 손에 붕대를 휘감으며 말했다. 마나 블레이드를 발동시킬 때마다 일정량 피를 봐야 했기에, 그는 얼마 전부터 여분의 붕대를 항상 지니고 다녔다. 훈련이든 실전이든 필수품이었다.

"그 손, 그래서야 어디 남아나겠습니까?"

"별수 없지요. 이렇게라도 하지 않는다면……."

이안의 우려 섞인 물음에 올리버가 대꾸했다. 굳이 뒷말은 내뱉지 않았다. 하고자 했던 바가 충분히 전달되었을 테니까.

"다른 방법이 있다면 좋을 텐데요."

"알게 되시거든 꼭 알려주십시오."

장난처럼 대답한 올리버. 하나 이안은 장난이 아니었다.

물론 내색까지 하지는 않았다.
"물론입니다. 대신 공짜는 좀."
"딱히 드릴 건 없습니다만."
"제일 자신 있는 놈으로 내어주시죠."
"자신 있는 놈이라……."
올리버가 잠시 고민했다.
자신이 가장 자신 있는 것. 검술? 물론 검술에도 자신이 있다. 하지만 '제일'이라는 강조가 붙었다.
그렇다면 대답은 이미 정해져 있다.
결코 꺾이지 않는 우직한 '충성심.'
올리버의 단호한 목소리가 들려왔다.
"그건 황태자 전하께만 드릴 수 있는 가치인지라."
"물론 전부를 달라는 건 아닙니다. 전하께 소홀하지 않은 선에서 말이죠. 말로 표현하자면 2순위 정도가 좋겠네요."
"2순위에는 폐하께서 계십니다만."
"그럼 3순위라도……."
"3순위는 제국입니다."
"……오기가 다 생기네요. 4순위 갑시다."
"으음."
올리버의 입에서 앓는 소리가 나왔다.
4순위까지 오자 단호함이 사라졌다.
그 나름대로 진지한 고민이었다.
"그쯤이면 괜찮을 것도 같군요."
"휴우!"

이안이 안도의 한숨을 쉬었다. 4순위라도 되었으니 다행 아니겠는가? 5순위까지 추락하는 굴욕이나마 벗어났다.

"4순위, 그거라도 받도록 하죠."

"필요나 있으시겠습니까?"

"개똥도 약에 쓸 때가 있는 법이니까요."

"아무리 그래도 제가 개똥은……."

"농담입니다. 아시다시피 마을친구 하나 없는 음흉한 놈이라서요. 가끔가다 농담도 진담처럼 하곤 합니다. 이해해주시길."

이안의 소심한 복수.

올리버도 지지 않았다.

"연장자로서 이해해드리겠습니다."

"감사하네요."

두 사람의 대화는 누가 봐도 장난 같았다. 올리버 역시 장난으로만 여기고 있었다. 하지만 지금부터는 아닌 것 같았다.

이안의 두 눈에 광채가 서렸다.

"슬슬."

아공간 주머니를 만지작거렸던 이안. 그가 메마른 입술을 천천히 떨어뜨렸다.

"본론으로 넘어가도 되겠습니까?"

"기다리고 있었습니다."

이후로부터 펼쳐진 두 남자의 대화.

밤마저 꼬박 지나 아침까지 밝았다.

이야기와 침묵이 반복하기를 수십 번.

제법 만족스러운 대화가 오간 것 같았다.

일명 '에반투스 구출 작전'은 그로부터 이틀 후에 개시되었다. 이안 페이지를 중심으로 소집된 소수정예의 구성원들은 그야말로 든든했다. 이안이 빠지더라도 일개 영지쯤이야 손쉽게 정벌해 버릴 기세였다.

"에반투스 님과 비슷한 방식으로 접근해 볼 생각입니다."

빗물받이 산맥과 조금 떨어진 숲속.

먼저 강력한 번개 마법으로 무장한 페어리 퀸과 일족들이 힘을 보탰다. 에반투스의 딸이자 5클래스 마법사인 헤르넬리아 역시 붉은 머리칼을 쓸어 올리며 집중했다. 6기의 드래곤 골렘 용용이 중 5기는 각각 장인들이 올라탔다. 그들이야말로 죽음을 두려워하지 않는, 단어 그대로 '불사의 용사' 아니겠는가? 다만 공학자 스람이 뒤늦게 합류하겠다고 선언한 탓에 나머지 1기는 자유로웠다. 올리버의 모습도 보이지 않았다.

'갑자기 뭘 준비하겠다는 건지.'

공학자 스람은 아직 준비할 게 남았으니 먼저 작전에 돌입하라고 말했다. 뉘앙스로 봐선 '용의 심장'이 만들어낸 결과물이라도 가져올 작정인 것 같았으나, 그 결과물이 무엇인지까진 알아낼 도리가 없었다. 아니, 제대로 된 물건일지도 미지수였다.

'기다려 보면 알겠지.'

물론 스람이 결과물을 들고올 때까지 마냥 기다려줄 생각도 아니었다. 에반투스의 안위가 달린 문제 아니겠는가? 한시가 급했다. 더는 꾸물거릴 여유조차 없으리라.

'포탈은 열어뒀으니까.'

포탈을 타고 알아서 찾아오리라.

그리 정리한 이안이 모두를 바라봤다.

"앞서 에반투스 님과 말리오투스 님께서 경험해 본 바, 저 산맥 전체가 가고일의 땅이라고 하더군요. 곳곳에 석화된 가고일이 숨어 있다고 합니다. 수풀 사이, 돌무더기 사이, 작은 동굴마다, 웅덩이 아래, 흙바닥 속까지 전부 말이죠."

콜드우드령 북부에 속한 산맥, 대륙의 5대 산맥 중 하나로 불리는 곳, 웅덩이가 유독 많아 자연스레 붙여진 이름. 바로 그 '빗물받이 산맥'은 가고일의 영토나 마찬가지였다. 비록 석화의 영향으로 디텍트 주문에 감지되지는 않았지만, 말리오투스의 증언을 따르자면 그야말로 어마어마한 머릿수의 가고일이 숨어 있었다.

"가장 높은 봉우리의 정상에서 살펴보면, 산맥 전체를 관통할 정도로 깊숙한 동굴이 하나 뚫려 있을 거라고 하셨습니다. 그 아래가 바로 가고일들의 왕이란 존재, 놈이 기거하는 동굴임을 말리오투스 님께서 직접 확인해 주셨고요."

빗물받이 산맥 가장 높은 곳.

그곳에 자리 잡은 깊숙한 동굴.

그 동굴이야말로 왕의 터전이었다.

가고일의 왕, 고대의 포식자 말이다.

"에반투스 님과 말리오투스 님은 하늘을 날아 동굴로 직행하셨습니다. 가고일들의 감시망을 피하면서 말이죠. 문제는 그 선택이 패착으로 돌아왔단 겁니다. 왕이 지른 울음소리 한 번에 산맥 전체의 가고일들이 몰려왔고, 입구가 막혀 꼼짝없이 당해 버렸다고 합니다. 물론 그 왕이란 놈도 강했고요."

동굴 안에는 가고일의 왕과 몇몇 우등한 일족들이, 동굴 바깥으로는 엄청난 머릿수의 가고일들이 물 밀듯 밀려왔단 것이다. 드래고니안 부자는 순식간에 고립되었고, 에반투스의 마법 덕에 말리오투스만 빠져나올 수 있었다고 한다.

(잠깐, 이해가 좀 안 되는데.)

잠자코 듣고 있던 페어리 퀸.

그녀가 고개를 갸웃거리며 물었다.

"말씀하세요."

(에반투스도 네놈처럼 텔레포트란 거, 가능하지 않았느냐? 그럼 그냥 아들놈 손 붙잡고 도망쳤으면 되는 거 아니야?)

그녀의 의문은 타당했다. 에반투스 역시 7클래스 상당의 마법사, 이안과 비슷한 공간이동 마법이 가능한 존재였다. 하나 이안과 에반투스의 텔레포트 사이에는 차별점이 있었다.

"엄연히 따지자면 다른 마법입니다. 아마 에반투스 님의 텔레포트는 시전자만 이동이 가능한 걸로 추정됩니다만, 맞습니까?"

이안이 에반투스의 딸, 헤르넬리아를 바라보며 말했다. 그녀 역시 침통한 표정으로 끄덕거렸다.

이안의 텔레포트는 스스로 창조해 낸 마법, 그에 비해 에반투스의 텔레포트는 아주 오래전, 아비인 리시스 라덴쥬에게 전수 받았을 가능성이 컸다. 아마 술식을 개량하지도 않았을 터, 효과가 비슷할지언정 엄연히 다른 마법이란 뜻이리라.

'물론 나도 두 명 정도가 한계다만.'

페어리 퀸의 궁금증을 풀어준 이안.

그가 계속해서 작전 설명을 이어갔다.

"본론으로 돌아와서, 저희도 그 에반투스 님과 말리오투스 님의 패착을 따라갈 겁니다. 마침 비행들도 가능하시겠다, 빠르게 가고일의 왕이 숨어 있다는 동굴 안으로 진입할 생각입니다. 물론 거기서부터 달리 움직여야겠죠."

이안, 용용이, 페어리, 드래고니안. 이안을 제외한 모두가 날개 달린 족속들이다. 누구보다 자유로운 비행이 가능하다.

"계획은 간단합니다. 저와 여왕님을 제외한 모든 분들은 입구에 남아 몰려오는 가고일을 막아주세요. 여러분이 가진 힘, 그리고 동굴의 입구라는 공간적 이점으로 볼 때 충분히 막아낼 수 있을 겁니다. 적어도 제가 그 왕이란 존재와 결판을 내기 전까진 말이죠."

여섯 기의 용용이와 장인, 헤르넬리아, 페어리 일족들은 모두 동굴의 입구에 남는다. 그 틈을 타 이안과 페어리 퀸이 가고일의 왕을 처리한다. 말만 놓고 보자면 참으로 간단한 계획이었다.

"그러니까, 그쪽이 가고일의 왕이란 놈을 못 이기면 우리도 싹 다 입구에서 뒈져 버릴 계획이구만? 뭐 우리야 그럴 일은 없겠지만서도, 날개 달린 저 계집애들이 문젠데.”

용용이의 목덜미에 올라탄 여인, 대장장이 할리아가 걸걸한 목소리로 말했다. 말투만 거칠 뿐 틀린 얘기도 아니긴 했다.

“그럴 수도 있습니다.”

“하!”

이안은 그 말을 순순히 인정했다.

다만 자신감의 표출도 빼놓지 않았다.

“저희가 패배할 일은 없겠습니다만.”

“그걸 어찌 장담하실 수 있소?”

“딱히 제출할 증거는 없고요.”

베르톨도의 물음에 이안이 대답했다. 그러면서 지팡이와 로브, 귀걸이를 순차적으로 만지작거렸다. 믿기 힘들다면 당신들이 내어준 걸작 아티펙트라도 믿어보란 의미였다.

"더 하실 말씀이 남으신 분, 계십니까?"

이안이 마지막으로 물었다.

"지금이라도 빠지시길 원하신다면, 허락해 드리겠습니다."

물론 아무도 말소리를 내지 않았다.

“뭐, 우리가 뒈질 것도 아니고.”

“죽여주면 오히려 감사하지.”

“뭔가 재밌을 것 같아요! 그치 용용아?”

(크릉! 크릉!)

장인들이 저마다의 개성대로 말했다.

물론 결론만큼은 하나로 모였다. 딱히 빠질 이유가 없었다. 죽는 것도 아니고 말이다.

(권속의 힘으로 명령까지 내린 주제에 무슨 헛소리를 하는 게냐? 도움이 필요 없다고 말만 하여라. 나와 내 일족들은 바로 돌아가 줄 테니까.)

"그건 좀, 여왕께서 빠지시면 손실이 크거든요."

페어리 퀸의 사정도 마찬가지였다. 마음대로 빠지기란 불가능했다. 이는 결코 부탁이 아닌, 권속의 힘으로서 받은 명령이었으니까.

(이럴 시간 없어! 아버지께서 저기 계신다고!)

헤르넬리아야 말할 것도 없으리라.

아비의 목숨이 달린 문제 아니던가?

"좋습니다. 그럼."

모두의 의견을 재차 확인해 본 이안.

그가 허공으로 빠르게 날아올랐다. 목적지는 빗물받이 산맥 정상의 동굴. 단숨에 진입해 버릴 요량이었다.

"출발하도록 하죠."

4장
무차원의 공간

말리오투스의 말은 틀리지 않았다. 산맥 가장 높다란 봉우리에 동굴 입구가 보였다. 어지간한 생물이라면 올라올 수 없는 높이에 위치한 까닭일까? 입구를 은폐하거나 교란시키려는 흔적조차 없었다.

“바로 보일 거라더니, 정말이네요.”

(그러게 말이다. 다른 입구도 없는 것 같고.)

듣기는 들었으나, 그럼에도 너무 개방적인 모습에 당혹스러움을 느낀 이안이었다. 당당함을 넘어서 함정처럼 느껴졌다.

“씨어 디텍션.”

이안이 마지막으로 씨어 디텍션 주문을 펼쳤다. 과연 드래고니안 부자가 속수무책으로 걸려들 만했다. 산맥 어디서도 가고일의 반응이 느껴지지 않았으니까. 석화의 여파였다. 오직 저 동굴로부터 한 마리 가고일만 감지될 뿐이었다.

'아마 가고일의 왕이겠지.'
놈은 홀로 석화에 빠지지 않았다.
개방된 입구와 혼자처럼 위장된 기운.
누가 봐도 함정처럼 보일 따름이었다.
'정말 함정이라면, 누굴 노린 걸까?'
이 특별한 함정에 걸려들 존재는 지극히 한정적이다. 먼저 자유로운 비행이 가능한 존재이며, 상당한 수준의 디텍션 주문까지 갖춰야만 한다. 이안의 상식으로만 놓고 보자면 드래고니안들, 그리고 자기 자신이 전부인 것 같았다.
'……지금은 놈을 잡는 일에만 집중한다.'
이안이 머릿속을 비웠다. 쉽게 생각하기로 했다. 모든 것은 동굴 속 가고일의 왕이라는 존재, 오랜 세월 끝에 다시금 나타난 저 고대의 괴물로부터 얻어낼 수 있으리라.
"저쪽이 알아채기 전에."
이안이 모두를 바라보며 말했다.
"먼저 진입하죠."
빠른 속도로 착지하는 이안.
다른 구성원들도 뒤를 따랐다.
울퉁불퉁하게 뚫린 동굴의 입구.
그야말로 엄청난 넓이였다.
"변경 사항은 없습니다. 여왕님을 제외한 모든 분들은 여기 남아서 가고일을 막아주세요. 늦지 않게 처리하고 오겠습니다. 그리고 이건……."
이안이 몇 가지 주문을 모두에게 발동시켰다.

신체나 정신력 등을 보좌해 주는 마법이었다.

"서비스입니다. 힘들 내시길."

긴장 풀라는 듯 한마디 던져준 이안.

그가 동굴 아래로 깊숙하게 들어갔다.

(아무도 죽지 마라. 내 금방 돌아올 터이니.)

페어리 퀸 역시 일족들에게 명령했다. 물론 그 내용까지 명령조는 아니었다. 자신의 일족을 향한 정성이 느껴졌다.

(조심히 다녀오십시오. 여왕 폐하.)

(그러마.)

이안과 페어리 퀸이 본격적으로 진입을 시작했다. 산맥이 높은 만큼 동굴 또한 깊고 넓었다. 과연 산맥 전체를 관통하는 동굴다웠다.

"왜 여왕님만 동행하는지 아십니까?"

다소 뜬금없는 이안의 물음.

페어리 퀸이 대답했다.

(내가 저중에서 가장 강하기 때문에?)

"비슷하긴 한데, 조금 다릅니다."

(모르겠구나. 말해보아라.)

"여왕님께서 여왕이시기 때문이죠."

(알아들을 수 있는 말로 설명해라.)

"저쪽은 왕이지 않습니까?"

가면 갈수록 삼천포로 빠지는 대화. 페어리 퀸이 살짝 짜증을 섞어 말했다.

(그게 무슨 상관이란 말이냐?)

"왕 중 왕이 누군지 가려보는……."

(크르르르륵……!)

이안의 실없는 농담이 이어지는 그때.

동굴 안쪽으로부터 혀 끓는 소리가 들려왔다.

"……자리를 가져보려고 했는데 말이죠."

(헛소리가 늘었구나. 긴장이라도 했느냐?)

그녀의 말이 틀리지 않았다. 이안은 그답지 않게 긴장했다. 강한 적과 맞닥뜨렸기 때문에? 아니, 그러한 이유는 아니었다.

"그런 것 같네요."

(흥! 네놈도 별수 없는 인간이구나.)

상대의 강함이 긴장의 요소였다면 본 드래곤 앞에서도 그랬어야 할 터. 하지만 이안은 그렇지 않았다. 가고일의 왕 역시 마찬가지였다.

'본 드래곤과 큰 차이는 없다.'

진정한 드래곤의 본신, 혹은 환술 속에서 최초의 마법사 정도 되는 존재감이 아닌 이상, 강함만으로 이안을 긴장시키기란 불가능에 가까웠다. 단지.

'모든 일의 실마리가 될지도 몰라.'

리시스 라덴쥬의 정신체가 말했던 것처럼.

이 세상에서 드래곤 일족이 사라진 이유. 그 이유와 엮여 있을 최초의 마법사. 이안 페이지 자신과의 연관성.

실로 많은 문제가 겹쳐 있을 터.

(크르르르륵……!)

쇳소리로 끓어오르는 기괴한 울음소리, 평범한 가고일보다 수 배는 큼직한 덩치와 날개, 한껏 치솟은 들창코, 메마른 보랏빛 입술에 싯누런 송곳니까지. 그 모든 조건이 회색 가죽과 어우러져 참으로 흉물스러운 피조물이 빚어졌다.

(크륵! 크르륵!)

물고 있던 무언가를 뱉어낸 '가고일의 왕'.

그것은 놀랍게도 '동족의 시체'였다. 반쯤 뜯긴 탓에 너덜너덜했다.

(저런 게 왕이라니, 가고일 놈들도 운이 없구나.)

"동감입니다."

동족을 죽이다 못해 잡아먹는 왕이라니. 그 누가 감히 상상이나 해봤겠는가?

"그쪽이 가고일의 왕인가?"

이안이 한 발짝 다가서며 말했다.

"용들에게 봉인되었다고 하던데."

(크르륵……!)

"무슨 수로 풀려난 거지?"

(크르르르르……!)

말이 통하지 않는 존재인 것 같았다. 그저 괴물에 불과한 놈인 걸까? 고대의 포식자로 군림했던 존재가?

"여왕님."

(듣고 있다.)

"에반투스 님을 찾으세요. 놈은 제가 맡겠습니다."

(괜찮겠느냐?)

"충분합니다."
(……알겠다. 조심해라.)
"여왕님도 조심하십시오."

동굴은 넓었다. 여러 갈래 깊숙한 통로가 남아 있었다. 아직 에반투스가 잡아먹히지 않았다면, 어떠한 형태로든 살아 있다면 동굴 어딘가에 숨겨져 있을 터. 이안은 그 수색을 페어리 퀸에게 맡겼다.

(크르르르륵……!)

더 이상 지켜볼 것도 없었다. 이안이 곧장 마나를 끌어모았다. 명백한 적의가 사방으로 드러났다.

"말은 통할 줄 알았는데."

그 모습에 가고일의 왕이 입맛을 다셨다.

비록 말은 하지 못해도 감정이 전해졌다. 침입자를 향한 경계라곤 보이지 않았다. 한때 세상을 공포로 몰아넣었던 포식자.

그러한 존재만이 보일 수 있는 여유였다.

(크그그그그극……!)

쩍 갈라진 날개를 위협적으로 펼쳐 보인 가고일의 왕. 그럼에도 이안은 일말 머뭇거림조차 보여주지 않았다. 저만한 덩치야 지금껏 봐온 괴물 중 하위권에 맴돌았으니까. 시간의 보고 속 리시스 라덴쥬의 정신체도, 본 드래곤도, 심지어 용용이마저 가고일의 왕보다 거대했다.

(캬아아아아아악-!)

기괴한 울음소리가 놈의 아가리로부터 흘러나왔다. 단순함을 넘어선 음역대의 소리였다. 아마 이 소리가 빗물받이 산맥 전체의 가고일을 집결시키는 수단일 터.

쿠구구구구구—!

그러자 산사태라도 일어난 것처럼 산맥 전체가 요동쳤다. 엄청난 머릿수의 가고일들이 동시다발적으로 움직이는 까닭이었다.

'도대체 몇 마리나 되는 거야?'

쉬이 가늠해 볼 수가 없었다. 그러나 한 가지 사실만큼은 어렵지 않게 느껴졌다. 만약 저 수많은 가고일들이 산맥 아래로, 그러니까 세상 바깥으로 나가 날뛰는 날엔…….

'재앙.'

드래곤의 정신체가 했던 말에 따르자면, 놈들은 조화를 이룰 수 없는 족속이라 하였다. 하지만 그것은 어디까지나 체계적인 군대를 일으킬 때 필요한 덕목일 뿐. 놈들이 인간이든 동족이든, 제3의 무엇이든 닥치는 대로 죽이며 날뛴다고 생각해보라. 그거야말로 대륙 전체의 재앙이나 다를 바 없으리라.

"……여러모로."

이안이 여러 구의 얼음덩이를 소환했다.

실로 오래간만에 맛보는 클래식한 전투였다.

"개체수를 줄여둘 필요가 있겠어."

'고대의 포식자'와 '현세의 최강자'.

두 괴물이 격돌하기 시작했다.

“우와앗!”

한편 입구를 지키는 이안의 소수정예, 그중 외관상으로 가장 어린 클레반이 외쳤다. 녀석은 용용이와 함께 산맥 전체를 감시하고 있었는데, 드디어 가고일들의 움직임이 포착된 모양새였다.

“와요! 와! 엄청 많아요! 완전 개미 떼 같아요! 개미 떼!”

어찌 저토록 해맑을 수 있을까?

그 개미 떼가 누구에게 달려드는지 분명 인지하고 있을 터인데 말이다.

“그만 내려오렴. 자리를 지켜야지.”

“넵!”

꼬맹이 조각가 클레반은 재봉사 베르톨도의 말을 유독 잘 따랐다. 그의 말 한마디에 군말 없이 내려와 동굴 앞을 지켰다. 물론 용용이의 목덜미에서 한순간도 떨어지지 않았다.

“다들 아시겠지만, 무슨 일이 있어도 가고일의 진입을 허락해선 안 되오. 적어도 이안 님께서 목적을 이루고 나오시기 전까지는 말이오. 그러니까 절대로 앞장서 무리하지 마시오. 대부분은 이 드래곤 조각상 앞에서 멈출 수밖에 없을 터이니.”

총 여섯 기의 드래곤 골렘 '용용이'는 그 자체로 훌륭한 방패였다. 고통을 느끼지 못할뿐더러 엄청나게 튼튼했다. 아마 이안조차 용용이를 부수기란 불가능할 터. 그런 조각상이 입구만 틀어막아도 어지간한 진입은 막아낼 수 있으리라.

"허니 반룡인 아가씨와 페어리 분들께서는, 동굴 안으로 흘러들어 오는 놈들만 처리를……."

(잠깐.)

드래고니안 헤르넬리아가 베르톨도의 말문을 가로막았다. 딱히 잘못된 지휘도 아니었는데, 어째서일까?

"어찌 그러시오?"

(아가씨라니, 내 비록 겉모습은 이럴지 몰라도, 인간인 당신보다 몇 배는 더 살았을걸? 앞으론 말을 조심하는 게 좋을 거야.)

"하하하!"

헤르넬리아의 막간을 이용한 경고.

그 말에 베르톨도가 너털웃음을 터뜨렸다. 다른 장인들도 마찬가지로 껄껄 웃었다.

(……왜 웃는 거지?)

"아, 실례했소. 그래서 아가씨께서는 올해로 나이가……?"

(새는 것을 포기한 지 오래다. 거의 이백 년 전부터 존재해 왔으니까.)

"이백? 그 정도면 아가씨 맞구먼. 난 또 얼마나 사셨다고."

(……뭐?)

"아가씨가 정 그러시면, 색시라고 불러드리리다."

(무슨 헛소리를……!)

무려 이백 살이 넘는 헤르넬리아.

그보다 훨씬 더 오래 존재한 베르톨도.

두 화석의 대화가 길어지려는 그때.
"키아아아악-!"
첫 번째 가고일이 시야에 들어왔다. 물론 그것은 시작에 불과할 뿐이었다. 사방으로 몰려들기 시작한 가고일.
그 수는 클레반의 표현 그대로였다. 정말 '개미 떼'가 몰려오는 것 같았다. 심지어 사람보다 큰 개미 떼가.
"모두 자리를 지키시오!"
동굴 밖에서도 치열한 전투가 막을 올렸다.

쿠웅!
가고일의 왕이 흙먼지를 뒤집어썼다.
별거 아닐 줄만 알았던 먹잇감.
놈의 반항이 생각보다 거셌다. 아니, 정확하게 표현하자면.
(크륵! 크르르륵……!)
가고일의 왕이 느끼기엔 그랬다.
저 밝은 갈색 머리의 인간 마법사.
놈은 아무래도 인간이 아닌 것 같았다.
'생각보다 약한데.'
반면 이안은 여유로웠다. 적어도 본 드래곤을 상대할 때보다 수십 배는 거뜬한 느낌이었다. 물론 놈이 가진 최고의 힘은 어마어마한 머릿수일 터. 그 강력한 힘의 원천을 동굴 입구에서 봉쇄시켰으니 어쩔 수가 없으리라.

'슬슬 제압하는 게 좋겠어.'

입구의 봉쇄가 얼마나 버텨줄지 모른다. 제압할 수 있을 때 제압하는 것이 옳다. 의사소통이 가능한 존재였다면 고문이라도 시도하겠으나, 놈의 상태로 미루어볼 때 그 선택지는 폐기해야 할 것 같았다.

"끝내자."

이안의 머리 위로 거대한 손길이 나타났다. 얼음으로 빚어진 한 쌍의 손은 이안의 손과 정확하게 일치했다. 전체적인 생김새부터 움직이는 동작까지 전부 다 똑같았다.

(크아아아악-!)

그 거대한 얼음 손이 놈의 날개를 낚아챘다. 뿐이랴? 오른쪽 날개를 그대로 찢어버렸다. 가고일의 왕, 놈이 터뜨린 비명이 동굴 전체에 쩌렁쩌렁 울렸다.

(멈춰라! 멈춰! 인가아아안-!)

바로 그 순간이었다. 생소한 목소리가 이안의 머릿속을 강타했다. 듣는 것만으로도 불쾌함이 느껴지는 고약한 목소리, 단언하건대 가고일의 목소리가 분명했다.

"말할 수 있었어?"

이안이 얼음의 손아귀에 잔뜩 넣었던 힘을 풀어줬다. 대신 가볍게 잡아 얼굴 앞까지 가져왔다. 이안과 가고일의 왕, 두 존재가 처음으로 눈을 마주쳤다.

"……?"

순간 놀라움을 느낀 이안이었다.

놈의 두 눈이 참으로 괴상했다. 애꾸라든지, 안구가 없다든지. 그러한 문제는 아니었다.

"눈이……."

반절, 정확히 반절이다.

가고일의 양쪽 안구 전부. 딱 반절씩만 남았다는 얘기다.

마치 그만큼씩 뜯겨나간 것처럼.

흉물스럽기가 도를 넘어섰다.

(알레그라포.)

바로 그 찰나였다.

정말이지 잠깐에 불과했다. 이안이 놈에게 시선을 빼앗긴 시간 말이다.

초로 따지자면 몇 초도 지나지 않았을 거다.

분명 그랬는데.

(훈카나티오, 하그납!)

알레그리포, 훈카나티오, 하그납.

해석할 수 없는 언어가 머릿속으로 들어왔다.

"큭……!"

이안이 고통에 찬 신음을 토해냈다.

형용할 수 없는 두통이 몰려왔다. 얼음의 손마저 스르르 녹아내렸다. 대체 어떠한 사술을 부린 걸까?

답은 금세 알아챌 수 있었다.

'석화……?'

이안의 육신이 딱딱하게 굳어갔다.

단순한 마비증상이 아니었다. 돌덩이가 되기 시작한 거다. 표현 그대로 '석화'였다.

'침착하자. 침착해.'

이안이 마지막 정신을 붙잡았다. 그리고 상황부터 정리했다. 먼저 가고일의 왕.

'놈의 몸뚱이도 굳어가고 있다.'

이안만 돌이 된다면 문제가 컸다.

한데 가고일의 왕도 석화가 진행되었다. 일종의 자폭과도 같은 능력인 것 같았다.

'석화는 무차원의 공간으로 진입되는 능력.'

리시스 라덴쥬의 정신체가 내어준 정보를 떠올렸다. 석화가 끝나면 육신은 돌덩이, 정신은 무차원의 공간으로 진입한다. 즉 이안의 정신 또한 무차원의 공간으로 진입할 터.

'놈과 같은 공간으로 진입하겠지.'

정황상 그렇게 될 가능성이 컸다. 물론 놈의 노림수일 가능성도 컸다.

'정신만 똑바로 차린다면, 어떻게든…….'

이안의 생각이 거기까지 닿았을 때. 흐릿했던 시야가 어둠으로 물들었다. 생각의 흐름도 일순간 끊어져 버렸다.

육신이 완벽하게 굳어버린 여파였다.

'……!'

그 상태로 얼마나 지났을까?

끊어졌던 정신이 깨어났다. 어두웠던 시야도 돌아왔다.

'여긴……?'

방금까지 있었던 가고일의 동굴. 적어도 그곳이 아님은 확실했다.

보랏빛의 모래로 가득한 평야에 보랏빛 번개마저 내리쳤다.

쿠궁! 쿠구구구궁 – !

생소하다 못해 이질적인 공간.

가고일의 왕, 놈의 모습도 보였다. 놈은 익숙한 듯 어디론가 날아갔다. 바로 쫓아보려고 했지만 불가능했다.

어떠한 마법도 발동되지 않았으니까.

'시간의 보고와는 다르다.'

이안이 침착하게 주변을 살폈다. 그리고 얼마 지나지 않아 경악할 수밖에 없었다. 가고일의 왕이 날아간 방향, 그 끝자락에 어렴풋이나마 펼쳐진 광경. 바로 그것이 문제였다.

"……?"

거대한 보랏빛의 구체. 흡사 가고일의 눈을 수천만 배 확대라도 시킨 듯 엄청난 크기의 구체가 허공에 덩그러니 놓여 있었다. 하늘에서 내리치는 줄로만 알았던 보랏빛 번개 역시 저 구체로부터 뿜어져 나오는 기운이었다.

다만 이안의 눈을 사로잡은 존재.

그것은 보랏빛 구체가 아니었다. 물론 구체도 놀라웠다.

하지만.

"설마……."

보랏빛 구체의 주변에 속속들이 모여든 존재들. 저마다 일으킨 마나의 파동으로 구체의 유지를 돕는 존재들. 그 수많은 존재가 눈에 들어왔다. 그럴 수밖에 없었다. 그것들의 정체는 너무나도 확실했으며, 또한 익숙했으니까.

"……드래곤?"

리시스 라덴쥬의 정신체.

그가 언급했던 추측이 옳았다. 사라진 줄만 알았던 드래곤 일족. 그들은 '무차원의 공간'에 존재했다.

'아직 속단하긴 이르다. 허상일 수도 있어.'

이안이 놀란 가슴부터 진정시켰다. 그리고 상황을 면밀히 살펴봤다.

'저 구체는 뭐지?'

드래곤으로부터 거둬온 관심이 이번에는 보랏빛 구체로 향했다. 다시 한번 말하지만 거대했다. 드래곤 수백 마리가 사방으로 포진했음에도 가려지지 않는 크기였다.

'계속 유지하고 있는 건가?'

그리 보일 수밖에 없었다. 드래곤들이 내뿜는 마나의 파동과 줄기가 구체 속으로 계속해서 투입되고 있었으니까. 유지, 존속, 강화. 그러한 단어들을 연상시키기 충분했다.

'왜?'

궁금증은 눈덩이처럼 불어났다.

저 구체의 정체가 무엇이기에?

도대체 어떤 효력을 가졌기에?

(놈이 왔다고! 저기 저놈 말이야!)

그때였다. 가고일의 왕, 놈의 목소리가 다시금 들려왔다. 얼음의 손아귀에 찢겼던 날개는 물론이거니와, 쳐다보기 거북할 정도로 훼손된 눈알 역시 깨끗하게 회복되었다.

(황금색에 가까운 머리, 인간, 마법사. 맞잖아?)

놈은 이안을 가리키며 누군가에게 말하고 있었다. 마치 고자질이라도 하는 것처럼 잔뜩 흥분된 목소리였다.

(그런 인간이 오면 알아서 발동될 거라며? 너희 도마뱀 놈들이 동굴에 걸어놓은 그 뭐냐, 힘인지 나발인지 그거 말이야! 근데 왜 저 인간 놈은 멀쩡한 거냐고!)

도대체 무슨 소리를 하는 걸까?

이안이 잠시간 생각에 빠지는 찰나.

"윽……!"

피부가 오싹 거리기 시작했다.

식은 땀방울이 전신을 적셨다. 무의식 속에 숨어 있던 본능. 오감을 넘어선 육감의 영역. 놈들이 이안에게 소리쳤다.

엄청난 존재가 나타났다고.

(입을 다물어라. 가고일.)

지금껏 이안은 생각해왔다. 드래곤이라면, 도마뱀을 닮은 족속의 외형이라면 정신체부터 조각상까지 숱하게 봐왔다. 그 때문에 자신할 수 있었다. 만난다 한들 아무런 문제도 없을 거라고.

'이건…….'

하지만 그 자신감은 허세에 불과했다.

이안의 눈앞으로 나타난 '최강의 생물'.

언제나 그렇듯 압도적인 크기의 몸뚱이. 그에 걸맞은 뿔과 날개, 가죽과 이빨. 파충류를 닮아 소름이 끼치는 동공까지.

'진짜다.'

단지 마주하는 것만으로도 알 수 있었다. '진정한 드래곤'

이 눈앞에 나타났단 사실을. 결코 정신체도, 허상도, 비슷한 무언가도.

그 어떤 유사의 존재가 아니라는 것을.

'…….'

오싹거림과 식은땀은 시작에 불과했다. 단지 눈이 마주치는 것만으로도 다리마저 후들거렸다. 어디로든 도망치고 싶단 생각까지 들었다. 그만큼 압도적이었다. 단언하건대 이안의 경지로는 흠집 하나…… 아니, 털끝 하나 건드릴 수 없을 것이리라.

'이길 수 없다.'

솔직하게 고백하자면 그랬다.

이안은 약간의 자만심을 품고 있었다. 리시스 라덴쥬의 정신체를 쓰러뜨렸다. 뼈로 현신한 본 드래곤도 이겨냈다.

가고일의 왕 역시 만만한 상대였다. 하여 그런 생각을 떠올렸다. 이쯤이면 닿지 않았을까?

'저 드래곤이란 존재에게.'

한데 아무래도 아닌 것 같았다.

닿기는커녕 먼발치도 접근하지 못했다.

모든 본능과 육감이 그렇게 아우성쳤다.

'끝인가.'

드래곤의 목적은 이안이 확실한 것 같았다. 도시를 침공했던 수만 마리 용아병 부대와 본 드래곤, 심지어 '황금색에 가까운 머리칼의 인간 마법사'라니, 누가 봐도 이안을 뜻하는 외형묘사 아니겠는가?

'고작 이렇게?'

이안의 생각이 체념으로 물들어가는 그때, 드래곤의 목소리가 들려왔다. 물론 이안을 향한 목소리는 아니었다. 가고일의 왕, 놈에게 내어주는 대답인 것 같았다.

(이자는 그 인간이 아니다.)

'이자'는 '그 인간'이 아니라니?

도대체 무슨 소리를 하는 걸까?

(뭐? 너희가 말한 조건이라면 전부…….)

(모발의 색깔만 같을 뿐, 전혀 다른 존재다.)

드래곤이 단호한 목소리로 말했다.

(외모나 힘은 충분히 숨길 수 있지.)

붉은 드래곤의 말이 계속 이어졌다.

(하나 제대로 된 육신을 가졌다. 놈이 세상 곳곳에 숨겨둔 사념체 따위가 아니란 얘기지. 가고일의 왕, 그대도 알다시피 놈의 육신은 여기 있다. 알아듣겠는가?)

이안의 머리가 바삐 굴러갔다.

'사념체'는 또 무엇이란 말인가?

알 수 없는 단어들이 난무했다.

(하! 그래. 너희한테 힘을 준 인간 놈, 그놈이 고작 저 정도 수준일 리 없겠지. 그랬다면 우리가 덩치 큰 도마뱀 따위에게 당했을 리도 없겠…….)

가고일의 비아냥거림은 거기까지였다.

펑! 하는 소리와 함께.

(크아아아아악-!)

가고일의 왕.
그의 턱주가리가 박살 났으니까.
드래곤은 그저 눈짓만 했을 뿐이었다.
(나가라.)
(어으으으……!)
(헛된 일에 낭비할 시간 없으니.)
그 말이 단순한 의미는 아닌 것 같았다. 더 이상 누구에게도 시선을 주지 않았다. 하나 가고일의 왕은 물러나지 않았다. 아니, 물러나긴 했다. 비굴해졌으니까.
다만 용에게 부탁 한 가지를 말했다.
(자, 잠깐!)
무차원의 공간이라서 그럴까?
터져나갔던 턱이 금세 재생되었다.
(이놈도 제법 강하다고! 지금 내 상태론 못 이긴다니까? 가져간 힘을 돌려주든가, 대신 죽여주든가! 뭐라도 좀 해줘야 할 거 아니야? 엉? 너희도 내가 죽으면 곤란할 텐데?)
고래고래 소리치는 가고일의 왕.
협박이라기보다는 애원에 가까웠다.
(으음.)
그 말에 설득력이 있었던 걸까.
잠시 생각에 잠겼던 '진정한 드래곤'.
그가 시선을 돌려 이안에게 다가왔다. 여전히 무관심한 얼굴, 또한 눈빛이었다.
(가만히 있어라.)

그 한마디면 충분했다. 이안은 아무것도 할 수 없었다. 도망치기는커녕 호흡조차 어려웠다.

'이대로…….'

드래곤의 커다란 앞발.

그 끝으로 솟은 손톱이 가까워졌다. 이안의 자그마한 머리통으로 말이다. 정말 저 손톱 하나에 죽는 걸까? 이토록 허무하게 가는 걸까?

'이대로 죽을 수는…….'

그와 동시에 톡, 하고 닿았다.

놈의 손톱과 이안의 머리통이. 이변은 바로 그 순간 일어났다.

"허어억!"

시야가 순식간에 바뀌어 버렸다. 더는 보랏빛 구체도, 보랏빛 모래도. 보랏빛 번개와 드래곤도 보이지 않았다.

어둡고 칙칙한 동굴만이 눈앞에 펼쳐졌다.

무차원의 공간으로부터 튕겨 나온 거다.

"허억! 헉! 허어억……!"

이안이 거친 숨을 몰아쉬었다. 물론 막혔던 숨이 터지기도 했다. 하나 진정한 이유는 따로 있었다.

'아직 살아있어.'

그 숨으로부터 생명이 느껴졌다. 아직은 멀쩡하게 살아있었다.

(크그그그그극……!)

고민과 혼란은 오래가지 않았다. 무차원의 공간으로부터

퇴장당한 존재. 그것은 이안뿐만이 아닌 것 같았다.

'저놈이라면 어렵지 않다.'

이안이 서둘러 몸을 가누었다.

함께 쫓겨난 존재는 가고일의 왕. 불행 중 다행이라고 볼 수 있었다. 다시 물리치면 그만 아니겠는가?

'현실에서도 회복되었군.'

놈은 무차원의 공간 그대로였다. 찢겨진 날개도, 몸뚱이도 회복되었다. 반절씩 뜯겨나갔던 안구만 여전했다.

물론 괜찮다. 이안에게도 무한대의 마나가…….

'……?'

마나를 끌어모으려던 이안.

그의 얼굴이 딱딱하게 굳어졌다.

'마나가…….'

무차원의 공간 속과 똑같았다. 이안은 여전히 마법을 쓸 수 없었다. 육신 어디에서도 느껴지지 않았으니까.

'이게 어떻게 된 거지……?'

아직 여파가 덜 회복된 걸까?

이안은 그렇게 믿고 싶었다. 단지, 문제가 있다면.

(크그그그그극……!)

바로 시간이 없다는 것.

가고일의 왕이 공격을 시작했다. 놈은 또다시 맹수처럼 울부짖었다.

"큭!"

이안 역시 필사적으로 몸을 던졌다. 하나 육신만 가지고는 어림도 없었다. 얼마나 버틸 수 있을지가 미지수였다.

(크륵! 크르르륵!)

무차원의 공간과는 달랐다. 가고일의 왕은 말을 하지 못했다.

대신 흉악하게 웃으며 주변을 돌았다. 발걸음으로부터 여유로움이 느껴졌다. 자신의 승리를 확신하는 분위기였다.

"후우……."

더는 여유가 없었다.

생각을 고쳐먹어야만 했다.

'마법은 잠시 접어둔다.'

이안은 누구보다 당혹스러웠다. 하지만 누구보다 침착해야 한다. 살아서 빠져나가고 싶다면 말이다.

이안이 허리춤으로 손을 가져갔다.

'이렇게 쓸 줄은 몰랐는데.'

동시에 아공간 주머니를 열었다.

스람의 걸작, 난쟁이 광선도 잡았다.

"보아하니……."

(크극……?)

"그 돌려달라던 힘은 못 받은 것 같은데."

가고일이 드래곤에게 보낸 요청은 두 가지였다. 자신의 힘을 돌려주든가, 이안을 대신 죽여주든가. 하나 드래곤은 아무것도 허락해 주지 않았다. 그저 이안을 약화시켜줬을 뿐.

"다행이야."

(크르르르……?)

"아직 약해빠져서."

이안의 왼손이 아공간 주머니로 들어갔다. 나아가 무언가를 끄집어내 허공으로 힘껏 던졌다. 그것은 물건 따위가 아니었다. 작은 크기였으나, 명백한 '인간의 형상'이었다.

지이이이잉-!

그 자그마한 인간의 형상으로 '난쟁이 광선'이 비춰졌다. 다만 반대편 수정구로부터 뿜어진 빛이었다. 즉 '난쟁이화'가 아니라 '정상화'를 이끌어내는 광선이란 얘기였다.

"하아아아압!"

정상적인 크기로 돌아온 인간.

그가 포물선을 그리며 날아갔다.

동시에 가고일의 몸뚱이를 노렸다.

검 한 자루가 춤을 추기 시작했다.

(크아아아악-!)

가고일이 때아닌 비명을 질렀다.

당황한 표정으로 주춤주춤 물러났다.

이게 갑자기 무슨 날벼락이란 말인가?

"전하께서 자주 하시던 말씀 중에, 지루해서 죽을 것 같다는 표현이 있었소. 참 철딱서니 없는 말씀이구나 싶었는데."

연이어 중후한 남성의 목소리가 들렸다.

한 치 흐트러짐조차 없는 저음의 어조였다.

"아무래도 그 생각을 철회시켜야 할 것 같군."

목소리의 주인. 그는 인간의 평균을 한참 넘어선 장신이었으며, 짤막한 갈색 머리칼과 다부진 눈매를 가졌다. 황실 기사가 지녀야 할 품위보다는 오로지 효율성만 노린 갑옷차림이기도 했다.

"지루함은……."

이안이 남몰래 준비했던 '비장의 무기'.

그 무기란 바로 황태자의 호위 기사.

대륙제일검, 올리버 레이우드였다.

"충분히 사람을 죽일 수 있더이다."

주머니 속 지루함을 토로한 올리버. 그는 더 이상 이안에게 극존칭을 사용하지 않았다. 이틀 전 대화로부터 새롭게 정립된 관계였다. 비탈졌던 상하관계가 조금은 완화된 것 같았다.

"기다림의 종결."

손에 잡힌 묵직한 장검 한 자루.

올리버가 그 검을 바라보며 읊조렸다.

대장장이 할리아가 만든 '걸작'이었다.

"검의 이름으로 추천 드리겠소."

사상 최고의 기사가 사상 최고의 검을 만났다.

그 완벽한 조합이 처음으로 맛볼 피와 살점은.

"흉측한 괴물이로군."

고대에 군림했던 포식자.

가고일의 왕으로 정해졌다.

5장
독불장군은 장수하지 못한다

"흐읍!"

올리버가 검에 마나를 주입했다.

피 한 방울 흘리지 않았음에도 가능했다. 검이 저 스스로 주인의 마나를 흡수한 거다. 이 현상이야말로 대장장이 할리아의 걸작.

'기다림의 종결'이 보유한 첫 능력이었다.

"잘 부탁하지."

검에 말을 걸어본 올리버.

우우우웅-!

그러자 검신이 가늘게 떨렸다.

푸른빛의 마나 또한 피어올랐다. 마치 대답이라도 하는 것 같았다.

파밧!

올리버가 경쾌한 보폭으로 하여금 가고일과의 거리를 좁혔다. 고위 마법사 헬레느를 상대할 때보다 한층 더 빨라진 느낌이었다. 인간의 육체적 한계는 이미 오래전 뛰어넘은 듯했다.

(크르르르……?)

한편 가고일의 왕이 당황한 듯 머뭇거렸다.

감히 생각지도 못한 기습에 당해 버렸다.

주머니 속에서 인간이 튀어나올 줄이야.

그래도 거기까지는 나쁘지 않았다.

마법이 아닌, 쇠붙이에 당한 상처니까.

가고일의 재생력은 수준이 상당하다.

자상 따위 가뿐하단 얘기다.

분명 그러해야 하거늘.

(크륵! 크그그극……!)

아무리 기다려도 회복이 더뎠다.

재생은커녕 상처만 더 심해졌다.

검신에 독 따위를 바른 걸까?

아니, 그런 것은 아니었다.

"마음에 드는군."

할리아의 걸작 '기다림의 종결'이 가진 두 번째 능력, 그것은 바로 '상처의 악화'였다. 결코 독 따위가 아닌 '마법'의 힘이었다. 검에 내재한 주문이 올리버의 마나를 머금고 발동된 거다.

"다행이기도 하고."

올리버는 황실 기사다. 심지어 모든 기사의 우상이나 다름없는 그린리버의 검공 아니겠는가? 효율성에 무게를 둘지언정 상처가 악화하는 능력을 사람한테 써먹기란 불명예스러운 일이다. 단, 저 가고일의 왕과 같은 괴물이 상대라면 얘기는 달라질 터. 조금의 거리낌도 느껴지지 않으리라.

슈팟!

올리버의 맹공이 연이어 퍼부어졌다.

하나 가고일의 왕도 만만치 않았다.

표현 그대로 호각을 이루고 있었다.

'충분히 이길 수 있다.'

이는 올리버의 생각만이 아니었다.

지켜보던 이안의 판단 역시 그랬다.

올리버는 가고일의 왕을 꺾을 수 있다.

아공간 주머니로부터 이루어진 선공.

그 완벽했던 기습이 결정타였다.

'힘을 돌려받지 못해서 다행이야.'

가고일의 왕은 드래곤에게 힘을 돌려달라고 요청했으나 끝내 허락받지 못한 것 같았다. 처음 이안이 압도적으로 몰아붙였을 때와 별반 다를 바가 없었으니까. 저 정도라면 걸작 보검을 쥔 올리버 역시 어떻게든 이겨낼 수 있을 터.

'쉽진 않겠지만.'

말미에 남긴 이안의 우려.

그 우려를 느끼기라도 한 걸까?

올리버의 동작이 더욱 매서워졌다.

파앙! 팡! 파아앙—!

그저 동작만 매서워진 게 아니었다. 검의 결대로 뻗어 나가는 마나의 기운, '검기'가 동굴 이곳저곳을 사정없이 두들겼다. 연무장에서 연습했던 검기의 수준을 아득히 넘어섰다. 검에 내재한 마나적 역량이 올리버의 검기마저 강화시켜 준 덕이었다.

(캬아아아아악—!)

결국 가고일의 왕이 비명을 토해냈다. 오늘만 벌써 몇 번째 비명인지 모르겠다. 이대로는 어렵다. 벗어날 방법이 필요했다.

'빌어먹을 도마뱀 새끼들이 힘만 돌려줬어도!'

가고일의 분노가 치솟았다. 그는 드래곤들에게 가진 힘을 봉인 당한 상태였다. 이런 상태만 아니더라도 저 칼잡이 놈쯤이야 시작부터 처리할 수 있었을 거다. 한데 이런 꼴이라니, 이런 수모라니!

굴욕도 이런 굴욕이 없었다.

'어떻게든 시간을 벌 수밖에……!'

다시 석화를 시작하기 위해선 회복의 시간이 필요했다. 본연의 힘이었다면 몇 분 내로 회복했겠으나, 지금의 몸뚱이로는 몇 시간을 기다려도 장담하기 어려웠다. 심지어 이안에게 사용했던 동반 석화는 반나절 이상의 여유가 필요할 터.

"눈을 조심하십시오."

가고일의 판단이 그쯤 닿을 무렵.

이안이 올리버에게 경고했다.

"잔기술을 쓰더군요."

물론 이안의 조언을 듣는다 하여 달라질 것도 없었다. 올리버는 처음의 접촉 이후로 계속 일정한 거리를 유지했으니까. 보호 마법이 가능한 이안이라면 모를까, 올리버에게 가고일의 왕은 여전히 위험했다.

한 방이라도 허용하는 순간 전세가 위태로워질 터. 그 사실을 누구보다 잘 알고 있었다.

"어딜!"

말마따나 한 치의 접근도 허용하지 않는 올리버였다. 그러면 그럴수록 가고일의 왕은 분통이 터졌다. 칼잡이 인간의 몸뚱이는 여전히 깨끗한 반면, 자신의 육신은 그야말로 엉망진창이나 마찬가지였으니 말이다.

(크그극……!)

이윽고 가고일의 왕이 생각을 고쳐먹었다. 여기서 결판낼 생각부터 관두자. 대신 입구 쪽에서부터 느껴지는 기척들, 아마 저 인간들의 동료가 동족들을 막고 있을 터. 그곳으로 날아가 동족들의 진입을 돕는다. 그렇게만 한다면 이길 수 있으리라.

(크륵! 크그극!)

결심을 내린 가고일의 왕, 그가 큰 원을 그리며 공격에 나서는가 싶더니만 그대로 도망치기 시작했다.

목적지는 동굴의 입구, 이안이 놈의 생각을 곧장 읽어냈다.

"붙잡으세요!"

하나 이안의 말보다도 올리버가 내린 판단이 반 박자 빨랐다. 쥐고 있던 보검을 투창하듯 빠르고 정확하게 내던졌다. 검은 마치 쏘아진 화살처럼 올곧게 뻗어 나가더니.

푸슉!

곧장 가고일의 꼬리 상단 부분을 관통했다.

뿐이랴? 벽에 박혀 움직임까지 봉쇄했다.

(캬오오오오오-!)

관통당한 꼬리로부터 느껴지는 통증. 제아무리 가고일이며 그들의 왕이라 할지라도 참기 힘든 고통이었다. 심지어 여타 날붙이에 당하는 것보다 수십 배 이상 고통스러웠다.

"사살하는 편이 좋겠소?"

올리버가 덤덤하게 물었다.

슬슬 끝을 보려는 모양새였다.

"……."

이안의 대꾸가 잠시간 늦어졌다.

고민이 필요한 사안이었다.

'가고일의 왕은 드래곤에게 필요한 존재다.'

놈들의 대화, 보랏빛 공간 등으로 유추해 볼 때. 현재 가고일의 왕과 드래곤은 상호적인 관계일 가능성이 컸다. 즉 놈을 죽인다면 드래곤들이 어떻게 반응할지도 알 수 없다는 뜻이다.

'마찰은 최대한 피해야 해.'

아까의 만남으로 확실해졌다. 지금의 수준으로는 결코 드래곤에 대항할 수 없었다. 심지어 사라진 마나가 돌아올 기미조차 보이지 않았다. 지금으로선 마찰을 피하는 편이 옳았다.

'생포해서 고문이라도 해볼까?'

가고일의 왕에게서 얻어낼 정보가 많을 거다. 하지만 그것도 문제라면 문제였다. 가고일의 왕을 되돌려받고자 드래곤이 세상 밖으로 튀어나온다면? 심지어 적대적인 관계에 놓인다면?

'조용히 넘어가긴 힘들겠지.'

물론 드래곤 일족이 그 보랏빛 공간에서 빠져나올 수 없는 상황일지도 모른다. 오랜 세월 자취를 감춘 만큼 가능성이 있었다. 하지만 어디까지나 추측에 불과할 뿐, 당장은 마찰을 미루는 편이 옳았다 단순한 도박이라 부르기엔 리스크가 컸다.

'뭘 하고 있는 건지도 확실치 않고.'

무차원의 공간.

거대한 보랏빛 구체.

그 구체를 유지하는 드래곤.

놈들이 나눴던 대화의 내용들.

몇 가지 추측이 떠오르긴 했다.

하나 지금은 그럴 때가 아니었다.

추측보단 재빠른 판단이 먼저였다.

'일단 빠져나가자.'

여러모로 상황이 좋지 않았다. 이안 본인의 상태도, 여전히 분전하고 있을 동굴 입구 쪽 상황도 모두 나쁘게 흘러갔다.

'당장은 석화가 불가능한 것 같으니까…….'

가능했다면 진즉에 사용했을 터.

이안의 마지막 판단이 내려졌다.

"죽이진 마십시오."

"생포하라는 말씀이오?"

"입구까지 끌고 갈 생각입니다."

"음……!"

원래는 포탈 주문으로 빠져나갈 계획이었다. 하나 지금은 그 선택지가 불가능해졌다. 입구 쪽 수많은 가고일을 물러서게 만들기 위해서라도 가고일의 왕, 놈이 필요했다.

"알겠소."

올리버도 그 말뜻을 단박에 알아들었다.

살짝 끄덕여진 고개가 그 증거였다.

"그럼……."

손을 뻗으며 걸어가기 시작한 올리버. 가고일의 꼬리에 박힌 보검을 회수할 요량이었다. 물론 끝까지 방심하진 않았다.

우웅—!

그 순간, 검으로부터 약간의 소음이 들려왔다. 동시에 가고일의 꼬리에서 뽑혀 나왔다. 다른 누구의 손이 아닌, 저 스스로 뽑혀 나와 허공으로 떠올랐다. 어디 그뿐일까? 검신에 묻어난 피를 털기라도 하듯 부르르 떨렸다.

착!

놀라움의 연속이었다. 피를 털어낸 검이 이번에는 올리버의 손으로 날아왔다. 주인의 손아귀 안으로 돌아온 거다. 올리버 역시 본능적으로 잡긴 했으나, 잠시간 할 말을 잃어버렸다. 이러한 검은 정말이지 처음이었으니까.

"허허……."

보검이 가진 세 번째 고유능력.

그 광경에 기사 올리버가 웃었다.

지금은 명백한 마법사의 시대다. 그 시대를 살아가는 칼잡이로서 언제나 사명감이 있었다. 더불어 자괴감 또는 허탈함도 존재했다. 하나 이런 검이 함께라면 얘기가 달라질 터. 지금 당장, 그리고 앞으로 무궁무진한 가능성이 도사리고 있으리라.

"가보자꾸나."

보검을 빙그르 돌려본 올리버.

그의 공격이 다시금 시작되었다.

결코 사살이 아닌, 생포를 위한 싸움.

그 맹공은 '날'이 아닌 '면'으로 이루어졌다.

빠악! 빡! 빠아악! 빡!

드래곤도, 마법사도 아닌 인간 따위에게 이토록 얻어터지는 경우, 가고일의 왕으로선 생전 처음 겪어보는 기이한 사태였다.

"뭐, 뭐야……?"

얼마 후.

동굴 끄트머리로부터 에반투스를 찾아온 페어리 퀸, 그녀가 당황한 듯 눈썹부터 떨었다. 하마터면 에반투스를 부축하고자 변했던 인간의 형상마저 풀어버릴 뻔했다.

"일단 나가죠."

이안의 나지막한 목소리가 들렸다.
동굴 내 상황은 그렇게 정리되었다.

"용용아! 브레스!"
(그륵! 극! 콰아아아아-!)
동굴의 입구, 그곳은 내부의 격전보다 수백 배는 더 난전이었다. 심지어 밀리기도 했다.
여섯 용용이는 더할 나위 없이 견고했으나, 목숨까지 내던지며 달려드는 가고일을 모두 차단하기란 불가능에 가까웠다. 결국 그 뒤처리는 오롯이 페어리 일족과 헤르넬리아의 몫이었는데, 바로 거기서부터 문제가 생겼다.
(하아! 하! 후우……!)
무한대의 체력을 가진 여섯 골렘 용용이, 마찬가지로 꺼지지 않는 생명력을 가진 장인들과 달리 페어리 일족과 헤르넬리아는 '생명체'였다. 체력도, 마나도, 정신력까지도 한계치가 존재한다는 얘기였다. 쉴 틈 없이 몰려드는 가고일의 머릿수에 응당 질릴 수밖에, 그리고 지칠 수밖에 없었다.
(도대체 언제까지……!)
거친 숨을 몰아쉰 헤르넬리아, 그녀가 다시금 가고일 사냥에 나섰다. 출발 전 이안 페이지의 연금술사들이 챙겨준 하프 엘릭서까지 한 병 더 들이켰다. 도움은 됐지만, 여전히 힘들었다.

(문제가 생긴 건 아니겠지?)

"그럼 다 죽는 수밖에."

헤르넬리아의 중얼거림에 목수 제르비오가 대답했다. 그는 용용이의 목덜미에서 내려와 직접 가고일을 막아내고 있었다. 올리버만큼은 아니지만, 나름대로 실력자였다.

"아, 그쪽들만. 우린 못 죽거든. 부러워."

급히 말문을 수정한 제르비오. 그의 두 자루 손도끼가 가고일의 몸뚱이를 난도질했다. 한 사람 몫은 충분히 해냈다.

(여왕께서 오시고 계십니다!)

그때 페어리 중 몇몇이 소리쳤다. 그들은 여왕과 교감을 나눌 수 있는 존재, 곧 모두의 눈에 희망이 서렸다. 이안과 에반투스의 마법만 합세한다면 상황을 크게 역전시킬 수 있을 터.

"비켜주세요."

하나 모두의 생각과는 상황이 다르게 흘러갔다.

에반투스는 혼절한 채 페어리 퀸의 부축을 받고 있었고, 이안 역시 분위기가 사뭇 달랐다. 무엇이 되었든 곧장 마법부터 발동시킬 줄 알았거늘, 마법은커녕 마나조차 끌어모으지 않았다.

"물러나게 만들어. 전부."

대신 바닥에 축 늘어진 가고일의 왕이 올리버의 손아귀로부터 질질 끌려나왔다. 뒤통수 쪽으로 검까지 겨눠졌다. 덩치 차이가 큰지라 인간 포로처럼 다루기는 불가능했다.

(크그극……?)

(크륵! 칵!)

왕의 처참한 모습에 가고일들이 머뭇거렸다. 광기에 차 입구를 뚫어내려던 움직임 역시 멈춰졌다. 단순히 동족이라서, 혹은 왕이라서가 아니었다. 오로지 가고일의 왕만이 행사할 수 있는 약간의 통제력, 그 여파로 인한 결과였다.

"좋아…… 계속 그렇게."

이안이 가고일의 왕에게 속닥거렸다. 이렇듯 놈을 협박하며 빠져나가는 수밖에 방도가 없었다. 지금은 포탈도, 텔레포트도, 길을 뚫어낼 광범위 마법조차 불가능했으니까.

(크그그극……!)

동굴 앞 사방, 그리고 하늘까지.

모든 길목을 가득 채웠던 가고일들.

놈들이 주춤주춤 물러나기 시작했다.

이변이 없다면 곧 도주로가 열릴 터.

'놈들도 날개가 달리긴 했지만.'

드래곤의 관리 하에 놓인 족속이니만큼, 함부로 산맥 바깥까지 나와 횡포를 부리기란 어려울 거다. 그렇지 않고서야 오늘날까지 잠잠했을 리가 있겠는가?

"빠져나갈 겁니다. 준비들 하세요."

"포탈을 열 순 없는 것이오?"

"지금은 어렵습니다."

재봉사 베르톨도의 물음에 이안이 대답했다. 무한의 마나까지 줬거늘 어찌 어렵다는 걸까? 의문이 들었으나 일단은 접어두기로 했다. 꼬치꼬치 캐물을 때가 아니지 않던가?

(킥! 크기긱! 키힉!)

이변은 그 찰나 일어났다. 포로로 잡힌 가고일의 왕이 기괴한 소리를 토했다. 마치 킥킥거리며 웃는 것처럼 느껴졌다.

"……?"

수상함을 느낀 이안과 올리버.

곧장 놈의 얼굴부터 살펴봤다.

'아뿔싸!'

놈은 주변에 널브러진 동족의 시체들을 훼손시키고 있었다. 이유는 간단했다. 가고일의 고유능력 '석화'의 원천이자 무차원의 힘이 담긴 장기, '눈알'을 뽑아내기 위해서였다.

"눈……!"

하지만 때는 이미 늦은 뒤였다. 놈은 벌써 눈알에 담긴 힘을 모조리 흡수해 버렸으니까. 그 증거로 놈의 몸에 석화가 진행되기 시작했다. 드래곤조차 부술 수 없다던 '왕의 석화' 말이다.

'이런.'

가고일의 왕이 포로로서 가치를 잃어버리는 순간이었다.

(캬아아아아아악-!)

석화가 완료되기 직전, 놈은 마지막으로 섬뜩한 괴성을 내질렀다.

동시에 물러났던 가고일들이 다시금 달려왔다. 미약했던 통제력이 사라진 까닭이었다. 이제 놈들은 미치광이 괴물이나 마찬가지였다.

비록 동족의식은 없으나, 눈앞에 놓인 이안 일행을 찢어발

기고자 임시적인 동맹까지 나설 터.

'설마 저런 식으로도 가능할 줄은…….'

어금니를 뿌득 무는 이안이었다. 후회가 물밀 듯 몰려왔다. 동반석화를 허용했던 순간부터 지금의 상황까지 모두 '방심'이 문제였다. 자신이 방심했기에 일어난 문제라는 거다.

'방법이, 뭔가 방법을 떠올려야……!'

바로 그때였다.

이안과 그 일행들은 물론.

엄청난 머릿수의 가고일까지.

모든 이목을 끌어당기는 소리가 들려왔다.

쿠구구구구구구구구-!

산맥 전체를 쩌렁쩌렁 울려댈 정도로 우렁찬 굉음, 감히 표현해보건대 '육중하고 거대한 무언가가 끊임없이 회전하는 소리'가 저 하늘 너머로부터 다가오고 있었다.

"저게…… 뭐지?"

곧 모습을 드러낸 '소리의 근원'.

그 첫인상에 이안이 중얼거렸다.

정말이지 표현 그대로였다.

저 물체가 대체 뭘까?

"……배?"

배, 분명 배의 모습이 맞았다. 하지만 몇몇 차이점도 존재했다.

먼저 단순하면서도 가장 확실한 차이점은 비행, 물 위가 아니라 하늘 위를 날아다닌다는 거다. 그 비행의 보조적인 추진력을 위한 회전물체도 곳곳에 보였다. 그것이 산맥 전체를 쩌렁쩌렁 울리는 굉음의 원인이었다.

[아-! 아-! 증폭구 테스트, 하나! 둘! 셋!]

하늘을 나는 배, 그 갑판으로부터 어떤 목소리가 들려왔다. 음성 증폭구로 키워진 중년 남성의 목소리였다. 이안과 장인들에게는 아주 익숙한 목소리이기도 했다.

"스람……?"

"스람 아저씨?"

"저 기술공 놈이 또 무슨 짓을 한 거야?"

공학자 스람의 새로운 걸작.

그 정체가 만천하에 드러났다.

[이야, 뭔지는 몰라도…….]

스람의 어조가 평소와는 달랐다.

어떤 기대감으로 고양된 느낌이었다.

들끓는 흥분감 또한 감추지 못했다.

[바글바글하네?]

배가 점점 더 가까워졌다. 또한 그럴수록 배의 규모마저 실감 났다. 그 크기만 놓고 보자면 수백 명의 사람을 태우고도 남을 것 같았다. 비행 가능 여부는 모르겠지만 말이다.

[먼저 신사숙녀 여러분께 소개를 해드리겠…… 엉?]

스람의 말문이 이어지려는 찰나, 가고일 중 일부가 비행을 시작했다. 하늘에 나타난 정체불명의 배를 공격하기 위함이었다. 말이 좋아 일부지, 그마저도 상당한 머릿수를 자랑했다.

[저게 그 가고일인지 뭔지 하는 놈들이구먼?]

그 덤벼드는 꼬락서니가 가소롭다는 듯 중얼거린 스람. 물론 증폭구 덕에 그 작은 중얼거림마저 산맥 전체에 퍼졌다.

[불나방들한테 맛보여 줄 선물이 하나 있긴 하지.]

스람이 배의 키를 놨다. 그러고는 주변 조종석의 장치들로부터 이것저것을 만지기 시작했다. 대체 무엇을 하려는 걸까? 답은 금방 나왔다. 배의 옆구리로부터 수많은 물체가 우후죽순 튀어나왔으니까. 하나같이 굵고 기다란 '원통'의 형태였다.

[비행 포격선 '용의 심장!' 포격준비 완료!]

비행 포격선 '용의 심장.' 이름처럼 용의 심장을 연구했고, 그 용의 심장으로부터 공급되는 마나를 동력 삼아 제작된 스람 '희대의 걸작'이 성이라도 난 듯 불꽃을 뿜어댔다.

콰광! 쾅! 콰앙! 쾅! 콰아아앙─!

용의 심장이라는 이름보다도 그 앞에 붙은 명칭, '비행 포격선'이란 표현이 참으로 적절했다. 날아드는 가고일을 무자비하게 격추시키기 시작했으니까. 용의 심장이 보유한 무한대, 그리고 고품격의 마나로만 이루어낼 수 있는 '꿈의 비행 포격선'이었다.

[크하핫!]

항상 점잖은 줄만 알았던 그가 달라졌다.

포격과 함께 우렁찬 광소까지 터뜨렸다.

본연의 성정이 튀어나오는 모양새였다.

"그래. 저런 친구였어. 이제야 기억나는구먼."

재봉사 베르톨도가 고개를 저으며 중얼거렸다.

"근데 저 거대한 걸 어디서 만든 거지? 혼자 만들었을 리는 없는데……."

목수 제르비오의 의구심은 나름대로 타당성을 갖췄다.

"내가 이래서 저놈을 싫어하는 거라고! 혼자 튀잖아! 혼자!"

스람을 '기술공'이라 깎아내렸던 대장장이 할리아 역시 학을 떼며 말했다. 물론 타당한 근거로 삼기엔 부족함이 따랐다.

"우와아……!"

꼬마 조각사 클레반은 그저 신기했다.

두 눈마저 초롱초롱하게 빛이 났다.

가장 정상적인 반응이기도 했다.

하늘을 날아다니는 배라니.

신기할 수밖에 없을 거다.

"정말이지……."

대장장이들의 반응은 대체로 같았다.

그중 특히나 한결같은 부분이 있다면.

"정신 나간 자가, 정신 나간 물건을 만들었군."

그 말에는 이안도 동감했다.

지켜보던 기사 올리버도 동감했다.

헤르넬리아와 페어리 일족도 동감했다.

저 광소만 들어도 충분히 알 수 있었다.

결코 온전한 정신머리가 아니라는 사실을.

콰앙! 쾅! 콰과광! 쾅-!

[으하하핫-!]

그러나 공학자 스람의 웃음소리와는 달리, 저 어마어마한 포격은 전력에 큰 도움이 되었다. 그 화력 자체만으로도 충분히 대단했으며, 갑작스러운 등장과 공중이라는 위치가 그야말로 절묘했다. 불리했던 상황을 단번에 뒤집어 버리기 충분했다.

"지금입니다. 모두 배 위로!"

이안이 모두에게 외쳤다. 대부분 비행을 할 수 있었으나, 불가능하거나 부상당한 이들은 모두 용용이의 등에 태워졌다. 이안도 마찬가지였다.

"산맥을 벗어나야 합니다."

[응? 벌써? 아직 보여주지 못한 기능들이…….]

"기습이라 이 정도로 먹혀든 겁니다. 머릿수가 보이지 않으십니까? 저놈들이 정신 차리고 한꺼번에 덤비면 이 배, 그대로 추락합니다. 그걸 바라진 않으시겠죠?"

[으으음…….]

이안의 말에 스람이 광기를 거뒀다.

더는 광소도, 기이한 구호도 없었다.

음성 증폭구 역시 한쪽으로 치웠다.

"알겠소. 일단 빠져나갑시다."

증폭구를 거치지 않은 스람의 목소리. 금세 점잖은 모습으로 돌아왔다. 아니, 돌아왔다기보다 변했다고 표현할 수 있으리라.

"아무거나 꽉 잡으시오!"

스람이 다시금 비행선의 키를 잡았다. 그 주변으로 펼쳐진 조종 장치들도 능숙하게 다뤘다. 포격은 멈추지 않았으나 배의 머리가 돌아갔다. 방향을 잡고 추진하기 위함이었다.

쿠구구구구구구-!

비행포격선 곳곳에 자리 잡은 회전물체들이 추진력을 끌어모았다. 비행의 기본적인 원리는 배 전체를 '아티펙트화'시켜 걸어둔 플라이 주문이었지만, 보조적인 추진력도 필요했다.

"속도가 뭔지 보여줄 테니까!"

아주 잠깐 사그라졌던 스람의 광기.

그 웃음소리가 또다시 비집고 나왔다.

'포격광'의 다음은 '속도광'인 것 같았다.

"자, 갑시다!"

엄청난 속도로 추진하기 시작한 비행선. 이안의 비행만큼은 아니어도 준수한 속도였다. 특히 미첼 그린리버의 로브를 입고 날아다니던 시절의 이안보단 훨씬 빨랐다. 페어리 퀸이나 용용이의 비행 역시 비교될 바가 아니었다.

'계속 따라오면 큰일인데.'

이안의 우려가 깊어졌다. 가고일 무리가 포기하지 않고 쫓아왔으니까. 속도의 차이는 컸다. 다만 저 괴물들이 세상 밖으로 나올까 염려되었다. 민간 피해가 유발된다면 새로운 대응을 모색해야 할 터.

지이이이잉-!

그때, 이안의 우려가 결말을 맞이했다. 동그란 구체형태의 마법진이 산맥 전체적으로 펼쳐졌다. 가고일 무리의 빗물받이 산맥 한계선 접근을 감지한 '결계'의 발동이었다.

'다행이다.'

이안의 추측은 빗나가지 않았다. 드래곤 일족의 관리하에 놓여 있는 괴물이니만큼 어떤 조치가 있을 거란 추측 말이다. 이안이 리시스 라덴쥬의 정신체로부터 경험해 본 드래곤이란 존재는, 비록 인간을 아래로 볼지언정 지켜줘야 할 존재로 인식하고 있었으니까.

(캬오오오오오-!)

강력한 결계에 공격당한 가고일들.

놈들이 속수무책으로 추락했다.

생각지도 못했던 스람의 작품.

덕분에 도주는 성공적이었다.

하지만.

'내가 문제군.'

이안에게는 숙제가 생겨 버렸다. 여전히 한 톨 마나 조차 느껴지지 않았다. 비록 오늘의 작전으로 생각보다 많은 정보를 얻어냈다곤 하나, 잃어버린 것이 너무나도 큰 것 같았다.

'다시 그 공간으로 들어갈 수도 없으니…….'

당장의 방법은 하나.

바로 '리시스 라덴쥬'의 정신체.

그에게 답을 구하는 것뿐이리라.

(갑자기 웬 소란이었지?)

(일족의 수장이시여. 아무것도 아니옵니다. 가고일의 우두머리, 그자가 되지도 않는 착각을 하는 바람에…….)

보랏빛 무차원의 공간.

그곳에 두 용의 목소리가 울려 퍼졌다.

작은 대화였음에도 큰 울림이 빚어졌다.

(자세히 말해보라.)

보랏빛 구체의 가장 높은 곳 중심에서 마나의 파동을 일으키는 존재, 붉은 용이자 모든 용일족의 수장 '리시스 라덴쥬'의 '본신'이 말했다. 그 목소리는 정신체의 것보다도 깊이가 있었다. 더 오랜 세월을 살아왔기 때문일까?

('그 존재'가 찾아왔다고 하더군요. 소신이 확인해 본 결과 전혀 다른 인간이었습니다. 적당히 돌려보냈으니, 아마 지금쯤 처리가 끝났을 것이옵니다.)

이안의 마나 하트에 '금제의 힘'을 건 드래곤. 리시스 라덴쥬와 똑같은 레드 드래곤이자 일족 중 가장 어린 문지기, '헤르파이 도토스'가 있었던 일을 고했다.

(금제의 힘을 사용했군. 술식을 부리던 인간이었나?)

(인간치고는 제법 강한 자였으나, 그 존재와 비교하기엔 부끄러울 지경의 수준이었습니다. 무엇보다도 육신을…….)

(되었다. 충분히 알아들었으니.)

(송구하옵니다.)

짧게 끄덕거린 리시스 라덴쥬의 본신.

그가 다시금 구체의 유지에 힘을 기울였다.

(자네는 그자의 힘을 모르겠지.)

(직접 경험해 본 바 없습니다만, 여러 일족 분들께 충분히 듣고 익혀두었습니다. 감별하는데 문제가 발생하지는…….)

(아니, 감별의 문제가 아니야.)

리시스 라덴쥬의 목소리가 낮게 깔렸다.

그 목소리로부터 일말 두려움이 느껴졌다.

(그 앞에서 정체를 감별해야 하는 순간이 찾아온다면, 자네는 이미 육편과 핏물이 되어 흩어지고 있을 테니까.)

(…….)

문지기 헤르파이 도토스가 입을 닫았다.

비록 어릴지언정 그 또한 드래곤이었다.

자존심에 흠집을 낼 법한 이야기였다.

(믿지 않는군.)

(아, 아니옵니다. 소신이 어찌 일족의 수장께서 하명하신 말씀을 달리 듣겠사옵니까? 단지 소신이 떠올렸던 생각은, 아뢰옵기 송구하오나…….)

문지기 헤르파이 도토스의 말에도 일리가 있었다. 물론 최초의 마법사, 그 힘은 익히 들어 유명했다.

척살령이 내려져 추격을 받는 와중에도 절반가량의 일족을 무참히 학살한 '소 괴물'이 아니던가? 다만 그 추격의 결과가 바로 '보랏빛 구체'일 뿐.

(본신이 아닌 사념체만으로도 그 정도의 힘을 사용할 수 있을까, 그런 생각을 찰나 떠올렸을 뿐이옵니다. 부디 믿어 주시옵소서.)

최초의 마법사. 그 존재의 '본신'은 보랏빛 구체에 갇혔다.

이 봉인을 유지하기 위해서 생존한 일족 전원이 달라붙었다. 그뿐일까? 세상과 시간의 흐름으로부터 벗어나고자 무차원의 공간을 택했고, 그로부터 오랜 세월이 흘렀다. 물론 앞으로도 엄청난 시간을 감내할 예정이기도 했다.

(그대의 뜻을 안다. 상식적인 의문이기도 하지.)

헤르파이 도토스의 얼굴이 한결 편안해졌다. 방금까지만 해도 수장의 심기를 건드렸다는 생각에 오금이 다 저릴 정도였으니까.

(단.)

그러나 리시스 라덴쥬의 말은 끝나지 않았다.

(최초의 마법사, 그 존재에 한해선 상식이란 가치를 거두도록 하라. 이것은 조언이 아닌 수장으로서의 명령이자, 그대가 오래토록 살아남을 수 있는 지침이니.)

리시스 라덴쥬는 굳이 최초의 마법사가 얼마나 대단한 존재였는가를 설명해주지 않았다. 대신 상식을 거두라는 '명령' 한마디로 모든 걸 축약시켰다.

상식이 통하지 않는 존재.

일족과 최초의 마법사가 대립각을 세우기 이전부터 사용했던 표현이었으니까.

(명을 받드옵니다.)

명은 받았다. 결코 흘려듣지도 않았다.

하나 헤르파이 도토스는 여전히 이해할 수 없었다. 이전 세대의 상황을 겪어보지 못한 후세대 드래곤들은 대부분 비슷한 생각을 가졌다. 일족을 향한 긍지와 자부심으로 똘똘 뭉친 그들에게 인간 따위를 두려워하라니? 실로 어려운 일 아니겠는가.

(그자의 사념체가 얼씬도 못하도록, 감히 본신을 되찾아낼 계획조차 세우지 못하도록. 그대는 문지기로서의 업무에 충실하도록 하라.)

두 붉은 용의 대화가 끝났다.

더 이상 말소리는 들리지 않았다.

공간은 또다시 고요 속으로 젖어들었다.

6장
갑작스럽게

(정말…… 정말 진심으로 감사드립니다. 처음 약속드렸듯, 저 말리오투스는 오늘부로 이안 님께 헌신토록 하겠습니다.)

이안이 저택으로 돌아왔을 때, 그리고 하루가 지난 오늘에 이르기까지. 가장 격한 반응을 보여준 것은 당연하게도 에반투스의 아들, 말리오투스였다.

기운을 차린 그가 이안에게 넙죽 엎드렸다. 어투조차 어느새 극존칭으로 바뀌어 버렸다.

(시키실 일이 있으시다면 언제든지 말씀만 해주십시오. 무엇을 명하시든, 설령 죽는 한이 있더라도 따르겠습니다!)

그의 말은 결코 허언이 아니었다. 한 글자 한 글자가 모두 거짓 한 점 없는 사실이었으니까. 그만큼 이안을 향한 고마움이 한계치에 도달했다. 무지막지한 괴물들의 손아귀로부터 아버지를 구해준 '일생일대의 은인' 아니겠는가?

(헤르넬리아, 무얼 하고 섰느냐?)

(아, 아무리 그래도 그렇게까지……!)

이안을 향한 충성을 강요하는 오라비 말리오투스, 그리고 그 강요가 마음에 들지 않는 동생 헤르넬리아였다. 물론 그녀도 이안이 베풀어준 은혜가 작지 않음을 알기에 완강한 거부의 뜻을 보이기란 어려웠다. 그저 버티는 것만이 최선일 뿐이었다.

“그만하세요. 충분히 알았으니까.”

이안이 그런 말리오투스를 일으켜 세웠다. 이처럼 호들갑 떨지 않아도 된다. 그렇지 않아도 자주 부려먹을 예정이었다. 아직 고민해 본 바는 없으나, 조만간 써먹을 구석이 생길 거다.

“그보다 에반투스 님은 좀 괜찮으십니까?”

(예? 아, 괘, 괜찮으십니다. 다행히 치명적인 부상은 없으셨고, 저희 일족들이 원래 회복속도가 남다른 지라. 기운만 잘 다스린다면 며칠 내로 쾌차하실 것 같습니다.)

잠시 머뭇거렸던 말리오투스가 대답을 이어갔다. 세상에 의술이 존재하지 않는 것은 아니지만, 엄밀히 따지자면 의술이란 회복마법의 하위호환과도 같은 존재였다. 한데 8클래스씩이나 되는 마법사가 어찌 에반투스의 상태를 물어보는 걸까?

“다행이군요.”

가볍게 대꾸한 이안이 탁자에 약병 몇 개를 올려뒀다. 레디오와 더글라스로부터 받아온 비약이었다. 드래고니안과 인간의 육신은 크게 다르지 않았기에 같은 약을 써도 괜찮았다.

"때 되면 복용시켜 드리세요."

(다시 한번 감사의 말씀을…….)

"감사도 여러 번 받으면 질립니다."

(죄, 죄송…….)

"그것도 마찬가지고요."

(…….)

꿀 먹은 벙어리가 되어버린 말리오투스였다. 얼마 전까지만 해도 최소한의 자존심을 지키고자 했던 고고하신 드래고니안께서, 이번 일로 완벽한 아랫사람이 되어버린 셈이다.

"그럼 쉬십시오."

에반투스의 방을 빠져나온 이안.

그가 서재에 도착했다. 이 서재만큼은 누구도 자신의 얼굴을 볼 수 없을 터, 숨겨뒀던 근심걱정이 표정에 내리깔렸다. 하루가 지났음에도 돌아오지 않는 마나 탓이었다.

'일시적인 현상은 아닌 것 같은데.'

단순한 불안함과 기우를 넘어섰다.

상황은 생각보다 훨씬 심각했다.

두려움마저 느껴질 지경이었다.

'그 드래곤의 짓거리가 확실해.'

따지자면 별거 아니었다. 놈이 이안에게 했던 짓이라고는 손톱으로 톡 건드린 게 전부였으니까. 한데 그 결과가 이 정도라니? 박탈감마저 드는 이안이었다. 드래곤과 최초의 마법사, 그러한 존재들에게 닿고자 부단히 노력했거늘.

'수백 년이 지나도 좁혀질 차이가 아니었어.'

8클래스라는 경지.

무한대의 마나 보유량.

여타 동급의 아티펙트들.

그 모든 것으로도 어려웠다.

'드래곤'으로부터 도망치기란.

나아가 살아남기란 말이다.

'그런데, 왜?'

몇몇 이해할 수 없는 부분도 있었다.

놈들은 분명 용아병과 본 드래곤으로 하여금 이안 자신을 제거하고자 했다. 한데 어째서 제 발로 발 굴러들어간 이안을 죽이지 않았을까? 아니, 죽이기는커녕.

'나를 아예 모르는 눈치였다.'

분명 그랬다. 단언할 수 있었다.

드래곤은 이안을 알아보지 못했다.

그들에게 이안은 '목표물'과 같았다.

어찌 그 목표를 모를 수가 있을까?

'확실히…….'

이안이 당시의 일을 곱씹었다.

그 보랏빛 공간의 풍경부터, 드래곤과 가고일의 대화까지.

처음부터 줄곧 생각해왔다.

이상하고 의심스러운 부분들. 그런 점들이 너무나도 많았다. 나아가 추측해 볼 것도 넘쳐났다.

'아마 최초의 마법사겠지.'

놈들은 황금색에 가까운 머리칼, 즉 밝은 갈색의 머리칼을 가진 '인간 마법사'를 경계했다. '사념체'란 표현도 들었다. '육신'은 '이곳'에 있다고도 했다. 실로 많은 추측들이 떠올랐다.

"특히 그 보라색 구체."

이안이 확신하듯 중얼거렸다. 수많은 드래곤 일족에게 거의 강제로 유지당하고 있었던 보랏빛 구체, 어쩌면 그 거대한 구체가 일종의 '감옥'은 아닐까? 최초의 마법사 '프란 페이지'의 '육신'을 봉인시킨 감옥이자 족쇄 말이다.

'세상 곳곳에 사념체를 남겼다고도 했어.'

그렇다면 얘기는 자연스럽게 흘러간다.

드래곤들이 그 공간 속에 숨어든 것도.

최초의 마법사가 잠깐씩만 등장한 것도.

심지어.

'나를 향한 행동들까지 전부.'

최초의 마법사는 육신을 되찾고자.

드래곤 일족은 그 결과를 막아내고자.

각자 목표대로 움직이고 있는 거라면.

'최초의 마법사는 나를 성장시켜야겠고.'

예컨대 이안이 마법적 성장에 끝없이 집착할 수 있도록 선택과 판단을 유도했을 것이며, 기회가 있을 때마다 용언서의 이해력, 즉 언어의 힘을 전수해줬을 가능성이 컸다. 그래야만 자신의 육신을 되찾는데 활용할 수 있을 테니까.

'드래곤은 그 성장을 막는다.'

문제는 바로 이 부분에서 발생했다. 용아병 사태까지만 놓고 보자면 완벽한 추측이었지만, 이번 드래곤과의 만남을 계기로 그 완벽함이 크게 어긋나버렸다. 제 발로 굴러 온 제거 대상을 제거하기는커녕, 면전에서 알아보지도 못했으니까.

"……."

생각보다 이안을 향한 경계심이 떨어지는 걸까? 딱히 요주의 인물이 아니라든가. 아니, 그렇게 생각하기도 어려웠다. 그랬다면 굳이 용아병과 본 드래곤으로 공격할 필요가 있었겠는가?

'이해할 수 없군.'

뭐가 어찌되었든 기분이 좋지 않았다. 좀 더 확실하게 표현하건대, 불쾌하기가 이를 데 없었다. 마음 같아선 전부 다 박살을 내버리고 싶었다. 최초의 마법사부터 드래곤이란 족속들까지.

"……박살은 무슨."

이안이 고개를 좌우로 저었다.

여전히 마나가 느껴지지 않았다. 이러한 처지일 지언데, 박살은 무슨. 동시에 품속으로 왼손을 가져갔다.

약병을 꺼내 들기 위함이었다.

붉은색의 액체가 담긴 비약.

'시간의 보고'로 통하는 열쇠.

'붉은 용의 다섯 숨결.'

'일단 힘부터 되찾는 게 우선이다.'

이안은 분명 드래곤에게 당했다.

해답 역시 드래곤에게 구해야 할 터.

조금 꺼림칙했으나, 어쩔 수 없었다. 다른 방법이라도 존재한다면 모를까.

설령 존재한다한들 문제였다. 더는 방법을 찾아낼 여유도, 여력도 존재하지 않았다.

끼이익…….

이안이 비약을 들이키려는 그때, 서재의 문이 스르르 열렸다. 노크 없이 함부로 들어올 만한 사람은 극히 일부였다. 어머니조차 이렇게 덜컥 들어오진 않는다. 꼽아봐야 페어리 퀸, 혹은 장인 중 몇몇에 불과할 테니까. 대체 누구일까?

"……에밀리?"

의외의 인물이 문을 열었다.

바로 저택의 하녀장 '에밀리'였다.

"무슨 일이십니까? 노크도 없이."

그래서 더더욱 이상했다. 그녀는 이 저택의 하인이며, 이안은 이 저택의 주인이다. 비록 신분의 격차와 예법을 중요하게 여기지 않는 이안이라 할지라도, 지금의 경우는 충분히 문제로 삼을 만 했다. 에밀리 역시 그 사실을 모를 리가 없을 터.

"급한 일이라도 생긴 겁니까?"

아주 급한 일로 말미암은 '절차생략'.

이안은 그리 생각할 수밖에 없었다.

"그렇게 당하고도."

하지만 에밀리의 입술로부터 새어 나온 목소리와 말투, 그리고 내용은 이안이 예상한 것과 전혀 다른 방향으로 흘러갔다.

"도마뱀을 믿는 건가?"

하녀장 에밀리. 아니, 에밀리의 얼굴을 가진 존재. 그 존재가 이안을 바라보며 말했다.

정확히는 이안이 든 비약을 노려봤다.

"내 핏줄치곤 조금 멍청한 것 같군."

"……뭐?"

놈이 다가왔다.

이안 역시 일어났다.

하나 그것이 전부였다.

"금제 당한 몸뚱이로 무얼 하겠다고. 쯧쯧."

"……."

이안은 이해력이 빠르다. 일련의 상황과 말소리에 어떠한 뜻이 담겼는지 모를 리가 없었다. 아무래도 드래곤이 언급했던 존재, 그 '사념체'란 존재가 나타난 것 같았다. 아니, 확실했다.

"그러지 말고 앉아."

에밀리의 얼굴과 목소리를 가진 '사념체'.

그가 건너편 탁자에 앉아 다리를 꼬았다.

"베네사, 그녀는 여전히 잘 지내나?"

"……."

최초의 마법사, 프란 페이지의 사념체가 대뜸 시시콜콜한 이야기부터 꺼냈다. 물론 이안의 대답을 들어볼 수는 없었다.

"흐음. 이 하녀 아이의 기억으로는 그럭저럭 지내는 것 같군. 참 좋은 여인이었지. 아름답고, 착하고, 구김살 하나 없이 올바르고."

놈이 멋쩍은 듯 중얼거렸다. 그저 오래간만에 만난 사이처럼 근황을 묻는다. 너스레까지 떤다. 하나 이안은 놈의 말부터 행동, 그 모든 것을 조금도 이해할 수가 없었다.

"……당신, 누구지?"

고심 끝에 내뱉은 이안의 첫마디.

그것은 무의미하면서도 유의미했다.

"이미 알 만큼 알아내지 않았나?"

"그러니까 묻는 거야."

추측의 끝에 마침표를 찍어낼 확신.

이안에게는 그 확신이 필요했다.

"하기야, 중요하겠지. 너한테는."

사념체가 고개를 끄덕거렸다.

다 이해한다는 표정과 말투였다.

"너는 나를 총 네 가지 이름으로 알고 있어."

총 네 가지의 이름.

그가 말문을 이어나갔다.

"먼저, 최초의 마법사란 이름."

마법사들의 신이나 다를 바 없는 존재, 최초로 술식의 마법을 고안해 낸 존재.

최초의 마법사, 그것이 첫 번째 이름.

"황금용이란 이름."

시간을 되돌리게끔 유도한 장본인, 황금색 가죽과 비늘을 가진 드래곤.

그것이 두 번째 이름.

"프란이라는 이름."

이안을 두드리는 섬의 장인에게로, 혹은 장인들을 이안에게로 이끌어준 공통된 이름이자 최초의 마법사가 지닌 본명, 그것이 세 번째 이름.

"마지막으로."

프란 페이지의 목소리가 끊겼다. 아주 찰나였지만 수많은 생각을 떠올리기에 충분한 시간이었다. 프란 자신은 물론이거니와, 초조하게 대답을 기다렸던 이안 역시 마찬가지였다.

"너의 아버지란 이름."

이안의 숨이 일순간 턱하고 막혔다.

생각하고, 생각했으며, 또 생각한 이름. 혹은 혈연적 관계이자 호칭, '아버지'.

그것이 바로 눈앞에 나타난 존재.

'최초의 마법사'이자 '골드 드래곤'.

'프란 페이지'의 마지막 이름이었다.

"반갑다."

그가 말했다.

"헛소리는 집어치우고."

하나 이안의 입에서 튀어나온 소리, 나아가 앞으로 튀어나올 소리는 결코 곱지 못했다. 아비와 아들이라는 혈연적 관계 따위 전혀 중요치 않았으니까. 무릇 피붙이들이 그러는 것처럼 왜 이제야 나타났느냐며 책망할 생각도 없었다.

"용건이 뭐지?"

이안에게 저 존재는 그랬다.

최초의 마법사라는 호칭? 인정한다. 골드 드래곤? 그것도 인정할 수 있다. 프란? 이름을 쓰든 말든 하등 상관없다.

그러나 마지막 네 번째 이름, '아버지'.

그 이름만큼은 용납하기 힘들었다.

"섭섭하군. 그래도 명색이 아비인데."

"내 아버지란 자는 오래전에 죽었어."

이안의 목소리에 냉기가 묻어났다.

마치 마법이라도 발동된 것 같았다.

"내가 태어나기 얼마 전에."

"그건 어쩔 수 없었다."

하녀장 에밀리의 몸을 빌린 프란.

그가 극구 손사래를 치며 말했다.

"너와 네 어미를 지키기 위한 선택이었지. 거기서 더 버텼다간 눈치를 챘을 테니까. 도마뱀 놈들이 말이야."

프란은 나름대로의 까닭을 주장했다.

하나 이안에겐 씨알도 먹히지 않았다.

"난 지금 당신이 왜 우리를 버렸느냐, 왜 이제야 나타났느냐, 그런 유치한 가족놀음이나 하자는 게 아니야. 잘 알고 있을 텐데? 내가 궁금한 건 하나, 어머니를 속여 나를 낳게 한 이유. 그 짓거리에 깔린 의도가 궁금할 뿐이지."

천 년이 넘도록 살아온 존재, 그런 존재가 뜬금없이 순수한 사랑에 빠졌을 리는 없을 터. 다분히 의도적인 접근이었으리라.

"의도라……."

이안의 말에 프란이 고개를 까닥거렸다.
물론 그 겉모습은 여전히 에밀리였다.
"이미 짐작하는 바가 있겠지?"
"물론."
이안의 짐작이라면 간단했다.
육신을 되찾을 때 써먹을 '도구'. 그 도구를 만들어내기 위한 '과정'. 여기서 '도구'란 이안 페이지를 '과정'은 바로 어머니를 뜻한다.
"그 짐작이 맞을 거다."
망설임 하나 없는 프란의 인정.
이안의 눈매가 옅게 떨렸다.
"그렇군."
잠시 생각했던 이안. 그의 입술이 떨어졌다.
건조한 목소리가 흘러나왔다.
"다시 묻겠어. 용건이 뭐지?"
"도박이나 한번 해볼까 해서."
"도박?"
"묵혀둔 패가 제법 그럴싸해졌거든."
프란의 목소리가 계속 이어졌다.
"오래전부터 준비했던 도박이긴 한데, 지금까진 성공할 확률이 낮았어. 비협조적으로 나올 게 뻔했으니까. 재능이나 절박함도 부족했지. 아, 네 얘기야."
재능이 부족하단 얘기는 난생처음 들어봤다. 절박함 역시 마찬가지였다. 이안은 누구보다 치열하게 살아왔으니까. 하나 저 존재, 프란의 눈에는 전혀 그렇게 보이지 않았나 보다.

"그래도 자극만큼은 잘 받는 성격이라, 툭 건들면 움직이긴 하더군. 조금만 더 숙성시켰으면 좋았을 텐데. 뭐, 지나간 이야기고."

툭 건들면 어떻게든 움직인다.

해서 그런 식으로 나타났던 거다.

환술로 나타나 용을 믿지 말라느니, 용으로 나타나 시간을 조심하라느니.

"물론 나도 쉽게 접근하긴 힘들었지. 내 사념을 쫓는 도마뱀 추격대가 따로 있어서 말이야. 지금처럼 느긋하게 설명할 시간이 없기도 했고, 지겹지도 않나? 그놈들."

너스레를 떨었던 프란.

그가 본론으로 들어갔다.

"결론부터 말하자면, 너는 곧 죽어."

"……뭐?"

"조만간 도마뱀 놈들이 찾아올 거야. 내가 시간을 좀 벌어두긴 했는데, 그것도 슬슬 바닥이 난 것 같거든. 워낙 의심이 많은 족속들인지라……."

"알아듣기 쉽게 설명해."

"흐음, 막상 설명하려니 어려운데."

프란이 팔짱을 끼며 말했다.

고민인 듯 눈살도 찌푸렸다.

"먼저 내 육신이 갇힌 공간, 봤지?"

"보라색 공간을 말하는 거라면……."

"그래, 거기. 봤겠지만 대부분의 도마뱀 놈들은 그 공간에 있어. 하지만 전부는 아니지. 아주 극소수, 방금 말한 추격대가 그 소수에 속하는 종자들이야. 대부분 어려."

프란의 사념체를 쫓도록 만들어진 추격대. 소수의 '어린 드래곤'들은 여전히 세상에 활동하고 있다는 얘기였다. 다만 누구보다 은밀히 움직이는 탓에 알아볼 수 없었을 뿐.

"너에게 보내졌던 용아병 부대, 그리고 본 드래곤. 그것들은 전부 추격대의 힘이다. 아마 내 사념을 쫓는 과정에서 뭔가 알아냈겠지."

이안이 프란의 이야기를 귀담아들었다. 조금씩 이해가 되는 것도 같았다. 보랏빛 공간 속 드래곤이 이안을 몰라봤던 이유, 또 조만간 죽게 될 거라는 언급까지도.

"그 뼈다귀들이야 네 녀석이 어떻게든 이겨낼 거라고 여겼다. 대신 난 추격대를 막았지. 보고를 늦출 필요가 있었거든. 덕분에 사념 대부분을 잃어버렸다만, 지금은 너를 지키는 편이 나로서도 이득이라서 말이야."

그래서였다. 보랏빛 공간 속 드래곤들은 이안 페이지란 존재를, 그 최초의 마법사가 남몰래 준비해 둔 '비밀무기'이자 '핏줄'을 단 한 번도 보고받을 수가 없었다.

"이제 슬슬 움직일 거다. 추격대에게 받아야 할 정기적인 보고가 끊겼을 테고, 몇몇 일족을 세상 밖으로 보내겠지. 딱히 수소문해 볼 것도 없잖아? 도시가 도마뱀의 두개골을 가진 괴물들에게 공격당했고, 그 위기를 엄청난 경지의 인간 마법사가 해결해 냈다?"

용아병 부대가 일개 인간의 도시를 침공했다. 게다가 드래곤이라면 본 드래곤의 흔적도 느껴낼 수 있을 터. 그것들을 어떤 인간 마법사가 혈혈단신으로 해치웠다고 한다. 밝은 갈색의 머리칼을 가진 마법사가 말이다. 가히 확신에 가까운 의구심을 품을 수 있으리라.

"그 즉시 제거하겠지. 아마 네 주변에는 아무도 살아남지 못할걸? 그래야 후환이 남지 않거든. 도마뱀 놈들 방식이 그래."

이안뿐만 아니라 이안의 주변.

좁게는 가족부터 넓게는 도시까지.

프란의 어조로부터 확신이 느껴졌다.

"그 비극, 피하고 싶지 않아?"

"……."

물론 피하고 싶다. 어떻게든 피하고 싶다.

이안의 솔직한 심정이었다. 그러나 쉽게 대답하지 않았다.

'무조건 믿을 수도 없어.'

의심스러운 부분이 한두 가지가 아니다. 평범한 인간조차 믿지 못하는 성정이거늘, 하물며 천 년 이상 묵은 능구렁이의 말을 어찌 믿겠는가? 아무리 생각해 봐도 거부감이 들었다. 이안 자신을 도구쯤으로 여기는 음흉한 존재, 상대는 바로 그러한 존재였다. 결코 통상적인 피붙이가 아니라는 거다.

'하지만.'

그 의심스러움만 차치한다면.

놈의 말에는 설득력이 존재했다.

믿기 싫어도 믿을 수밖에 없었다.

“뭐지? 그 비극을 피할 방법이라는 게.”
“간단해. 너를 내 수준까지 끌어올려 주마.”
“당신의 수준이라고……?”
프란 페이지.
측 최초의 마법사가 이루어낸 경지.
그것은 단순한 이야기가 아니었다.
모든 마법과 힘의 시작이자 끝.
그래서 다시금 의심부터 생겼다.
불가능한 얘기처럼 들렸으니까.
“나도 얼마 전까지는 불가능하다 여겼거든. 한데 지금은 생각이 좀 달라졌어. 보아하니 금제의 힘에 당한 것 같은데…….”
“금제의 힘?”
그 물음에 프란이 오른손을 뻗었다.
그러자 곧 놀라운 일이 벌어졌다.
‘마나가…….’
드래곤이 손톱으로 툭 건드렸던 것처럼.
프란도 손바닥을 쭉 뻗은 것밖에 없었다.
한데 그 결과는 지나치게 놀라웠다.
‘돌아왔어……?’
오리무중이었던 마나.
그 힘의 반응이 느껴졌다.
“당연시 여겼던 힘을 잃어봐서 그런가? 절박함의 농도가 근본적으로 짙어졌더군. 저번 생에 비하자면 지킬 것도 많아졌고. 무언가 익히고 깨우치기에는 최적의 조건이야."
그 말소리가 멈춤과 동시에.
뻗어졌던 프란의 손이 거둬졌다.
그러자 마나의 반응도 사라져 버렸다.
"……."
압도적인 힘의 차이.
심지어 상대는 사념체다.
본신의 힘조차 아니라는 거다.
그런데도 이토록 강할 수가 있을까?
"이안, 너에게 선택지는 없다. 머뭇거릴수록 확률만 올라가. 네 어미, 베네사가 도마뱀의 손아귀에 죽어나갈 확률 말이야. 좋은 여자였는데. 그런 꼴을 보게 할 순 없잖아?"
그 언급에 이안의 눈가가 꿈틀거렸다. 드래곤도 드래곤이지만, 저 프란 페이지의 언행도 마음에 들지 않았다.
"베네사뿐일까? 이번 생에는 그럭저럭 좋은 인연을 맺은 친구들, 연금술사 부자나 황태자, 공주, 그 기사. 또 누가 있더라? 아무튼 꽤 많은 친구들이 죽어나가겠지."
이안이 살아가고 있는 두 번째 삶. 그 삶 속에서 특별하다 칭할 수 있는 존재들, 그들의 죽음이 하나하나 나열되었다.
"그 비극에서 벗어나고 싶다면 지금부터 내 뜻대로 움직여. 그럼 모든 걸 전수해 주마. 그 힘으로 드래곤이란 족속들을 모조리 멸종시켜. 그래야만 너와 네 주변이 살 수 있으니까. 이후 원한다면 더 많은 것을 누려도 좋다. 그럴 만한 힘이잖아?"

최초의 마법사로서 모든 것을 전수해 주겠다. 그러니 드래곤이란 족속들의 씨를 말려라. 하여 본인과 주변의 목숨을 지켜라. 그럴싸하면서도 달콤한 속삭임이었다. 그 말마따나 선택지조차 존재하지 않았다. 이미 막다른 골목이나 마찬가지였다.

"드래곤을 멸종시킨다면."

프란의 말을 가만히 곱씹었던 이안.

그가 나지막한 목소리로 읊조렸다.

"당신도 풀려날 텐데."

"겸사겸사 아니겠어?"

"그게 목적이겠지."

"편할 대로 생각하렴."

무에 대수냐는 듯 반문하는 프란.

그가 다시금 이안의 결정을 촉구했다.

"다시 한번 말하지만, 선택은 빠를수록 좋아."

"……."

아무리 고민을 해봐도 마찬가지였다. 이 이상의 선택지는 존재하지 않았다. '불가항력'이란 단어가 딱 어울렸다.

고민은 짧았으나, 깊이만큼은 깊었다.

"……그 방법, 따르도록 하지."

이안의 결정에.

"현명한 판단이다."

만족한 듯 화답해 준 프란.

그가 일순간 휘청거렸다.

"이런, 벌써 다 된 것 같군."
"뭐?"
"이 하녀 아이에게 걸어둔 사념 조각, 아끼고 아끼느라 손톱만 한 조각을 썼거든. 말했잖아? 사념도 얼마 남지 않았다고. 아껴서 쓰지 않으면 손해가 이만저만이 아니야."
프란은 에밀리의 몸을 빌린 처지였다.
에밀리 자체가 사념체는 아니란 뜻이다.
그 말에 이안의 안색이 조금 어두워졌다.
"그 표정, 혹시 이 아비를 걱정……."
"당신 말고, 에밀리."
"아, 이 아인 걱정할 필요 없어. 몸뚱이만 빌렸을 뿐이니."
그 말에 이안이 안도했다.
어머니가 친동생처럼 여기는 아이였다.
물론 프란 역시 그 사실을 알고 있었다.
"그럼 곧 돌아오마. 준비가 필요하니까."
"준비? 얼마나 걸리지?"
"오래 걸리진…… 않을 거……."
바로 그 순간부터였다. 프란의 말소리가 점차 작아졌다.
에밀리에게 씌워진 자그마한 사념의 조각. 그 힘이 마지막 한계치에 부딪힌 탓이었다.
"며칠이면…… 충분……."
거기까지였다. 프란 페이지의 목소리가 끊어졌다. 더불어 에밀리의 육신도 힘없이 쓰러졌다. 이안이 재빨리 그녀를 부축했다. 한숨 자면 된다는 프란의 말이 사실이길 바랄 뿐이었다.

"……당신과 같은 수준이라."

이안이 쓰러진 에밀리의 얼굴을 쳐다보며 중얼거렸다. 조금 전까지만 해도 프란 페이지로서, 프란 페이지의 의사를 대신 전달했던 눈과 코, 그리고 입술이 보였다.

"아니, 나는……."

어느 때보다 단호한 이안의 어조.

그가 몇 마디 혼잣말을 이어갔다.

"더 위에 서야겠어."

반드시 그래야만 했다.

이안은 확신할 수 있었다. 본능과 경험이 속삭거렸다.

능글맞은 가면에 속지 마라.

아비라는 이름에 속지 마라.

드래곤보다 더 위험한 존재.

그것이 곧 '프란 페이지'라고.

"당신보다."

그로부터 며칠 뒤.

이안의 눈앞에 사뭇 '다른 존재'가 나타났다.

힘을 전수해 줄 가장 '이상적인 존재'이기도 했다.

7장
고대의 기억

'비약?'

책을 읽던 이안의 눈앞에 나타난 물건. 그것은 황금색 액체가 담긴 약병이었다.

자그마한 쪽지 한 장도 함께였다.

내용은 더더욱 간단했다.

-쭉 들이켜라.

겁나면 말고.

네 개의 이름을 가진 아비가.

쪽지를 보니 확실해졌다. 그 옛날 용언서와 함께 있었던 쪽지. 그리고 권속의 주문이 담긴 수첩과 함께 있었던 쪽지. 모두 프란 페이지의 소행이 분명하리라.

"날 가지고 놀았군."
예상은 했으나 현실로 다가오니 짜증부터 났다.
누군가 자신의 인생을 배후에서 조종해 왔다? 어지간한 사람이라면 절망이나 허탈함으로 물들겠지만, 이안의 최종 결론은 '짜증'이었다.
"이젠 내 차례야."
다짐하듯 읊조렸던 이안.
그가 황금색 비약을 단숨에 들이켰다. 그러자 사방의 풍경이 변하기 시작했다.
방금까지만 해도 책장만 가득했던 서재.
그 모습이 점점 뒤바뀌면서 야외로, 푸른 하늘 아래 드넓은 평야로, 녹색 수풀 위로 변해 버렸다.
"……?"
이는 풍경만 변한 것이 아니었다.
이안 자체가 다른 장소로 이동된 거다.
혹은 저번처럼 환술 속일지도 모르겠다.
'마나가 돌아왔다.'
가장 먼저 느껴진 것은 마나. 드래곤에게 빼앗겼던 마나가, 프란에게 돌려받은 뒤 다시금 빼앗겼던 그 마나 하트가 심장 속으로 돌아왔다. 형용할 수 없는 안도감이 느껴졌다.
사박!
안도감을 느끼는 그때.
수풀 밟는 소리가 들렸다. 익숙한 존재의 접근이었다. 프란 페이지, 그 남자였으니까.

"여긴 어딥니까?"

이안이 다시 만난 프란에게 존대를 붙여줬다. 물론 표면만 존대일 뿐, 여전히 까칠함으로 범벅된 목소리였다. 그럴 수밖에 없었다. 이 판국에 말이 곱게 나올 리가 있겠는가?

"……."

하나 이안의 물음에도 프란은 입을 꾹 다물었다. 대신 주변을 빙글빙글 돌며 이안을 관찰했다.

마치 생소한 존재를 '경계'라도 하는 것처럼 말이다. 또 무슨 짓거릴 시작하려는 걸까?

"설마…… 당신이오?"

드디어 떨어진 프란의 입술.

문제는 내뱉어진 내용이었다.

"또 무슨 개수작입니까?"

"선지자께서 사람을 보내주시겠다 약속하셨소. 나와 똑같은 머리카락을 가진 청년이라고 들었는데…… 당신이 맞는 거요?"

"선지자……?"

참으로 알아듣기 힘든 헛소리.

덕분에 이안의 고개만 갸웃거려졌다.

'대체 무슨 헛소리를 하는 거지?'

분명 똑같은 존재였다.

환술에서 봤던 프란 페이지. 그 존재와 정확하게 일치했다.

밝은 갈색의 머리칼, 못난 얼굴. 한데 어딘가 좀 이상한 것 같았다.

"맞겠지. 지금 우리가 말하는 이 언어야말로 선지자께서 직접 내려주신 것이니 말이오. 만나서 반갑소. 프란이라 하오."

이안은 그린리버 제국의 언어를 말하고 있었다.

이유는 간단했다. 프란이 먼저 그린리버 제국어를 사용했으니까. 한데 '선지자의 언어'라니? 대화하면 할수록 헛소리가 늘어났다.

"……이안 페이집니다."

이안이 마지못해 자신을 소개했다.

돌아오는 반응은 실로 가관이었다.

"오! 페이지! 부족장의 핏줄이셨소? 가만있자. 페이지 부족이라, 페이지 부족. 으음, 어디서 들어본 것도 같은데……."

프란으로부터 느껴지는 분위기가 사뭇 달랐다. 전혀 다른 사람이라 해도 믿을 지경이었다. 그 변화에 대한 감상을 조금 더 직설적으로 표현하자면.

'……좀 모자라진 것 같은데.'

그만큼 사람이 허점투성이였다.

동일인물이라고 믿기가 어려웠다.

도대체 뭐가 어떻게 돌아가는 걸까?

"페이지 부족은 처음 듣는 것 같소만. 흐음, 하기야! 세상은 넓은 법 아니겠소? 아니면 혹시…… 저 하늘 세상에서 내려오신 분이시오? 선지자께서 친히 내려보내……."

"뭐하자는 겁니까?"

"주신 분이시니…… 예?"

"뭐하는 짓이냐고 물었습니다."

"뭐하는 짓…… 아!"

이안의 날 선 물음.

프란이 손뼉을 쳤다.

"선지자께 자세한 설명을 듣지 못하신 모양이로군!"

"……."

"아무래도 내가 급히 요청을 드린 바람에 선지자께서도 급히 보내주신 것 같소. 물론 시급한 일이긴 하오만 설명은 드려야겠지."

"……."

"너무 그렇게 노려보지 마시오. 공사가 다망하신 선지자께서 이토록 빨리 응답해 주실 줄이야, 나라고 짐작이나 해봤겠소?"

전혀 말이 통하지가 않는 자다.

뭐라고 떠드나 듣기라도 해보자.

지금 이안의 심정이 딱 그랬다.

"그러니까, 선지자께서 친히 보내주신 하늘 세상의 귀인이시며 페이지 부족의 핏줄이신 이안 페이지 님께서는……."

"그냥 이안이라고 부르십시오."

"……이안 님께서는 지금부터."

재빨리 호칭부터 축약시킨 두 사람.

계속해서 대화를 이어나갔다.

"내가 성공적으로 '인세의 혼란'을 잠재울 수 있도록, 언어의 힘을 체계적으로 완성시키는 데 도움을 주셨으면 하오."

인세에 닥친 혼란?

언어의 힘을 완성?

이안이 되물었다.

"무슨 뜻입니까?"

"하늘 세상과는 달리, 땅 세상의 인간들은 지금 목숨 하나 제대로 부지하기 어려운 실정이오. 가고일부터 오우거, 트롤, 고블린까지 다양한 종, 그리고 어마어마한 머릿수의 괴수로부터 도망치며 살기 바쁘지. 특히 가고일이란 놈들은 그 말도 안 되는 번식력으로 세상을 아예 집어삼켜 버리고 있소."

여기까지 들었을 때.

이안은 짐작할 수 있었다.

지금 이 공간의 '정체'를 말이다.

'과거.'

물론 이안이 과거로 온 건지 혹은 환상인지는 모르겠다. 하지만 눈 앞에 펼쳐진 세상. 그 배경이 과거임은 분명했다.

'그것도 엄청나게 오래전이다.'

'가고일이 세상을 위협한다.' 그 이야기로 추측해보건대 지금 이곳은 드래곤조차 언어의 힘을 전수 받기 이전인 것 같았다. 그 세월의 격차를 숫자만으로 따져본다면.

'최소한으로 잡아도 수천 년 전이겠지.'

천여 년 전 기억을 가진 리시스 라덴쥬의 정신체, 그 존재조차 가고일이 최상위 포식자였던 시대를 아주 고대의 일처럼 말했다. 즉 수천 년 전이라는 표현이 절대 모자라지 않았다.

'오히려 부족할 수도.'

이안이 매끈한 턱을 쓰다듬었다.

영겁의 세월을 거슬러 올라왔다.

정말 과거로 왔든, 환상이든 그 여부는 중요치 않았다. 딱히 궁금하지도 않았다.

단지…….

'무슨 꿍꿍이지?'

'현세의 프란 페이지'는 분명 이안을 자신의 수준까지 끌어올려 주겠다고 말했다. 한데 다짜고짜 과거의 본인과 세상을 보여준다?

어떤 꿍꿍이인지 짐작해 볼 도리가 없었다.

"듣고 계시오? 설명이 너무 어렵나?"

"……계속 말씀해 보십쇼."

달리 방도가 있겠는가?

일단은 들어볼 수밖에.

"지금까지는 내 힘으로 어떻게든 지켜낼 수 있었소. 땅 세상의 사람들을 말이오. 하나 아무리 노력해도 모든 사람을 지켜낼 순 없더군. 내 몸뚱이는 하난데, 세상은 너무나도 광활하니."

수천 년 전에 존재했던 프란 페이지.

그는 세상의 괴수로부터 인간을 지켰다. 하지만 모든 인간을 지키기란 불가능했다.

그의 말처럼 세상은 넓고, 사람도 많으니까.

"설령 인간이 멸종하고 그 자리를 괴수가 차지하는 게 자연의 이치라 해도, 그 뜻에 가만히 순응할 생각은 없소. 나는 인간이며, 앞으로도 쭉 인간일 테니까. 해서 고민했소. 그리고 결론을 내렸지. 최대한 많은 사람을 지켜낼 방법 말이오. 먼저…….”

잠시 말문을 멈췄던 ‘과거의 프란.’

그가 오른손을 뻗으며 읊조렸다.

(열어라.)

성대가 아닌, 마나로부터 피어난 소리.

그러자 곧 놀라운 일이 벌어졌다.

프란의 손 앞으로 펼쳐진 모든 존재, 예컨대 작은 풀떼기부터 멀찍이 산맥까지, 그 모든 것을 아우르는 ‘공간’이 종잇장처럼 차곡차곡 접혀버렸다. 아니, 접힌다는 표현조차 부족할 정도였다. 꿈속에서도 쉬이 볼 수 없는 괴현상이었으니까.

(무너져라.)

이번에는 하늘이었다.

하늘 위로 프란의 왼손이 뻗어졌다. 그러자 푸른 하늘마저 와르르 무너져 내렸다. 절대 농담 따위가 아니다. 허언도 아니다. 정말로 하늘이란 공간 일부가 와르르 무너지기 시작했단 소리였다.

(되돌려라.)

놀라움은 거기서 끝이 아니었다.

되돌리라는 그 나지막한 읊조림.

이안도 알아들을 수 있는 한마디.

그 말소리에 모든 것이 정리되었다.

종잇장처럼 구겨졌던 수풀과 산맥도. 와르르 무너져 내렸던 푸른색 하늘도.

모든 것이 '원상복구'가 되어버렸다.

마치 시간이라도 되돌린 것처럼.

"내가 타고난 이 힘."

막간의 힘자랑을 선보였던 프란.

그가 제 손을 바라보며 말했다.

"이 힘을 내가 아닌 다른 인간에게 전수해 줄 수 있도록 '체계'란 것을 잡아볼 생각이오. 그 과정을 도와주셨으면 하오."

프란 자신이 타고난 언어의 힘.

그 힘을 타인에게 전수하고자 한다. 하지만 전수하는 방법을 알지 못한다.

그러니 방법을 찾을 수 있도록 도와 달라.

"그리고 두 번째 부탁은……."

(크그그그그극-!)

(캬아아아아-!)

프란의 말문이 막 이어지려는 찰나. 초원 너머로부터 기괴한 소리가 들렸다. 그것은 개인이 아닌, 다수의 괴성이었다. 심지어 이안에게도 익숙한 소리였다.

바로 수백 마리의 '가고일 무리.'

놈들이 프란에게 몰려왔다.

"……싸움 좀 할 줄 아시오?"

과거의 프란이 속삭이듯 물었다. 싸움이란 게 주먹질만 뜻하진 않을 터. 이안이 대답 대신 고개만 끄덕거렸다.

"실력 한번 볼 수 있겠소?"

"원하신다면."

그렇지 않아도 마나를 빼앗긴 이후로부터 쭉 좀이 쑤셨다. 특히 저 가고일 놈들이라면 기꺼이 몰살시킬 의향이 있었다.

"아이스."

이안의 두 팔이 허공으로 향했다. 강렬한 냉기가 하늘 높이 몰려왔다. 마치 번개를 머금은 먹구름과 같았다.

"스톰."

아이스 스톰.

인즉 '얼음 폭풍'.

단순한 냉기가 아니었다. 수많은 얼음덩어리가 우박처럼 섞여 사방으로 휘몰아쳤다. '블리자드' 주문이 범위 내 대상을 단숨에 동사시켜 버리는 마법이라면, '아이스 스톰'은 그야말로.

(캬아아아아악-!)

(쿠에에에엑-!)

(크아아악-!)

수많은 얼음덩이가 범위 내 모든 대상을 물리적으로 '박살' 내버리는 마법이었으니, 단순히 시각적인 측면으로만 따져 봐도 매우 파멸적인 마법이 아닐 수 없었다.

"이 정도면 싸움 좀 하는 겁니까?"

"과연, 하늘 세상에서 내려주신 귀인답소."

과거의 프란이 엄지를 들어 보였다. 보면 볼수록 현세의 프란 페이지와는 영 딴판이었다. 혹시 저 모습도 함정일까?

"내가 이안 님께 드릴 두 번째 부탁은 간단하오. 딱 이맘때가 저 가고일 놈들의 발정기요. 지들끼리만 난리면 문제가 안 되는데, 꼭 세상 곳곳으로 뛰쳐나와 사람들을 해치더군."

조목조목 설명을 이어가는 프란, 그가 작게 손짓했다. 그러자 가고일의 잔해들이 모조리 '소멸' 되었다. 절대 추상적인 표현이 아니다. 표현 그대로 감쪽같이 사라져 버렸다는 거다.

"나 혼자서는 한계가 있소. 둘이 나선다 해서 완벽하게 막아내진 못하겠으나, 그래도 나 하나 뛰는 것보단 낫지 않겠소? 인명 피해를 최소화시킬 수 있도록 도와주셨으면 하오."

첫 번째 부탁은 바로 언어의 힘, 그 힘을 타인에게 전수할 수 있도록 '개량' 및 '체계 세우기'에 도움을 달라는 것. 그리고 두 번째는 당장 인간들을 더 많이 지킬 수 있도록 도와달라는 것.

'……이건가.'

자신의 수준으로 끌어올려 주겠다.

그 말은 곧 언어의 힘을 완벽하게 전수해 주겠다는 소리일 터. 즉 과거의 프란을 도와주는 과정에서 스스로 깨우쳐 보라는 뜻이리라.

'그 선지자란 존재도 내 시간대의 프란이겠지.'

과거의 프란이 말하는 '선지자'.

그것은 아마 현세의 프란일 터. 참 쓸데없고도 재미난 판을 깔았다. '이런 판이라면, 놀아나 줄 수밖에.'

이안이 희미한 미소를 흘렸다.

놈의 뜻대로 움직이는 건 불쾌하다. 그러나 이것 말고는 달리 방법도 없다.

심지어 벗어날 수조차 없는 것 같다. 이 '과거'라는 허상으로부터 말이다.

'단, 이번을 마지막으로.'

놀아나는 건 이번이 마지막이다. 그가 지닌 힘, 앞으로 전수 받을 힘. '언어의 힘'을 완벽하게 숙달하는 순간, 그 힘이 이안의 방식대로 진화되는 그때.

'그때부터 시작이다.'

모든 것은 이안을 중심으로, 이안의 뜻으로부터 재편성되리라.

"좋습니다. 돕도록 하죠."

과거의 프란과 이안 페이지. 다소 기묘한 동행의 시작이었다.

'이건 뭐, 진짜 괴물밖에 없네.'

수천 년 전의 과거. 며칠간 그 세상을 살아본, 그리고 그 세상의 사람들을 지켜보고 때론 구해주기까지 했던 이안의 '소감'이었다. 가는 곳마다 온갖 종류의 괴물이 다 나타났다. 이안의 시간대에선 이미 멸종해 버린 괴물이나 생물도 많았다.

'인간들이 살아남은 게 용할 정도야.'

그에 비해 인간은 소수였다. 심지어 문명의 수준조차 낮아 더더욱 소수처럼 느껴졌다. 대체 인류는 이 난관을 어찌 극복하고 살아남았을까? 답은 간단했다. 그리고 가까이 있었다.

(검은 불꽃이여.)

'과거의 프란'이 구사하는 '언어의 힘'. 그것은 정말이지 '언어'의 '힘' 그 자체였다. 말하는 대로, 내뱉는 대로 이루어졌으니까.

(저들을 소각해 다오.)

실로 엄청난 규모의 아타르 하카, 즉 '검은 불꽃'이 인간 부족을 침략했던 한 무리 오우거에게 뻗어 나갔다. 말이 한 무리지, 사실상 몇 개 부족의 연합체나 다를 바 없었다.

물론 이안 역시 저 정도 화력의 마법이 불가능하진 않았다. 다만 본질적인 차이가 컸다. 이안이 주문 한 번에 낼 수 있는 최대치가 저렇다면, 과거의 프란은 최대와 최소의 개념조차 없어 보였다.

'마음만 먹으면 세상도 끝장내겠어.'

그렇게 생각하니 조금 무섭게도 느껴졌다. 드래곤 일족 전체가 달라붙어 프란의 육신을 봉인시킨 이유, 그리고 그 봉인을 유지 중인 까닭. 적어도 그중 한 가지는 짐작할 수 있었다.

'괴물이 다 불쌍할 지경이군.'

저 괴물들의 처지에서 보자면 그랬다. 놈들에게 프란이란 가히 '재앙'이나 마찬가지일 터. 물론 그렇다고 해서 과거의 프란이 살육광은 아니었다. 철저히 인간에게 위협을 주는 괴물들만 골라서 제거해 왔으니까.

"황금색 머리칼의 구원자시여!"

"구원자를 뵈옵니다!"

"굽어살펴 주시옵소서!"

"구원자시여!"

"구원자시여!"

프란의 등장에 도움을 청했던 부족민들이 넙죽 엎드렸다. 마치 신이라도 만난 것처럼 애절하게 울부짖었다. 부족의 족장이든 노예든 중요치 않았다. 모두가 프란 앞에서는 평등했다.

'신처럼 보이긴 하겠네.'

용아병 사태 이후, 이안 역시 괴물 내지 반신 취급을 당하지 않았던가? 하물며 이런 시대의 프란이라면 신이 아니랄 것도 없었다. 오히려 신보다 더 신처럼 느껴질지도 모르겠다.

'인간이 원하는 신이라면 말이지.'

인간이 원하는 신. 동물도, 몬스터도, 나무와 잡풀의 신도 아닌 오로지 '인간'을 위한 신. 인간을 위해서라면 짐승이든, 몬스터든 아무런 거리낌 없이 몰살시켜줄 수 있는 신. 자신들의 생존에 편의를 봐주는 신. 과거의 프란은 바로 그러한 존재였다.

"그만 돌아갑시다. 이안 님."

얼마나 기다렸을까? 사람들에게서 벗어난 프란이 말했다. 그러더니 부족의 군락 구석에 설치해 둔 포탈 쪽으로 다가갔다. 언제든 프란에게 도움을 청할 수 있도록 설치된 포탈이었다.

"아직 사람들이……."

"제가 돌아갈 때까지 저러고들 계십니다. 말리고 달래도 어쩔 도리가 없더군요. 제가 그냥 빨리 가버릴 수밖에요. 하하."

멋쩍게 웃어 보인 과거의 프란. 그와 함께 포널 너머로 돌아왔다.

돌아온 곳은 프란의 본부이자 연구실. 그곳은 크게 두 가지의 주제를 가졌다.

먼저 수많은 '서책'들, 그리고 수많은 '포탈'.

"저 책들은 볼 때마다 대단하네요."

비록 제작 기술의 문제가 있어서 그런지 현세보다 조잡한 서책들이었지만, 며칠간 살펴본 결과 그 내용만큼은 전혀 조잡하지 않았다. 그럴 수밖에 없는 것이, 대부분 프란이 몸소 집필한 서책이었다. 여러 연구부터 일지까지 종류가 참으로 다양했다.

“남는 게 시간이었죠. 예전에는.”

“대체 얼마나 사신 겁니까?”

“글쎄요. 나이 세는 건 포기했습니다.”

이안이 며칠간 알아낸 사실 하나. 프란은 이 고대의 시간대보다도 훨씬 더 오래전부터 생존해 왔다. 다만 본격적으로 인류의 구원자 노릇에 나선 지는 얼마 되지 않았다고 했다. 이유까지 말해주진 않았으나, 영생의 까닭은 알려줬다.

‘언어의 힘.’

언어의 힘에 숙달한 순간. 바로 그때부터 늙지 않았다.

프란의 설명대로라면 그랬다.

“근데 쉴 시간은 있으십니까?”

이안이 포탈을 바라보며 말했다. 수천 개 정도야 우습게 넘는 포탈. 세상 곳곳으로 연결된 통로였다.

“그래도 꽤 됩니다.”

“요 며칠은 계속 바쁘시던데.”

“말씀드렸지만, 요즘 가고일 놈들이 발정기 아니겠습니까? 다른 괴물들도 다 비슷한 시기에 시작하죠. 원래 요맘때가 제일 바쁜 구간입니다. 이놈 저놈 다 발정이 나버리거든요.”

세상천지가 몬스터로 들끓는 시기, 그 다양한 위기를 프란

홀로 짊어진 꼴이었다. 모든 인류를 완벽하게 지킬 순 없겠으나, 적어도 '인류존속'의 '일등공신'임은 분명한 것 같았다.

"그래도 이번 시기만 지나면 편해질……."

프란의 말문이 이어지는 그때.

포탈로부터 사람이 나타났다.

한 곳도 아니고 두 곳이었다.

"구원자님! 살려주십시오!"

"구, 구원자님! 구원자님!"

두 곳에 동시다발적으로 문제가 일어난 모양이었다. 보통 이럴 때는 더 심각한 곳부터 가곤 했지만, 이제 프란은 그럴 필요가 없었다. 선지자께서 친히 보내주신, 아주 믿음직하고 강력한 도우미가 하나 생기지 않았던가?

"음, 이안 님께서……."

"제가 저쪽으로 가보죠."

"고맙습니다."

"별말씀을."

이안이 도움을 청한 두 고대인 중 한 명, 밝은 금발을 가진 남자와 포탈로 들어갔다. 저 머리카락을 보고 있자니 꼭 그린리버 황족들을 보는 것 같았다. 백색에 가까운 금발이야말로 그들의 특별함이었으니까.

"족장님! 구원자님의 동료분을 모셔왔습니다."

"뭐? 동료? 구원자께 동료가 있었나?"

포탈 너머는 나름 큼직한 규모의 군락이었다. 며칠간 봐왔던 고대부족 중 가장 으뜸에 속하는 크기인 것 같았다. 현세로 따지자면 고대의 대도시가 아닐까? 물론 대도시라 부르기엔 턱없이 부족했지만, 시대를 고려하자면 충분히 대도시였다.

"흐으으음……."

'족장'이라고 불린 남자, 그 밝은 금발의 사내가 의심 어린 눈으로 이안을 바라봤다. '의심'이라기보다도 '불신'에 가까웠다. 정말 이안이 구원자처럼 강한 존재일까? 부족과 군란에 닥친 문제를 해결해 줄 수 있을까? 그런 종류의 불신이었다.

'어디서 많이 봤는데.'

한편 이안은 그 족장을 바라보며 생각했다.

이자, 분명 누군가와 많이 닮은 것 같은데…….

"……황태자?"

황태자보다 덩치가 작긴 했다. 하나 고대의 인간들은 대부분이 그랬다. 거의 모든 인류가 평균적으로 작았다.

물론 생김새 역시 차이점을 가졌다.

"방금 뭐라고 하셨소?"

"……아닙니다. 그보다."

이안이 내뱉었던 말을 거두었다. 무려 수천 년 전의 고대다. 어찌 황태자가 존재하겠는가?

"급한 일이 있으신 게 아니었습니까?"

"아! 그, 그렇소! 어서, 어서 군락 밖으로……!"

족장과 그 무리를 따라나선 군락 바깥의 풍경. 그곳으로는 실로 엄청난 머릿수의 '트롤 부족'이 보였다. 물론 트롤 부족과 대치중인 인간들도 있었다. 그러나 쌍방의 기세 차이가 제법 컸다.

트롤들은 인간을 공격하고자 집결했다기보다도, 인간 부족의 땅을 빼앗기 위하여 집결된 모양새였다.

"트롤이라."

그럴 만도 했다. 그만큼 이 밝은 금발의 부족장이 소유한 군락은 지리적으로 우수한 위치에 자리 잡았다. 특히 군락 전체를 관통하는 강물 줄기가 참으로 이상적이었다. 일대의 생존을 책임지는 강물이니만큼 괴물들도 탐이 날 터.

"저 트롤들을 처리해 달란 말씀입니까?"

"그, 그렇소. 어떻게, 가능하시겠소이까?"

"흐음, 생각보다 많네요."

"구원자셨다면 충분히……."

"저도 못 할 건 없습니다."

물론이다. 단지 차이가 있을 뿐이다.

이안은 과거의 프란과 달랐다. 딱히 '인류의 수호자'를 자처한 적이 없다. 수많은 트롤을 단숨에 몰살시키는 일도 내키지 않았다. 어찌 되었던 학살이 아닌가? 그러나 반드시 해야 한다면 못할 것도 없으리라. 그 옛날, 고블린 무리로부터 모그리안 대영주를 구해줬던 당시처럼 말이다.

"후우……!"

짧은 숨을 토해낸 이안. 그가 대량의 마나를 끌어냈다.

동시에 허공으로 붕 떠올랐다.

"간만에."

뾰족한 수라도 떠오른 걸까? 아니, 그러한 표정은 아니었다. '뾰족한 수'가 떠올랐다기보다도.

"한번 해볼까."

재미난 생각 한 가지가 떠올랐다. 이 상황에 어울리는 마법이기도 했다.

"프로스트."

아주 광범위한 냉기 계열 마법. 모그리안 대영주를 구해낸 수단. 두 번째 삶의 시작을 알렸던 주문.

"노바."

'프로스트 노바.'

그 강렬한 냉기가 몰려든 트롤 부족 한가운데를 비집고 발동되었다. 물론 파괴력, 그리고 범위의 수준이 예전과는 하늘과 땅 차이였다. 단언하건대 과장된 묘사가 아니었다.

콰득, 콰드드득, 콰드득, 콰드드드득—!

사방으로 뻗어 나가는 냉기. 속속들이 얼어붙기 시작한 대지. 다시 한번 '얼음 지옥'이 펼쳐졌다.

이번엔 트롤 부족이 그 '피해자'였다.

"괜찮네."

문득 오래 전, 프로스트 노바 주문으로 마법적 감각을 끌어올릴 당시. 원래의 힘이었다면 연무장이 아니라 영주성을 통째로 얼려 버렸을 거다, 그렇게 자신했던 기억이 떠올랐다.

그리고 지금, 그 생각이 옳았다는 것을 증명하는 결과가 발생했다. 마치 조각상처럼 얼어붙어 버린 트롤들, 그 살벌한 광경이야말로 증거였다.

"허, 허어어……!"

그 광경을 똑똑히 지켜본 족장 그리고 부족의 전사와 사람들. 모두가 일순간 얼어붙어 버렸다. 주문의 여파는 아니었다. 심리적인 동결의 효과였다.

"이 정도면, 만족하십니까?"

다시금 군락 가까이 날아온 이안.

만족? 이 정도면 만족하겠냐고? 저걸 지금 말이라고 하는 걸까?

"구, 구원자의 동료시여!"

"두 번째 구원자시여!"

넙죽 엎드리기 시작한 사람들.

그들은 어느새 이안을 '구원자의 동료'로.

혹은 '두 번째 구원자'로 여기기 시작했다.

"부, 부디 무례를 용서해 주십시오. 제 목을 거두셔도 좋으니, 부족만큼은, 저희 그린리버 부족만큼은……!"

"그린리버?"

"계속 굽어살펴 주시길 간곡히, 간곡히 청하겠나이다! 혹여 노여움이 남아계신다면 이놈, 다시 말씀드리건대 쓸모없는 목이라도 바쳐서……."

"방금 그린리버라고 하셨습니까?"

"구원자께 용서를 구하겠…… 예? 아, 예. 마, 맞습니다. 저희 부족의 이름이옵니다. 부디 저희들을 어여삐 봐주시옵소서!"

이안이 놀라움을 금치 못했다. 여기는 까마득한 과거의 시간대다. 실제든 허상이든, 과거임은 분명하다.

그런 곳에서 '그린리버'란 이름.

그 익숙한 이름을 만났다.

'어쩐지 금발 하며, 분위기가 비슷하더라니.'

거의 백색에 가까운 금색 머리칼. 저 밝은 금발이란 참으로 희귀하다. 지금이라고 사정이 다르진 않을 터.

'괜히 황족이 아니었군.'

뼈대가 깊다. 유서가 깊다. 근본이 바로 섰다.

그 표현들이야말로 그린리버 가문의 대명사나 마찬가지인 것 같았다. 이 과거가, 이 환상이 조작된 게 아니라면 말이다.

"목까지 바칠 필욘 없습니다."

"오오……! 고맙습니다. 정말 고맙습니다!"

묘하게 황태자 하이든을 닮은 조상.

그린리버 부족의 족장이 탄복하며 말했다.

"아! 저희를 용서해 주신 답례로 드릴 것이 있습니다. 본래 구원자 프란 님께 바치고자 했던 재물이오나, 이번만큼은 두 번째 구원자께서 받아주셨으면 합니다. 재물이야 언제든지, 기꺼운 마음으로 모아두면 되는 문제이니 말입니다."

두 번째 구원자 이안, 그 존재에게 잘 보이고 싶은 마음이 앞섰을까? 약간 성급하게 재물까지 바치고자 나선 그린리버의 족장이었다. 이런 행위는 받는 자의 성질을 제대로 파악해야만 소용이 있을 터인데, 아무래도 너무 흥분해 버린 것 같았다.

"재물은……."

거부하고자 했던 이안. 그가 천천히 손을 거뒀다.

궁금함이 앞서버린 탓이었다. 이왕 이렇게 된 거 구경이나 해보자. '고대의 조공'은 어떻게 이루어지는지.

“여봐라! 두 번째 구원자께 바칠 재물을 가져와라! 어서!”

잠시간 후, 이안을 실망할 수밖에 없었다. 조공의 구성은 예나 지금이나 똑같았다. 온갖 보석과 금붙이, 당대의 명품이라 불리는 몇몇 물건들.

그게 전부였다. 심지어 고대의 떨어지는 기술력으로 완성된 물건인지라 조잡하기도 했다. 조금 더 색다른 조공을 기대했거늘, 실망이 컸다.

‘하긴, 애초에 기대할 것도 없었지.’

수천 년이란 시간이 지났다.

인류의 문명은 실로 극과 극이다.

이런 시간대에 무얼 기대한단 말인가?

‘내가 너무 말도 안 되는 기대를…….’

이안의 고개가 실망감으로 저어지는 그때였다.

“……어?”

두 눈이 휘둥그레짐을 느꼈다.

조공 때문에? 아니, 그건 아니다.

저따위 조잡한 보석과 금괴들.

칼과 방패 따위로 미동할 눈이겠는가?

이유는 따로 존재했다.

“…….”

재물이랍시고 가져온 물건들의 보관함. 그 보관함을 옮겨왔던 하인 중에서 아주 익숙한 얼굴을 발견해 버린 까닭이었다.

황태자처럼 느낌만 닮은 수준이 아니었다. 조금 앳된 감만 제외하자면, 그야말로 ‘판박이’나 마찬가지였으니까.

8장
언어의 힘

"……어머니?"

다른 그 누구도 아니다. 바로 어머니의 얼굴이다.

어찌 착각할 수가 있겠는가? 어찌 혼동할 수가 있겠는가? 환각이 아닌 이상 확실하다.

"어머니."

"네…… 네에?"

이안이 그 여인을 똑바로 응시하며 불렀다.

그녀 역시 화들짝 놀라면서 대답했다.

다짜고짜 어머니라니, 잘못 들은 걸까?

"……."

갑작스러운 상황에 몸 둘 곳을 모르는 여인.

그저 덜덜 떨며 눈치만 살필 뿐이었다.

두 번째 구원자, 이안의 눈치 말이다.

'어머니가 확실한데.'

아들의 눈을 속일 수는 없다. 단지 딱 하나 차이점이 있다면, 어머니보다 열 살가량 어려 보인다는 거다. 얼굴에서부터 앳된 나이가 느껴졌다. 해봐야 스무 살도 넘어가지 못했을 얼굴, 그 앳됨만 제외하자면 거의 쌍둥이나 마찬가지였다.

'아무리 봐도…….'

이안이 좀처럼 눈을 떼지 못하는 그때. 황태자와 비슷한 분위기의 족장이 나섰다. 마치 부족의 자랑감이라도 소개하는 듯 자신감으로 똘똘 뭉친 목소리였다.

"아, 저희 부족에서 신녀로 키우고 있는 아이입니다. 구원자께서 방문하실 때마다 성심껏 모실 수 있도록 엄격한 조건으로 선별한 뒤, 구원자의 신녀로서 필요한 교육을 받고 있지요. 물론 아직 부족합니다만……."

구원자를 모시기 위한 '신녀'.

또한 그 구원자의 이름은 '프란'.

프란 페이지와 베네사 페이지.

무언가 퍼즐이 맞춰지는 기분이었다.

"몸과 마음이 전부 눈송이처럼 하얗고 깨끗한 아이입니다. 49일간 진행되는 정화 의식까지 성공적으로 받아냈지요. 감히 구원자께 누가 되지 않을 거라고 확신하옵니다."

49일간의 정화의식?

대체 무슨 소리를 하는 걸까?

이안의 입술이 파르르 떨렸다. 무슨 소리인지 캐묻고 싶었다. 하지만 어렵사리 말을 삼켰다. 지금은 말을 아끼는 편이 좋다.

아직 이 과거가 단순한 환술인지.

혹은 진짜 과거인지 알 수 없었으니까.

'만에 하나, 정말 과거라면…….'

시간의 흐름에 문제를 일으킬 가능성이 컸다. 심지어 상대는 어머니로 추정되는 존재 아니겠는가?

이안 자신에게 직결되는 문제일 가능성이 농후했다. 과거 이안이 언어의 힘으로 일으켰던 '회귀'와는 질적으로나 근본적으로나 다른 문제였다.

"이름이 어떻게 됩니까?"

이안이 어머니로 추정되는 여인.

그녀를 지그시 바라보며 말했다.

"소, 소녀의 이름은……."

그 물음에 여인이 머뭇거렸다.

족장을 바라보며 눈빛으로 물었다.

자신의 이름을 말해도 되느냐고.

족장 역시 고개를 끄덕거렸다.

"……베네사라고 합니다! 구원자시여."

베네사.

페이지란 성만 빠져 버렸다.

이안이 잠시간 입을 다물었다.

이 모든 게 환상이든, 현실이든 눈앞에 존재는 어머니가 확실했다.

얼굴도, 이름까지도 똑같지 않던가?

'이게 무슨…….'

동시에 이안의 머리가 하얘졌다.

이 광경을 어찌 받아들여야 할까? 허상일 뿐이라고 무시해야 옳을까? 아니면 일의 진상을 파헤쳐야 할까?

"어, 어찌 그러시는지……?"

"……아무것도 아닙니다."

머릿속으로 어떤 생각을 떠올릴지언정.

일단 저 여인부터 자유롭게 풀어줬다.

붙잡고 있어 봐야 알아낼 것도 없으니까.

"가보십시오."

"하, 하오시면 소녀는 그만……."

도망치듯 후다닥 물러나는 여인.

그 뒷모습을 이안이 바라봤다.

우두커니 서 생각에 잠겼다.

'이 과거가 사실이라고 가정한다면.'

모든 게 허상이 아닌 사실이라면. 실재 수천 년 전이라면 어떨까?

'어머니도 영생을 살았다는 건가?'

이안이 알아낸 바로, 영생을 살 수 있는 조건은 총 두 가지다. 먼저 프란이나 드래곤 일족처럼 언어의 힘에 숙달하는 것, 혹은 여덟 장인의 경우와 같이 언어의 힘 아래 '최상위 언데드'가 되는 것.

'전자일 리는 없고, 후자?'

거기까지 떠올렸을 때.

이안이 생각을 끊어버렸다.
고개가 저절로 저어졌다.
전생의 어머니가 어찌 되셨던가?
병으로 유명을 달리하시지 않았나?
"……."
이안이 생각을 멈췄다. 이쯤 해서 갈무리시켜야만 했다. 현세의 프란 페이지를 만나 묻지 않는 이상, 그리고 진실을 듣지 못하는 이상, 어떤 정답을 찾아내기란 불가능에 가까울 것 같았다.
"슬슬 가보겠습니다."
"재물은 저희가 신비의 문 너머까지……."
"아뇨, 그냥 두십시오. 필요 없습니다."
재빨리 포탈 너머로 걸어간 이안.
한데 그곳으로 익숙한 얼굴이 보였다.
인류의 수호자, 바로 '과거의 프란'.
달리 말하자면 '이 세상의 프란'이었다.
"벌써 끝나셨소? 트롤이 제법 많던데."
벌써 끝났느냐고 묻는 자가 이곳의 상황을 훤히 알고 있다. 바꿔 말하자면, 이안이 트롤을 몰살시키기도 전에 구경하러 왔다는 거다. 물론 본인이 갔던 일은 진작에 끝냈다는 말이겠고.
"그쪽이 할 말은 아닌 것 같네요."
"저야 숙달된 솜씨로 후다닥! 해치워 버리고……."
또다시 시작되려던 프란의 너스레.

어떤 이유인지 중간에서 멈춰 버렸다.
왜일까? 이안이 프란의 시선을 따라갔다.
'……어머니를 왜?'
프란의 시선은 바로 베네사를 향하고 있었다. 설마 첫눈에 반한다거나, 운명의 상대를 만났다거나 하는 진부한 전개일까? 만약 그렇다면 환술임을, 프란 페이지가 환술로서 빚어낸 싸구려 각본임을 확신할 수 있으리라.
"쓸 만한 둥지."
프란의 자그마한 읊조림.
대화가 아닌 혼잣말이었다. 단지 이안에게 들렸을 뿐. 일순간 눈빛마저 번뜩거렸다.
'둥지?'
이안이 의아함을 느낀 찰나.
프란은 시선을 거둔 채 포탈 쪽으로 돌아섰다. 어서 돌아가자는 손짓과 몸짓도 함께였다.
"갑시다. 연구도 진척을 좀 둬야 하니."
언어의 힘을 체계화시키는 연구. 그 연구의 진척을 두자는 뜻이었다. 아직 제대로 시작조차 하지 못했다.
그만큼 세상 각지가 혼란스러웠으니까.
"역시 본부가 따뜻하다니까?"
프란이 온몸을 부르르 떨며 본부 겸 연구실의 한가운데로 걸어갔다. 그러자 사방으로부터 온갖 서책들이 떠올라 펼쳐지기 시작했다. 주문은커녕 손짓조차 없었는데도 자동이었다.
"이안 님. 그 얘기나 또 들어봅시다."

"얘기?"

"술식의 마법이란 거 말이오."

"아아."

며칠간, 이안은 프란에게 술식의 마법을 설명해 줘야만 했다. 처음에는 어이가 없었다. 애당초 그 술식의 마법을 창조해낸 존재가 '최초의 마법사', 즉 프란 페이지 아니었던가? 한데 창조는커녕 원리와 기초조차 모르는 눈치였다.

'도대체…….'

이해하기가 어려운 일.

하지만 캐묻기도 어려웠다.

결국 설명을 해주는 수밖에 없었다.

"핵심은 자극입니다. 인간의 머릿속에는 뇌라는 이름의 장기가 하나 있는데, 그 뇌 속에 마나 브레인이란 '핵'이 존재합니다. 모든 인간에게 있는 건 아니고, 아주 극소수에 해당하는 사람만 타고나죠. 술식은 그 마나 브레인을 자극하기 위한 수단입니다."

"으음, 마나 브레인. 자극, 자극이라……."

침묵은 곧 생각.

생각은 즉 고민이었다.

제법 길게 고민했던 프란.

그가 천천히 입술을 뗐다.

"따지고 보면, 내가 지닌 힘과 상통하는 부분이 있소. 나 또한 아무런 노력 없이 얻어낸, 표현 그대로 타고난 힘이니까. 내 계획은 그 마나 브레인을 다른 누군가에게 이식하는 것과 비슷한 느낌일지도 모르겠군."

마법사들이 타고난 힘, 마나 브레인.

프란 페이지가 타고난 힘, 언어의 힘.

프란의 표현이 영 틀려먹은 것은 아니었다.

소수가 타고나는 마법적 역량 아니겠는가?

단지 그사이에 격차가 존재할 뿐이리라.

"따지고 보면 참 다행이 아니오? 내가 아닌 다른 누군가가 이 힘을 타고났다 생각해 보시오. 아마 세상은 오래전에 뒤집혔겠지. 아니, 일찌감치 멸망해 버렸을지도……."

현세의 프란을 고려하더라도 틀린 말은 아니었다. 어찌 되었든 이 과거에서 보여준 프란은 인류의 수호자나 마찬가지였으니까. 본인 스스로도 그 희생과 책무를 즐기는 느낌이 강했다.

"흐음, 아무튼 간에 자극이라. 마나 브레인 자극한다, 술식이란 수단을 통해서. 으으음…… 뭔가 잡힐 것도 같은데."

프란이 손을 쥐었다가 피며 골똘히 생각했다.

딱히 체계랄 것이 없는 언어의 힘.

그 힘을 체계화시켜 전수할 방법.

분명 존재할 것도 같은데.

"혹시 말이오. 내게 그 술식의 마법이란 것을 본격적으로 전수해 줄 수 있겠소? 하늘 세상의 힘을 익혀보면 어느 정도 길이 보이지 않을까, 그런 생각이 들긴 하오만. 아, 금기시되는 문제라면 거절하셔도 괜찮소. 절대 강요하는 것은 아니니까."

술식의 마법을 창조했다고 알려진 최초의 마법사, 바로 그 존재가 술식의 마법을 전수해 달란다. 거듭 생각해도 어이가 없을 지경이었지만, 어쩌겠는가? 상황이 이렇게 흘러가 버리는 것을.

"금기까진 아닙니다. 알려 드리도록 하죠."

"오, 고맙소! 분명 큰 도움이 될 것이오!"

그로부터 열흘, 딱 열흘하고도 반나절이면 충분했다. 프란이 이안에게 모든 술식을 전수 받는 데까지 걸린 시간 말이다.

그렇다. 프란은 8클래스의 경지에 오를 때까지 불과 열흘밖에 걸리지 않았다. 심지어 술식의 효력은 이안조차 뛰어넘었다.

'저게 사람이야, 괴물이야?'

이안의 솔직한 심정이었다.

마법적 습득력이라면 이안도 꿀리지 않았다. 한데 이번만큼은 꿀리다 못해 어이가 없을 지경이었다. 두 번의 삶에 걸쳐 완성했던 이안의 모든 것, 그 8클래스라는 정수를 프란은 단 열흘 만에 깨우쳐 버렸으니까. 물론 깨우치기 전에도 이안보다 강한 존재였으나, 단순한 힘의 척도와 깨우침의 속도는 엄연히 다른 얘기였다.

"이안 님."

술식의 마법, 그 신비롭고도 편리한 힘을 온몸으로 만끽해 본 프란이 이안에게 말했다. 무언가 깨닫기라도 한 걸까? 너스레로 가득했던 두 눈이 평소보다 진지하게 가라앉았다.

"알 것 같소."

"갑자기 뭘 말입니까?"
"언어의 힘, 전수 받아보시겠소?"
"뭔가 방법이 생긴 겁니까?"
"감이 잡히긴 했는데……."
잠시 말꼬리를 흐렸던 프란.
그가 조심스레 말문을 이어갔다.
"……아직 확신할 순 없소."
"그건 전수가 아니라 실험 아닙니까?"
"다 마음가짐의 문제 아니겠소?"
"……."
본디 드래곤에게 전수되었다고 알려졌던 언어의 힘. 그 힘의 첫 번째 전수자는 드래곤 일족이 아닌, 바로 미래에서 온 마법사 '이안 페이지'였다. 알려진 바와 사뭇 달라진 흐름이, 혹은 세간에 알려지지 않았던 흐름의 일부가 태동하기 시작했다.

8클래스 마법사, 이안 페이지가 언어의 힘을 전수 받기까지 걸린 시간을 약 반년 남짓, 그 힘을 전수 받은 끝에 이안은 깨달을 수 있었다. 8클래스보다 높은 경지, 즉 '9클래스'라 예상했던 경지는 실존한다. 단지 평소의 방식으로는 결단코 도달할 수 없었을 뿐.
'언어의 힘.'
그 힘이야말로 8클래스 보다 높은 곳.

술식의 마법 자체를 뛰어넘어버린 경지.

'9클래스 마법사'로 나아가는 '열쇠'임을.

"하하."

이안이 희미하게 웃었다.

사실 그랬다.

시작은 '오기'에 가까웠다.

프란이 열흘 만에 깨우쳐버린 술식의 마법, 그 가공할 만한 배움의 속도를 쫓아보고 싶었다. 언어의 힘을 단숨에 숙달함으로써 꿀리지 않음을 증명하고 싶었다. 다른 누구도 아닌, 자신의 흠집난 자존심에 말이다.

"후!"

한데 막상 시작하고 나니 마음가짐부터 달라져 버렸다. 빠르게 전수 받기보단 완벽하게 전수 받고자 하는 욕심이 생겼다. 그만큼 매력적인 힘이었다. 수박 겉핥기식으로 익혔을 때와 여러모로 차원이 달랐다.

(뒤엎어라.)

사방으로 펼쳐진 들판.

이안이 그 공간을 둘러보며 명령했다. 그러자 기이한 현상이 벌어졌다. 들판 한가운데에 커다란 구멍이 뚫린 꼴이었다. 심지어 그 구멍으로 모든 게 빨려 들어갔다. 온갖 잡풀부터 흙, 돌, 하늘과 구름까지. 일대의 공간 자체를 통째로 흡입해 버리는 모양새였다.

"흡……!"

이안이 왼쪽 손목을 낫처럼 꺾어 허공으로 치올렸다. 그러자 모든 것을 흡입했던 구멍이 하늘 높은 곳으로 옮겨졌다. 하늘마저 흡입된 탓에 어둠만 남은 그 한복판에 말이다.

"타핫!"

하늘에 뜬 구멍으로부터 다시금 모든 공간이 토해지기 시작했다.

요컨대 대지, 흙, 돌, 먼지, 들풀, 나무, 하늘, 구름, 공기. 그 모든 요소가 제자리를 찾아갔다. 순식간에 흡입되기 전과 똑같은 구성을 이루어낸 셈이었다. 단지, 문제가 있다면 정반대라는 거다.

하늘과 구름이 존재했던 자리에 흙과 들풀이, 흙과 들풀이 있었던 자리에 하늘과 구름이 채워졌다. 세상천지의 위아래가 뒤엎어진 꼴이었다.

(사라져라.)

위아래가 뒤바뀐 세상, 그 세상 속에서 유일하게 그대로 선 이안. 그가 읊조리자 세상은 언제 그랬냐는 듯 원상태로 돌아왔다.

"후우……."

이안도 들쑥날쑥했던 호흡을 갈무리시켰다. 동시에 어마어마한 희열이 느껴졌다. 몽환 약이라도 들이킨 기분이었다. 완벽한 언어의 힘을 숙달한 이후에는 항상 이랬다.

'어째 쓰면 쓸수록…….'

언어의 힘, 그 완벽하고도 황홀한 권능에 중독되어 가는 기분이었다. 아니, 이미 중독되었다 표현해도 틀리지는 않으리라.

"장족의 발전이시오."

그때 프란의 목소리가 들려왔다.

이안 역시 접근을 알아채고 있었다.

평소였다면 감지하지 못했을 접근.

하나 이제부터는 얘기가 달랐다.

"가셨던 일은 잘되셨습니까?"

이안이 모든 기운을 거둔 채 물었다.

"말도 마시오."

그 물음을 기다리기라도 한 걸까?

풀이 죽은 프란의 목소리가 들려왔다.

"실패하신 겁니까?"

"그렇소. 또 실패요. 또!"

프란은 언어의 힘을 체계화시키기 무섭게, 이미 선별해 뒀던 사람들한테도 전수를 시작했다. 선하고 정의로운 자들에게 언어의 힘을 가르쳐 세상 곳곳의 담당 수호자로 임명한다, 그 원대한 계획이 실현되기 일보 직전이었다. 아니, 직전인 줄 알았다.

"인간의 몸뚱이로는 한계가 있는 것 같소."

한숨 섞인 목소리로 중얼거렸던 프란.

그가 이안을 바라보며 말문을 이었다.

"나, 그리고 이안 님의 몸뚱이가 특별했던 모양이오. 아니지, 애당초 이안 님은 하늘 세상의 사람이시니 가능했던 걸지도. 나는…… 나도 좀 이상한 놈인 것 같고."

"그럴 수밖에요. 평범한 힘은 아니지 않습니까?"

이안은 이미 예상했던 결말이었다. 그렇기에 드래곤 쪽으로 순서가 돌아가지 않았겠는가? 조만간 타 종족을 거쳐 드래곤에게 눈과 마음이 향할 터. 얼마 남지 않았으리라.

"그래도 그 술식의 마법이란 힘은 익혀낸 사람들이 있었소. 그래 봐야 이안 님께서 말씀하신 그…… 1클래스? 2클래스? 그 수준의 힘밖에 발휘하지 못했지만 말이오."

당연한 얘기였다. 마법사 양성이 체계화된 이안의 시간대에도 1클래스와 2클래스 마법사가 대다수 아니겠는가? 심지어 이 시간대라면 언급할 가치도 없었다.

"아무래도 대체자를 찾아봐야겠소."

프란이 혼잣말하듯 얘기했다.

물론 진짜 혼잣말은 아니었다.

"언어의 힘을 습득할 수 있는 힘을 가졌고, 단순한 괴물처럼 포악하지 않으며, 인간과 동급, 혹은 그 이상의 지성을 가진 존재. 인류를 끝까지 책임질 수 있는 성품을 타고난 존재……."

실로 까다로운 조건.

답을 아는 이안조차 고개를 갸웃거렸다.

인류를 끝까지 책임질 수 있는 성품.

그러한 성품을 드래곤이 가졌던가?

이안이 기억하기에는.

'그건 아닌 것 같은데.'

분명 그랬다.

하지만 머나먼 미래의 일.

이 시대는 다를지도 모르겠다.

"이번에 한 무리의 존재들을 만나긴 했는데, 꽤 많은 부분을 충족시키는 것 같았소. 드래곤이라고, 흡사 거대한 도마뱀과도 같더군. 말하자면 날개 달린 거대 도마뱀이라고나 할까."

'날개 달린 거대 도마뱀.'

그 별명은 꽤 유서가 깊은 별명인 것 같았다.

"대단한 존재였소. 혈혈단신으로 수만 마리 가고일을 감당하더이다."

드래곤이란 이미 육신만으로 완벽에 가까운 존재, 수만 마리쯤이야 능히 감당할 수 있을 거다. 문제는 가고일의 머릿수가 고작 수만 마리에서 그칠 리 없다는 점이었지만.

"그런 생물이 세상에 있었습니까?"

이안이 시치미를 뚝 떼며 물었다.

"나도 얼마 전에 처음 봤소. 본래는 산맥 높은 곳에 숨어 둥지를 이루고 산다더군. 산맥 아래의 사정엔 좀처럼 관심이 없었다던데, 이번 괴수들의 발정기가 심하긴 심한 모양이오. 그 높은 곳까지 여파가 닿을 정도로 말이오."

아무래도 프란은 그 존재들, 드래곤 일족이 마음에 든 것 같았다. 하기야, 마음에 들었으니 언어의 힘도 전수해 줬으리라.

"아, 그들의 수장이란 자와도 얘기를 나눠봤소."

"어떻던가요?"

"말이 제법 잘 통하는 자였소."

기분 좋은 미소와 함께 화답했던 프란.

하나 말미에 첨언을 두며 그 미소가 옅어졌다.

"다만 우리 인간을 바라보는 관점이 조금…… 미묘하더이다. 뭐 약간의 견해 차이일 뿐, 크게 문제는 없었소. 차차 알아가며 설명하고, 또 타협을 해나가면 되겠지. 별거 아니오."

프란이 별거 아니라는 듯 말했다.

그러나 이안의 눈에는 빤히 보였다.

미래로부터 올라온 존재의 특권이었다.

프란의 말마따나 아주 '사소한' 견해 차이. 그 차이가 걷잡을 수 없이 벌어져갈 터.

결국은 예정된 역사 그대로 흘러가겠지.

"어련히 잘 해결하실 거라 믿습니다."

"물론이오. 내 마지막 사명 아니겠소?"

하지만 이안의 입은 생각과 다른 말을 내뱉었다. 환술이든, 현실이든. 그 흐름이란 대맥에 영향을 주고 싶지 않았다.

"그나저나, 아무리 봐도 믿기지 않는군. 처음이오. 나 이외에 언어의 힘을 구사하는 존재라니. 내가 전수해 드리긴 했소만, 뭐라고 해야 좋을까. 으음……."

이안을 위아래로 훑으며 고민에 빠진 프란.

생소한 감정이라 그럴까, 표현이 힘들어 보였다.

"근질근질하십니까?"

하나 이안은 알 것 같았다.

지금 프란이 어떤 감정을 느끼는지.

"근질근질?"

"온몸이 말입니다."

"으음, 뭔가 그런 것 같기도……."

“저와 한번 붙어보시겠습니까?”

이안의 뜻밖의 제안, 그 제안은 프란이 느끼는 생소한 감정을 참으로 적절하게 긁어줬다. 바로 그랬다.

프란은 한번 붙어보고 싶었다. 태어나 처음으로 만나본 ‘호각’의 존재, 언어의 힘에 숙달한 또 다른 인간, 하늘 세상에서 내려준 도우미, 이안 페이지와 정식으로. 말하자면 대련이었다.

“정말 그래도 괜찮겠소?”

“제 걱정하실 때가 아닐 겁니다.”

이안이 순식간에 거리를 벌렸다.

거의 순간 이동이나 마찬가지였다.

더불어 마나까지 집중시켰다.

완벽하게 돌입하게 된 전투태세.

사실 이안도 마찬가지였다.

힘에 숙달한 이후부터 쭉.

“저도 바랐던 일이니까요.”

호각지세의 힘을 가진 상태. 바로 이 상태에서 붙어보고 싶었다. 단순한 호승심이나 치기와는 달랐다.

이 싸움으로 많은 것을 가늠할 수 있으니까.

‘내 시간대의 드래곤, 그리고 프란 페이지의 사념체들.’

엄청나게 강한 존재들. 그들과의 격차가 좁혀졌는지.

혹은 어디까지 앞질러버렸는지. 그 여부를 판단할 수 있을 터.

“……처음 만났을 때부터 느꼈소만.”

프란 역시 마음을 먹었다. 이안과 비슷하면서도 달랐다.

마나를 모으기보단 정갈하게 담았다.

육신의 마나가 흡사 호수처럼 잔잔했다.

"왠지 모르게 익숙했소. 먼 핏줄과 마주한다면 이럴까 싶기도 했지."

프란은 모르겠으나.

이안 역시 인정하긴 싫지만, 둘은 엄연한 부자지간이다.

응당 이끌림을 느낄 수밖에 없으리라.

"한데 이제는 내 생각까지 훤하게 들여다보시는군. 하늘 세상에선 땅 세상이 한눈에 보인다더니, 그 말이 딱 맞는 것 같소."

나름의 결론을 내린 프란. 그 결론이야말로 '신호탄'과 같았다. 두 거함의 격돌을 알리는 신호탄 말이다.

후우우웅……!

적당히 거리를 벌린 두 남자.

그사이에 냉랭한 바람이 불었다. 둘은 조금의 미동도 보이지 않았다. 하지만 움직이지 않는 건 몸뚱이뿐.

양측의 머리는 어느 때보다 활발했다.

펼쳐지는 기세 역시 지옥도를 그려냈다.

(폭발하라.)

(거세게 휘몰아쳐라.)

(몽땅 집어삼켜라.)

(산산이 조각내라.)

(사정없이 내리쳐라.)

(꽁꽁 묶어라.)

(쑥쑥 자라나라.)
(반전시켜라.)
언어의 힘으로서 내려지는 명령들.
(얼음의 불꽃이여.)
(검은 불꽃이여.)
(사막의 칼날 바람이여.)
(징벌의 뇌전이여.)
(들판의 어머니시여.)
(빛을 몰아내는 어둠이여.)
(어둠을 포식하는 빛이여.)

그리고 명령을 수행하는 자연의 일꾼들이 몰아쳤다. 정말이지 쉴 새 없는 수 싸움, 그 공방전으로부터 파생된 여파가 일대를 아수라장으로 만들었다. 이래도 되는 걸까, 이렇게 모든 것을 파멸시켜도 되는 걸까 싶을 정도의 흉터가 대지에 새겨졌다.

"쿨럭……!"

먼저 이 싸움의 결말을 암시한 쪽은 프란이었다. 그가 검붉은 피를 목구멍 밖으로 토했다. 짧은 찰나였으나 이미 엄청난 내력, 그리고 체력을 소모한 후유증이었다.

'내가 조금 더 우세하다.'

그 모습에 이안이 확신을 품었다.

자신은 아직 여유로웠으니까.

내력도, 체력도 마찬가지였다.

'이대로라면.'

충분히 꺾을 수 있을 것 같았다. 인류의 수호자를 자처하는 남자. 수천 년 전의 프란 페이지를.

단언하건대 의미하는 바가 컸다.

'더는 드래곤을 두려워하지 않아도 된다.'

또한 본래의 시간대에 존재하는 프란 페이지, 그 믿을 수 없는 존재의 사념체까지도 어떻게든 극복해 낼 수 있으리라.

'나를 제어할 수 있다고 판단했겠지.'

프란이 어째서 과거라는 이름의 '환상'을.

혹은 '실제'를 이안에게 겪도록 만들었는지. 이안은 대략적으로나마 짐작할 수 있었다.

첫째로, 자신의 육신을 찾는데 일조할 힘, 그 힘을 과거의 자신에게 계승 받는 것.

'또 어떤 수작을 부릴지는 모르지만.'

나아가 공감해 주길 바라는 것 같았다. 수호자로서 노력했던 자신의 과거.

사상, 신념, 이상향, 대의, 욕심, 드래곤과의 잘못된 관계까지.

'당신은 실수한 거야.'

그러나 이안은 단언할 수 있었다. 정말로 그러한 계획을 세웠다면, 해서 이 과거로 보낸 것이라면, 큰 실수를 저지른 것이라고.

'난 그렇게 대단한 그릇이 못 되거든.'

이안은 자신을 잘 안다.

절대 영웅이 될 그릇이 못 된다. 그럴만한 사상도, 대의도 없다. 그저 바라는 것은 딱 한 가지.

'나와 내 주변이 평화롭게 천수를 누리는 것.'

그 소소하면서도 어려운 꿈이야말로 이안의 사상이자 대의이며 이상향이었다. 오직 그 목표를 이루고자 끊임없이 강해졌고, 도시와 제국을 지켰으며, 위험천만한 싸움에 기꺼이 뛰어들었을 뿐이다.

가진바 힘이 아깝지 않으냐고? 고작 그 정도의 그릇밖에 되지 않느냐고? 글쎄, 이안은 전혀 그렇게 느끼지 않았다.

'이게 나, 이안 페이지의 전부니까.'

이안이 그간 연마해 온 비장의 '언령'을 뿜어냈다. 그것은 다름 아닌 '입'이었다. 수많은 입이 사방에 수놓아졌다.

기존의 마법과는 달리 썩 유쾌한 형상은 아니었다. 오히려 공포감과 불쾌함까지 조성할 정도였는데, 꼴이 흡사 악마와도 같았다.

"으읏?!"

그러나 직접 마주해 본 프란은 달랐다.

형상의 기괴함보다 가진 힘을 측정했다.

그 결과, 저 입의 정체를 단숨에 알아챘다.

"어, 어느새 저런 힘을……?"

프란이 채 대응을 펼치기도 전에, 수많은 입이 저마다 목소리를 내기 시작했다. 단언하건대 평범한 말소리가 아니었다. 그 모든 소리 하나하나가 전부 '언어의 힘'이었으니까.

"크으윽……!"

더 이상 이안은 혼자가 아니었다.

수많은 입과 함께 언어의 힘을 펼쳤다.
과거의 프란마저 압도해 버리는 권능.
그 힘 앞에 결국 결말이 지어졌다.
콰장창창—!
아수라장이 되었던 격전의 장소, 그 공간 자체가 유리창 깨지듯, 혹은 허물을 벗어 던지듯 깨져버렸다. 그러자 놀랍게도 모든 것이 되돌아왔다. 두 남자의 파멸적인 격전이 벌어지기 이전, 멀쩡했던 모습 그대로 말이다.
"허억! 허어억! 흐억……!"
모든 상황이 종식되었다.
프란은 더 이상 힘을 쓸 수가 없었다.
물론 이안도 한계까지 내몰렸다.
하지만 약간의 여력은 있었다.
즉.
"내가, 졌소."
이안의 승리였다.
"……."
모든 기운을 거두어낸 이안.
그가 가만히 서 제 손을 바라봤다. 스스로도 감히 실감 나지 않는 힘. 이안에게는 바로 이 힘이 필요했다.
'내 목표를 이루기 위해서라도.'
이안의 목표는 분명 작아 보였다. 하나 그 목표를 이루기 위해서는 실로 엄청난 힘이 요구되었다. 이안과 주변의 평화로움을 위협하는 존재가 무엇이던가? 드래곤, 그리고 최초의 마법사 프란 페이지 아니던가?

인즉 그 자그마한 목표를 이루기 위해서라도, 이안은 가장 어려운 일을 해내야만 했다.

'가장 높은 곳에.'

그 어떤 드래곤도, 최초의 마법사도 감히 바라볼 수 없는 존재, 가히 세상의 먹이사슬 최정상에 군림하는 존재.

'군림한다.'

불과 몇 초 전.

프란이 패배를 인정해 버린 순간.

이안의 발은 그 최정상 발치까지 닿았다.

9장
폭풍전야

"……역시 하늘 세상의 분이신가."

패배를 인정한 프란의 첫마디였다.

그는 좀처럼 놀라움에서 벗어나지 못했다. 패배할 거라고는 조금도 생각하지 않았으니까. 물론 엄청나게 강해졌단 사실이야 알고 있었다.

하지만 설마 이 정도까지 강해져 버렸을 줄이야.

"다른 누구에게 전수할 것도 없겠소. 이안 님과 제가 의기투합한다면……."

"아뇨, 그건 좀 어려울 것 같습니다."

함께 하자는 프란의 제안.

이안이 그 제안을 고사했다.

"어찌 어렵단 말이오?"

"저는 하늘 세상의 백성이 아닙니까? 곧 돌아갈 시간이 오겠죠. 도와드리는 건 잠깐일 뿐입니다. 아마 지금쯤이면…… 거의 다 되었을 것 같군요."

대충 적당하게 둘러대는 이안이었다.

언제까지고 이 시간대에 머물 수는 없는 법.

그러자 상심 가득한 프란의 대꾸가 돌아왔다.

"으으음……. 선지자께 더 오래 빌려달라고 요청을 드리고 싶은데 요즘은 통 말씀이 없으시오. 선지자께서 말이오. 무슨 일이 있으신 건지……."

"그 양반도 바쁠 겁니다. 그러니까 저를 대신 보냈겠죠."

이안이 다소 무책임하게 말했다.

차마 그 선지자가 당신이라고는 할 수 없었다.

"그 양반…… 아무튼 아쉽소. 되도록 함께할 수 있으면 좋으련만."

"방법을 고민해 보세요. 그 드래곤이란 존재들도 괜찮은 것 같고, 제가 가르쳐 드린 술식의 힘도 꾸준히 전파하시고요. 사람마다 타고난 재능이 다르고 노력의 척도가 다르니, 계속 가르치다 보면 언젠가 훌륭한 조수가 생기지 않겠습니까?"

지극히 정석적인 조언 몇 마디.

그 말에 프란이 고개를 끄덕거렸다.

"한데 말이오. 그 술식의 힘을 익혀 부리는 자들, 그들을 통틀어 어찌 부르는 게 좋겠소? 무릇 양성을 하려면 그럴싸한 이름도 하나 있어야겠지. 그렇지 않소?"

"술식의 힘을 마법이라 부릅니다. 저희 하늘 세상에선 말이죠. 그 이름을 따서 마법사가 어떻겠습니까?"

이안은 사실 별다른 고민 없이 대꾸했다.

마법사를 마법사라 하지 무어라 부르겠는가?

하나 돌아온 대답은 생각 이상으로 뜻밖이었다.

"으음, 마법사라. 어감이 괜찮은 것 같소. 그럼 이안 님께선 땅 세상에 처음으로 술식의 힘…… 마법을 전파해 준 은인이 되시겠구려. 따지자면 최초의 마법사라고나 할까."

최초의 마법사.

그 호칭에 놀랄 수밖에 없었다.

최초의 마법사라면 프란 페이지다.

지금 말하고 있는 저 남자 말이다.

그런데 갑자기 무슨 소리란 말인가?

'내가…… 최초의 마법사라고?'

이 세상, 이 풍경.

설마 허상이 아니라는 걸까?

실존하는 과거로 돌아온 걸까?

"참, 내 자꾸 말씀을 드린다 드린다 하고 깜빡했는데."

이안이 혼란스러움을 느끼는 그때.

"그 드래곤의 수장과 접선할 때 말이오. 글쎄 드래곤도 부족장 가문처럼 이름 뒤에 성씨를 붙이더군. 이름이 뭐라고 했더라, 리시스…… 라덴쥬였던가?"

프란의 쐐기와도 같은 말소리가 이어졌다.

"이쪽도 명색이 인류 대표로 만나는 건데, 프란이란 이름만 딸랑 얘기하려니 좀 심심하더이다. 면도 안 서고. 그래서……."

설마.

이안의 그 설마는 곧 현실로 돌아왔다.

"급하게 이안 님이 성을 빌렸소. 페이지, 프란 페이지라고 말이오."

'최초의 마법사'에 이어 페이지라는 '성'.

그 성씨의 시작까지 순서가 뒤바뀌어 버렸다.

"혹시라도 쓰면 안 되는 이름이라거나, 뭐 다른 문제가 있다면 말씀만 하시오. 금방 가서 정정해 드리겠소. 금방 다녀올 수 있으니 말이오."

이안에게 의견을 묻는 프란.

하나 이안은 쉽게 대답할 수 없었다.

이 혼란스러움부터 잠재워야 했으니까.

'그자가 장난질을 하는 걸까?'

현세의 프란 페이지. 모두 그자의 농간일까?

이런 농간을 부려 무슨 득이 있다고.

'도대체 뭐가 어떻게…….'

혼란스러움이 깊어지는 그때. 이안의 시야가 흐릿해지기 시작했다. 동시에 직감할 수 있었다. 돌아갈 때가 되었다고.

"이안 님? 갑자기 왜 그러시오?"

그러자 과거의 프란이 놀란 듯 이안을 부축했다.

진심 어린 걱정스러움으로 가득한 얼굴이었다.

"……슬슬 돌아갈 때가 된 것 같네요."

"벌써 말이오? 이, 이렇게 갑자기……?"

상황이 조금 우습게 돌아갔다. 미래의 프란은 명백한 적이었다. 음흉한 속내를 숨긴 채 접근했다.

한데 저 프란은 이안을 동지로 여겼다. 그 마음에 조그마한 불순함조차 섞이지 않았다.

"다시 만날 수 있겠소?"

"아마 힘들 것 같습니다."

"그, 그런……."

이 순간, 이안은 그렇게 결정을 내렸다.

비록 저자는 '미래의 원흉'이 되겠지만 지금 이 시간대에서만큼은 선한 존재다.

반드시 필요한 인류의 영웅이기도 했다.

"부디……."

그런 자에게 괜찮은 작별인사 한마디.

굳이 인색하게 굴 필요는 없으리라.

"지금의 그 이상향, 변치 마셨으면 합니다."

그 당부와도 같은 작별인사에.

"……물론이오."

과거의 프란 역시 굳은 어조로 화답했다.

"내 숨이 다하는……."

하지만 그 대답은 끝맺음을 이룰 수 없었다. 사방의 풍경이 물에 물감 풀리듯 번져갔다. 그 번짐으로부터 얼마나 지났을까?

아주 익숙한 공간이 펼쳐졌다.

저택의 서재였다.

"……마지막 순간까지, 변치 않을 것이오."

한데 프란 페이지의 목소리.

미처 듣지 못했던 대답만큼은 완성이 되었다.

"……?"

이유는 간단했다. 말소리의 출처가 달랐다. 아니, 같지만 다르다고 해야 할까?

"믿지는 않겠다만, 난 조금도 변하지 않았어."

과거의 프란과 똑같은 얼굴. 그리고 똑같은 목소리의 남자. 현재의 프란 페이지가 말했다.

아무래도 사념체인 것 같았다.

"도마뱀 놈들에게 뒤통수를 맞았을 뿐이지."

"……당신이 먼저 친 건 아니고?"

"설마, 그럴 리가."

두 부자 사이에 어색한 침묵이 흘렀다. 그럼에도 농도 짙은 긴장감이 느껴졌다. 역시 과거의 프란과는 영 딴판이었다.

그 속내를 전혀 읽어낼 수가 없는 자. 믿을 수도, 안심할 수도 없는 존재. 그것이 바로 지금의 프란이었다.

"이안, 모든 대소사의 흐름은 네가 아는 것보다 훨씬 더 복잡하다. 마치 꼬아진 고리처럼 순환을 반복한다. 내가 아닌 네가 최초의 마법사란 이름을 먼저 부여받았단 사실도, 나에게 페이지란 성을 내려준 장본인이란 사실도, 용의 언어인 줄 알았던 힘으로 삼십 년이란 세월을 되돌린 것도. 모두 그 순환의 일부라고 할 수 있지."

이안은 그 말을 이해할 수 없었다.

아니, 도저히 받아들이기가 어려웠다.

도대체 어찌 되어 먹은 궤변이란 말인가?

"그깟 싸구려 각본에 놀아날 정도로 멍청하진 않아."
"그래, 아무렴 그렇겠지. 누구 아들인……."
파스스스스……!
프란의 너스레가 채 끝나기도 직전.
이안이 '언어의 힘'을 발동시켰다.
그 결과는 상상의 범주를 벗어났다. 프란의 오른손이 사라져 버렸으니까. 터지거나, 잘려나가는 수준이 아니었다.
표현 그대로 순식간에 '소멸'해 버렸다.
"한 번만 더."
이안이 작게 으르렁거렸다.
"아들이니, 아비이니 헛소리만 지껄여봐. 세상에 남겨둔 당신 사념체들, 하나하나 찾아내서 완전히 소멸시켜 줄 테니까. 기대해도 좋아."
살기가 뚝뚝 묻어나는 경고.
프란이 두 팔을 들며 대답했다.
"워어, 살벌하구먼. 조심하도록 하지."

아무래도 저 너스레는 수천 년간 변하지 않은 모양이다. 혹은 이안이 과거를 겪고 왔으니, 일부러 그때의 모습으로 위장하려는 속셈일지도 모르겠다.
"좋아. 어려운 얘기, 살벌한 얘기는 이쯤에서 치워두고."
"용건만 얘기해."
"무서워라."
방금까지만 해도 장난스러웠던 프란의 눈빛.

그 눈빛이 순간 진중함으로 물들었다.

"하면 단도직입적으로 얘기하마. 날 도와다오. 너의 그 목표, 주변의 평화에 방해가 되는 존재를 제거하기 위해서라도, 너는 날 반드시 도와야 해."

"제거? 당신을 말인가?"

"섭섭하게, 나 말고. 도마뱀 놈들 말이지."

그렇다. 이안의 그 자그마한 목표를 이루기 위해서는, 아이러니하게도 가장 강력한 존재의 개입으로부터 자유로워야만 한다. 바로 드래곤이란 이름의 절대 강자들을 말이다.

"물론 혼자 힘으로는 불가능하다. 그쯤은 가늠되겠지?"

이안은 인정할 수밖에 없었다. 언어의 힘을 손에 넣었다 한들 놈들은 수적으로 우세했다. 뿐일까? 오랜 세월 어떠한 변화가 있었을지도 모를 터.

이대로 혼자 해결에 나서는 것은 아주 위험하다. 조금 더 과장하자면 자살행위라고도 표현할 수 있으리라.

"기꺼이 그 목표를 이루는 데 일조하도록 하마. 너와 내가 힘을 합친다면 그 도마뱀 놈들, 단 한 마리도 남겨두지 않을 수 있어. 옛날 생각나고 좋지 않아? 아, 너는 조금 전에 겪은 일이겠군. 난 벌써 수천 년 전의 일이라 가물가물한데."

"당신은 육신을 되찾겠고."

"음? 뭐가 문제지? 나는 육신을 얻고, 너는 평화를 얻고. 서로 원하는 것만 보고, 손을 뻗어 거머쥐면 그만이야. 그 이상으로 뭐가 또 남아 있나?"

"말했잖아. 당신이라고."

이안이 손가락을 뻗어 프란.
그 사념체의 면전으로 들었다.
"내가 당신을 어떻게 믿지?"
"이안, 나는 인류를 수호하고자 영겁의 세월을 살아왔다. 아니, 버텨왔다고 표현하는 쪽이 옳겠지. 물론 육신을 되찾아도 그 과업은 포기하지 않을 생각이다. 아주 높은 곳에서 모두를 지켜보는 감시자, 그리고 수호자로서."
제법 그럴듯한 얘기였다. 적어도 이안에게 보여줬던 과거. 그 모든 것이 사실이라면 말이다.
"너와 네 소중한 주변 역시 인류의 일부, 결국 네가 바라는 평화도 나의 대의와 일치한다는 뜻이다. 그러니 나를 도와. 아니, 서로를 돕자. 만족할 만한 결과를 얻게 될 터이니."
프란의 계속되는 회유, 그리고 제안.
단언하건대 절대 나쁘지만은 않았다.
다시 말하지만, 과거가 사실이라면 그랬다.
"……듣기 좋은 말이긴 한데."
잠시 생각했던 이안.
그가 나지막이 읊조렸다.
"문제는 여전히 당신이야. 믿을 수가 없거든."
"과거까지 보여줬잖아?"
"벌써 수천 년이 지났어. 거짓일 수도 있고."
"의심이 너무 많군."
"누구 덕분에 말이지."
"흐으음……."

한 치 양보도 없는 이안의 반응. 그러나 더 이상의 회유는 없었다. 오히려 프란 쪽에서 강하게 나왔다.

"믿음의 문제는 네 자유다. 하지만 여유의 문제는 다르겠지. 문제를 하나 내볼까? 내가 지금 너의 믿음을 사는 게 빠를까, 아니면 네 존재를 알아챈 도마뱀들이 저 창밖으로 들이닥치는 게 빠를까?"

인정할 수밖에 없는 얘기였다. 물론 이제는 드래곤 몇 마리쯤 나타난다 해도 충분히 이겨낼 자신이 있었다. 다만 그 여파로 주변이 입을 피해가 우려될 뿐이었다. 그렇기에 프란의 제안은 설득력이 컸다. 들이닥치기 전에 먼저 친다, 그 선택이 가능해질 테니까.

"……염병할 노릇이네."

비속어에 약한 이안조차 비속어를 내뱉게 만드는 상황, 표현 그대로 '염병할 노릇'이 아닐 수 없었다. 절대로 믿기 힘든 자와의 동맹이라니, 심지어 그 동맹이 가장 이상적이면서도 안전한 길이라니?

"원래 그렇게 입이 거칠었나?"

"누구 덕분에."

"아, 또 내 탓이로군?"

프란이 어깨를 으쓱하며 중얼거렸다.

절반 정도는 비아냥거림이 느껴졌다.

"……내가 협력한다면."

고심 끝에 입을 연 이안.

그의 첫마디는 질문이었다.

"성공할 확률은 얼마나 되지?"
"확률이라……."
프란이 양손으로 손가락 일곱 개를 펼쳐 보였다.
7할, 즉 70%의 성공을 뜻했다.
"거짓은 말하지 않으마. 의심이 많은 아이에겐 신뢰가 중요하니까."
7할의 성공, 3할의 실패. 생각했던 것보다 훨씬 높은 확률. 혹은 생각보다 낮은 확률이기도 했다.
"만약에, 3할의 확률로 실패한다면……."
"그야 뭐, 네 녀석도 내 옆에 나란히 봉인되겠지."
"……."
"영원토록."
성공하더라도 프란 페이지란 거악이 봉인된다. 실패한다면 그 거악 옆에 나란히 봉인을…….
아무리 생각해 봐도 꺼림칙한 두 갈림길. 그러나 반드시 골라야만 하는 길목이었다.
"……시간을 줘."
"고민할 시간이라도 필요한가?"
"아니, 그건 방금 끝났어."
"오, 어떤 결론을 내렸지?"
"함께하겠다. 당분간은."
프란과 함께 드래곤 일족을 치겠다.
놈들보다 먼저 선공을 가하자는 거다. 다만, 이안에게는 시간이 필요했다.

주변을 정리해 둘 필요가 있었으니까.

"대신, 정리할 시간이 필요해. 3할의 경우도 있으니까."

3할의 '실패 가능성'.

그 말에 프란이 고개를 끄덕거렸다. 더불어 온몸이 흐릿해지기 시작했다.

사념체가 한계까지 도달한 모양새였다.

"알겠다. 내일 다시 오도록 하지."

그 한마디와 함께.

프란의 모습이 사라졌다.

창밖은 해가 뉘엿뉘엿한 오후였다. 과거의 세상을 반 년간 누비는 사이. 현실은 고작 몇 분도 채 흐르지 않았다.

주변의 정리가 필요하다. 그러니 하루 정도 말미를 달라.

이안이 프란에게 건넨 요청이었다. 어렵지 않게 수락을 받기도 했다. 하나 이안의 속셈은 따로 있었다.

'모든 행보는 내가, 내 방식대로 선택한다.'

주변 사람들과의 인사? 정리? 필요 없다. 사실 이안은 '3할의 실패'란 가능성을 전혀 고려하지 않았다. 어쩌면 마지막이 될지도 모른다는 불안함 역시 깨끗하게 떨쳐냈다.

본인이 주체가 되어 모든 문제를 완벽하게 해결하겠노라, 그러한 다짐의 결과물이었다.

'일단 드래곤부터 만나봐야겠어.'

이대로는 프란에게 끌려다닐 뿐이다. 놈의 장단에 놀아날 뿐이라는 얘기다. 이 상황을 능동적으로 헤쳐나갈 방법.

그중 하나로 '드래곤과의 접선'을 택했다.

'한쪽 얘기만으로는 판단이 힘들다.'

이안은 이 상황을 자신의 손으로 통제하길 바랐다.

누구에게도 휘둘리지 않으며 주체적인 선택을 내리고 싶었다. 그러기 위해서는 먼저 상황의 객관적인 정보와 시야가 필수였다. 하여 어머니, 최초의 마법사, 페이지란 성씨와 관련된 문제도 일부러 따져 묻지 않았다.

'전부 놈의 계획일 수도 있으니까.'

최초의 마법사가 누구든, 페이지란 성씨의 시초가 누구든, 어머니의 정체가 무엇이든 상관치 않는다.

최초의 마법사는 과거일 뿐이며, 페이지란 성씨는 문자일 뿐이고, 어머니는 어머니일 뿐이다. 설령 모든 것이 진실이자 엄청난 비밀마저 숨겨져 있다 한들, 우선 작금의 문제가 이안의 통제 아래 움직일 때 다뤄볼 문제였다.

"그 전에."

이안이 다짜고짜 중얼거렸다. 그러고는 한쪽으로 팔을 뻗었다. 갑자기 무슨 짓을 하려는 걸까?

"나와."

동시에 뻗었던 손을 꽉 쥐었다.

그러자 새카만 그림자가 확하고 튀어나왔다.

단언하건대 자의로 나타난 것은 아니었다.

강제로 끄집어낸 거나 마찬가지였으니까.

"어쩐지, 일거수일투족을 다 안다 했더니만."

그림자는 곧 인간의 형태를 이루었다. 이안과 같은 머리칼의 남자, 불과 몇 분 전에 사라졌던 '프란 페이지'였다. 이안을 지켜보고자 숨겨둔 '감시용 사념체'라 표현할 수 있었다.

"그간 재미 좀 봤겠어?"

지금껏 이런 식으로 감시가 이루어졌던 거다. 가진 힘이 부족한 탓에 알아챌 수 없었을 뿐. 하지만 지금부터는 이야기가 달라졌다.

"에이, 오해다. 그냥 잘 배워왔나 시험 삼아서……."

"시끄럽고."

이안이 뻗었던 팔을 끌어당기자 프란의 사념체가 질질 끌려왔다. 마치 멱살이라도 잡힌 것처럼 말이다.

"꺼져."

"아무리 그래도 꺼지라니……."

"한 번만 더 이딴 식으로 나오면."

이안의 날 선 경고가 이어졌다.

"아까 얘기, 없었던 걸로 하지."

"워워! 진정해. 잘 알았으니까."

다시금 사라져 버린 프란 페이지.

이번에는 정말 사라진 것 같았다. 예전이라면 모를까, 지금의 이안을 속이기란 쉽지 않을 터. 하물며 사념체 따위로는 더더욱 그랬다.

"……."

그 후로 한참의 시간이 흘렀다.

조용히 생각 속에 잠겼던 이안.

그가 주문 하나를 발동시켰다.

"퍼핏 플레이."

퍼핏 플레이.

인형 놀음.

이안이 자신과 똑같은 모습의 분신 둘을 만들어냈다. 동시에 본신은 가수면 상태로 들어갔다. 과거 피에릭 영지에서 부렸던 주문과 같았으나, 질적인 차이만큼은 어마어마했다.

'하나는 나를 지키고.'

퍼핏 플레이의 분신은 총 두 명.

그중 하나는 본신의 곁을 지킨다.

더불어 혹시 모를 사태에 대비한다.

'나머지 하나로만 움직인다.'

나머지 하나는 계획대로 움직인다. 약간의 눈속임 내지 안전장치였다.

'가자.'

정확히 하루 내로 끝내야 하는 일. 이안이 텔레포트 주문을 발동시켰다. 목적지는 불과 얼마 전에 방문했던 그곳.

절체절명의 순간을 맞이했던 장소.

바로 수많은 가고일의 보금자리.

'빗물받이 산맥'이었다.

(네놈……?)

심지어 동굴 속 가고일의 왕, 놈의 얼굴 앞으로 정확히 이동했다. 한데 예전과는 많이 달라진 것 같았다. 의사소통에 자유로웠으며, 덩치 역시 전보다 커졌다. 반절이 뜯겨나갔던 보라색 안구도 조금은 회복된 모양이었다.

"또 보네."

(큭……! 크흐흐흐!)

이안의 인사에 가고일의 왕.

놈이 광기로 가득 찬 웃음을 터드렸다.

(그래. 그렇지 않아도 네놈! 네놈이 오기만을 기다렸다! 저 빌어먹을 결계만 아니었어도 진즉에 찾아내 사지를 다 찢어발겼을 텐데! 설마 제 발로 기어올 줄이야!)

가고일의 왕이 콧구멍까지 벌름거리며 말했다. 아무래도 드래곤에게 일정량의 힘을 돌려받은 기세였다. 저 몇 가지 변화와 자신감만 봐도 유추할 수 있는 사실 아니겠는가?

(도대체 뭘 믿고 기어왔는지는 모르겠다만, 아! 설마 그때 그 기억만 믿고 온 건가? 크하하핫! 네놈, 아무래도 명줄이 다한 것 같구나.)

위협적으로 몸을 부풀리는 가고일의 왕.

놈이 흉악한 이빨을 번뜩거리며 말했다.

(당장에 쳐 죽여주겠다! 뼈마디 하나 남기지 않고 모조리 다 씹어……!)

"말이 많군."

듣기 거북한 듯 중얼거린 이안, 그가 검지와 엄지를 들어 가볍게 움직였다. 마치 가고일의 주둥이를 잡아 비틀어버리는 것 같은 손짓이었다. 물론 손짓으로 끝나지 않았다.

콰드득!

정말 가고일의 왕, 그 거대한 괴물의 주둥이가 비틀렸다.

아니, 비틀리다 못해 찢어져 버렸다.

뿐이랴? 번뜩거리던 이빨조차 모조리 뽑혔다. 녹색 피가 봇물 터지듯 흘러내렸다.

(크허어어어……?)

놈의 신음에는 고통만 실리지 않았다. 아직 상황파악이 덜 되었음을 알리는 의아함, 그리고 본능적인 공포가 꿈틀거렸다.

“짐승처럼 울음소리만 낼 때가 좋았어.”

이안의 손짓은 거기서 끝나지 않았다. 나머지 팔을 들어 무언가 쭉 찢어버리는 시늉까지 펼쳐 보였다. 바로 날개, 가고일의 왕이 가진 한 쌍 날개를 찢어버리기 위한 손짓이었다.

(크아아아악! 이, 이 무슨 말도 안 되는……!)

“입 좀 다물어봐. 목까지 비틀어버리기 전에.”

이안이 가고일의 왕을 집어던졌다. 그 거대한 몸뚱이가 동굴의 벽면으로 날아가 거칠게 부딪쳤다. 오히려 처음 만났을 때보다도 크게 벌어진 힘의 차이였다.

이대로라면 가고일의 왕이 완벽한 힘을 되찾는다 해도 감히 덤벼들 수조차 없으리라.

(크흐흐……!)

그럼에도 가고일의 왕은 위축되지 않았다. 놈이 아무리 강하다 한들, 그에게는 믿을만한 구석이 있었으니까. 바로 산맥 전체를 둘러싼 일족들이 존재하지 않던가?

(건방진 놈! 도망치려거든 지금 당장 도망쳐라!)

느껴졌다.

아주 쩌렁쩌렁하게 울렸다. 가고일이 몰려드는 소리 말이다. 마치 '자그마한 지진'과도 같은 진동.

그 소지진이 점차 동굴 쪽으로 다가왔다.

"아까부터 기다렸다."

(뭐……?)

"전부 다 몰려오는 거."

이안은 눈 하나 깜빡이지 않았다. 오히려 얼굴이 여유로움으로 가득했다. 아까부터 기다렸다, 그 말이 딱 어울렸다.

(다이아몬드.)

더불어 새로운 주문을 펼치기 시작했다. 기존의 '술식'과 '언어의 힘'을 절묘하게 결합시킨 마법, 이안이 과거의 세상에서 남몰래 창조시킨 새로운 주문, 이안 스스로 '9클래스 마법'이라 칭할 수 있는 마법이 사상 최초로 발동되는 순간이었다.

(더스트.)

다이아몬드 더스트.

이안이 정립시킨 '9클래스의 경지'.

그 미세한 냉기의 가루가 사방으로 흩날렸다.

겉보기로는 정말이지 별거 아닌 것 같았다.

마치 밀가루 포대가 허공에서 터져버리듯 수많은 냉기의 결정만 흩날릴 뿐이었으니까.

(크, 크하하! 그따위 짓거리로 뭘……!)

가고일의 왕.

그 괴물에게 비웃음을 사는 그때였다.

폭.

냉기의 가루 하나가 폭, 하며 터졌다. 정말 미미하기 짝이 없는 폭발이었다. 분명히 처음에는 그랬다.

(개화하라.)

언어의 힘을 통한 명령.

이안이 내린 명령 한마디에.

지이이이이잉—!

흩날린 결정들이 굉음을 일으켰다.

이는 단순한 폭발 따위가 아니었다.

잔뜩 농축된 냉기의 동시다발적인 '방출'.

'개화'란 곧 그 냉기의 대방출을 뜻했다.

콰드득, 콰득, 콰드드드득……!

밀가루 한 톨만 한 냉기의 결정. 그 가루 하나에 담긴 냉기는 이안이 과거의 세상에서 펼쳤던 프로스트 노바, 그 주문의 규모와 맞먹을 정도였다. 이 비교가 무엇을 뜻하겠는가?

(…….)

가고일의 왕이 입을 다물었다. 순식간에 펼쳐진 광경이 너무나도 비현실적인 탓이 컸다. 충격적이며 놀랍기까지 했다.

"후우……!"

가벼운 숨소리와 함께 주문을 갈무리시킨 이안, 하나 그 가벼움과는 달리 이안의 9클래스 주문, '다이아몬드 더스트'가 일으킨 여파는 실로 놀라웠다. 이를 무어라 표현할 수 있을까?

"입 다물 생각이 좀 드나?"

표현의 방법은 다양했다. 마음만 먹는다면 어떠한 비유든 가져다 붙일 수 있을 테니까.

하지만 딱 하나, 펼쳐진 광경을 정확히 표현해낼 방법이

다양했다. 그것은 바로 '설산'이었다. 동굴은 모든 벽면이 얼어 일종의 '냉동고'를 이루었으며, 그 냉기의 마수가 동굴 바깥까지 퍼져 나가 산맥마저 뒤덮어 버렸다.

(히, 히익……!)

'설산'이었다. 푸른색 풀과 나무, 포근한 흙으로 가득했던 '봄날의 산맥'에 '때아닌 겨울'을 선사해줬다는 얘기다. 물론 가고일의 왕이 믿었던 일족들, 그 어마어마한 머릿수의 가고일 무리도 냉기의 여파에서 벗어날 수는 없었다.

"살고 싶으면."

이안이 가고일의 왕에게 걸어갔다. 그 어떤 마법도, 언어의 힘도 부리지 않았다.

한데도 가고일의 왕은 꼼짝도 할 수가 없었다. 압도적이다 못해 충격적인 힘의 격차였으니까.

"저번에 했던 거, 다시 해봐."

(뭐, 뭐라고……?)

"드래곤이 있었던 그 무차원의 공간."

이안 페이지와 가고일의 왕.

두 존재의 눈이 가까이 맞붙었다.

석화에 걸렸을 때와 비슷한 거리였다.

"거기로 날 들여보내."

(……!)

가고일의 왕이 머리를 바쁘게 굴렸다.

하나 그 생각은 오래가지 않았다.

어쨌거나 살아남을 기회가 생겼다. 심지어 놈의 목표는 자신이 아닌 것 같았다. 아무래도 드래곤에게 목적이 있는 것 같은데…….

"싫어? 그럼……."

(아, 아니다! 멈춰! 멈추라고!)

기겁하며 소리친 가고일의 왕.

그는 이 상황을 거부할 까닭이 없었다. 드래곤이라면 일말 의리조차 없었으니까.

"시작해."

(갑자기 죽이는 건 아니겠지……?)

"하는 거 봐서."

(그, 그럼 눈…… 내 눈을 봐라.)

가고일의 왕이 가진 보랏빛 눈, 그 눈과 마주치기 무섭게 '석화'가 진행되었다.

가고일의 왕은 물론 이안의 육신까지 돌덩이처럼 변해 버렸다. 물론 육신만 돌이 되었을 뿐, 정신은 온통 보랏빛 무차원의 공간, 즉 드래곤 일족의 새로운 영토로 진입했다.

"……."

다시 돌아온 보랏빛 공간. 이안이 주변을 둘러봤다. 저번에 왔을 때와 변한 것이 없었다. 커다란 보랏빛 구체, 그로부터 내리치는 번개, 바닥을 이룬 보랏빛 흙과 모래까지.

(뭐지?)

다만, 그때와 다른 점이 있다면 '드래곤'이었다. 가고일의 왕과 함께 나타났던 당시와는 달리, 이번엔 진입하자마자 제 모습을 드러냈으니까. 바로 이안에게서 마나를 소멸시켰던 장본인이자 보랏빛 공간의 문지기, 레드 드래곤 '헤르파이 도토스' 였다.

(네놈은 분명 금제의 힘…….)

그 붉은 용의 의문 가득한 목소리가 이어지는 찰나.

"새끼 도마뱀은 빠져."

이안이 놈의 말문을 단칼에 끊어버렸다.

(이 건방진……!)

단언컨대 처음이었다. 다른 누구도 아닌 인간 따위한테 이런 망발을, 그것도 면전에서 들어보기란 결코 흔한 일이 아니었으니까.

"말 좀 한 번에 알아먹었으면 좋겠는데."

붉은 용 '헤르파이 도토스'의 반응에 한숨을 푹 쉰 이안, 그가 고개를 흔들며 중얼거렸다. 드래곤이고 가고일의 왕이고, 왜 하나같이 인간이라면 깔보지 못해 안달일까?

"너무 큰 기대를 했나?"

이안이 한쪽 손을 들어 가볍게 내렸다. 자그마한 개미라도 짓누르는 모양새였다. 그러자 붉은 용 헤르파이 도토스의 양쪽 무릎이 꿇어지듯 구부려졌다. 그뿐만 아니라 기다란 목과 머리까지 보랏빛 모랫바닥에 쿵, 하고 처박혀 버렸다.

(크읏……?!)

헤르파이 도토스가 때아닌 당혹감에 물들었다. 작금의 현상 자체를 이해하기 어려웠다. 자신이 어째서 땅바닥에 처박혀 버렸단 말인가? 대체 누구의 영향 때문에? 설마 저 조그마한 인간? 아니, 그럴 리는 없다. 그건 단언할 수…….

쿠웅!

하나 그 확신은 완성되지 못했다. 그러기엔 저 인간의 손짓으로 하여금 어마어마한 중력이 느껴졌다.

육신만으로도 최강의 생물이라 자부할 수 있는 드래곤이, 언어의 힘까지 일정량 숙달해낸 자신이 손가락 하나 까딱할 수 없었다.

"그쪽들 우두머리, 리시스 라덴쥬. 불러와."

(그, 그분께서 네놈 따위가 만나자면 만나…….)

"프란 페이지에 대해 할 얘기가 있으니까."

(……뭐? 프, 프란 페이지?)

"최초의 마법사라고도 하지."

드래곤은 프란 페이지를 최초의 마법사로 알고 있다.

구태여 과거와 관련된 설명은 필요하지 않았다.

(다, 당신이 설마……!)

"나 아니야."

(이런 힘은 우리 일족이 아닌 이상……!)

쿠웅!

헤르파티 도토스의 몸뚱이가 더더욱 깊게 박혀 버렸다. 조금만 더 깊이 들어간다면 생매장이나 다를 바가 없을 정도였다.

"아니라고."

명명백백하게 드러난 힘의 차이.

그 차이가 점점 극으로 치닫는 찰나.

(그만.)

먼곳으로부터, 그럼에도 뚜렷한 목소리가 들려왔다. 익숙한 음성이기도 했다. 시간의 보고 속 정신체의 본신이자 모든 드래곤 일족의 수장, '리시스 라덴쥬'의 목소리였으니까.

(그 아이를 놔주어라.)

리시스 라덴쥬뿐만 아니라 수많은 드래곤이 허공으로부터 날아왔다. 프란을 가둔 보랏빛 봉인 구체의 유지인원만 제외하고 모든 일족이 몰려온 것 같았다.

'확실히 혼자의 힘으론 어렵겠는데.'

상당한 위압감이 느껴졌다. 그럼에도 예전과는 달랐다. 이안이 처음 드래곤과 마주했을 때처럼 사지가 마비될 듯한 위압감이나 두려움 따윈 느껴지지 않았다.

저들과 비슷한 힘을 소유하게 되었다는 사실이 크게 적용했으며, 분신이라는 안전함도 한몫했다.

(프란 페이지, 그 이름에 대해 논하러 왔다고 하였는가?)

리시스 라덴쥬의 나지막한 물음.

이안이 모든 기운을 거두며 화답했다.

"뿔 하나가 더 생긴 것 같네요. 여기, 콧등 맞나?"

(……나를 아는가?)

어찌 모를 수가 있겠는가?

시간의 보고 속에서 몇 번을 봤는데.

시험인지 뭔지에 휘말려 구르기도 했다.

"당신의 정신체를 만난 적이 있습니다."

(그 아이, 많이 적적하겠군. 오랜 세월 홀로 버텼을 터이니, 그대에게 감사하다.)

뭐가 감사하다는 건지.

대수롭지 않게 넘긴 이안.

그가 할 말을 이어갔다.

"아무튼 방금 말한 대로 프란 페이지, 그에 대해서 얘기나 좀 나누자고 찾아왔습니다만."

이안의 제안에 리시스 라덴쥬가 고민했다. 이안은 분명 위험한 존재였다. 그런 존재와 무방비로 대화를 나누는 건 여러모로 위험한 일이었다. 충분한 가늠과 고민이 필요할 터.

(대화가 목적의 전부인가?)

"오늘은 그렇습니다."

(달라질 수도 있다는 얘기로군.)

"그쪽 말부터 들어보고 결정하겠습니다."

이안의 다소 건방진 화법에 드래곤 일족이 꿈틀거렸다. 혹은 발끈했다고도 표현할 수 있으리라. 그러나 정작 건방짐의 대상이자 수장인 리시스 라덴쥬만큼은 일말 미동조차 보이지 않았다. 그저 깊숙한 고민 속으로 빠져든 눈치였다.

(내게 어떠한 대답을 듣길 원하는가?)

긴 고민 끝에 리시스 라덴쥬가 말했다.

무엇을 묻고 싶으냐는 질문이었다.

"간단하게 말씀드리도록 하죠."

이안은 정말 간단하게.

단도직입적으로 말문을 이어받았다.

"아무래도 제가 그 프란 페이지의 핏줄인 것 같습니다. 최근 그자의 사념체가 접근해 왔고, 언어의 힘까지 전수 받았죠. 자신과 힘을 합쳐 당신네들을 멸종시켜 버리자고 하더군요."

멸종.

그 단어만으로 분위기가 달라졌다. 단순한 분노나 반발심과는 달랐다. 보다 깊숙이 우러나오는 적대감.

진하게 농축된 적대감이 표출되었다.

"아실지 모르겠습니다만, 난 살면서 당신네 일족에게 직접적으로, 그리고 간접적으로 여러 위협을 받아왔습니다. 그래서 그럴까, 마음 같아선 싹 다 치워 버리고 싶네요. 당신들뿐만 아니라 프란 페이지, 그 위험한 족속까지도. 그게 내 솔직한 심정이긴 합니다."

살기마저 묻어나온 이안의 진심.

하나 그 살기는 곧바로 누그러졌다.

"물론 힘들겠죠. 그래서 얘기를 나눠보려고 왔습니다. 어느 쪽에 장단을 맞춰줘야 하나, 어떻게 상황을 제어해야 뒤통수가 안전할까. 정확한 진단이 필요하니까요."

이안이 마나로 하여금 일종의 '의자'를 만들어냈다. 그러더니 그 위에 앉아 다리까지 꼬았다. 이쯤 되면 마법이 아니라 창조의 영역에 들어선 느낌이었다.

(먼저.)

이안의 말과 행동을 음미했던 리시스 라덴쥬.

그가 거대한 입을 천천히 떼어냈다.

(우리 일족은 그대의 삶에 위협을 가한 바가 없다. 간적접인 영향이 어디까지인가는 모르겠으나, 적어도 직접적인 위협만큼은 단언할 수 있지. 그대라는 존재를 처음 알았으니까.)

단호한 어조.

이안이 반문했다.

"프란을 추격하는 추격대가 있다고 들었습니다. 그 추격대란 족속들이 나와 내 도시를 공격했고요. 용아병 스파르토이와 본 드래곤, 짐작 가는 바가 없으십니까?"

수만 마리 용아병 부대부터 본 드래곤까지.

모두 드래곤과 관련된 존재들 아니겠는가?

(추격대라니, 그게 소리지? 물론 우리 일족이 용아병과 본 드래곤을 부릴 수 있는 건 맞다. 하지만 그 힘은 우리만의 것이 아니지. 프란 페이지, 그 존재 역시 가능하니까.)

프란 페이지 역시 가능한 힘이라고?

'그렇다는 건.'

모든 것은 이안을 움직이도록 만들기 위한 프란의 각본이었던 걸까? 아직 확신할 수는 없었다. 그럼에도 마음이 쏠렸다. 적어도 프란의 말보다는 믿음직했다.

"……좀 더 듣고 싶군요. 당신네 일족이 프란 페이지에 대해 알고 있는 모든 거, 토씨 하나 틀리지 말고 전부."

이안의 요청에 리시스 라덴쥬가 주변을 돌아봤다.

자신과 함께 몰려든 드래곤 일족, 그리고 어렵사리 몸을 가누고 있는 문지기 헤르파이 도토스가 대상이었다.

(모두 자리로 돌아가 봉인 유지에 힘써라.)

(하, 하오나…….)

(괜찮다. 설마 내 걱정을 하는 것인가?)

(……명 받들겠나이다.)

(음.)

결국 모두가 제자리로 돌아갔다.

남은 것은 이안과 리시스 라덴쥬.

두 강력한 존재의 독대가 이어졌다.

(프란 페이지.)

리시스 라덴쥬가 고민했다. 프란, 그 존재에 관해서 나눌 얘기가 참으로 많았다. 문제는 어디서부터, 어떠한 방식으로 얘기를 전개해야 하는가. 그 방법에 관한 고민이었다.

(그자는 우리의 육신을 얻기 위해서, 일족 모두를 합친 것보다 강한 힘을 얻기 위해서라면 차마 입에 담기 힘든 참담한 짓도 마다하지 않았다. 나약한 인간의 육신에서 탈피하고자 온갖 실험을 자행하더군. 혹 알고 있는 사실인가?)

이안이 고개를 한번 끄덕여줬다.

본 드래곤에게 들었던 이야기 아니던가?

(……거기서 욕심을 멈췄다면 좋았으련만…… 그럼 의절 정도로 그쳤을지도 모르겠군. 하지만 프란 페이지. 그 타락할 만큼 타락한 마법사의 욕심은 끝날 줄을 몰랐다. 인류를 수호하는 일, 그리고 본인의 힘을 강화하는데 과도한 집착을 보이기 시작했고, 조금이라도 자신의 계획이 어긋날 경우 시간의 권능을 남용하기 시작했다. 아주 사소한 일에도 시간을 되돌려 가며 결과 바꾸기에 급급했지.)

프란 페이지가 시간 회귀를 일삼았다?

이건 또 처음 들어보는 이야기였다.

(그 여파로 하나였던 차원이 분열되었다. 통제되지 않는 수만 갈래의 차원, 같은 세상이면서 다른 세상인 수만 개의 세상.

생각해 보라. 그 분열의 끝에 무엇이 기다릴 거라고 보는가?)

즉, 시간을 되돌린다 하여 모든 것이 돌려지는 게 아니라는 뜻이었다. 되돌릴 때마다 그 순간을 기점으로 독자적인 차원이 생성되는 원리였다. 예컨대 이안이 라그나르에게 독살을 당했던 그 세상 역시 독자적인 차원으로서 지속되고 있을 거라는 뜻이리라.

"……."

쉬이 믿을 수 없는.

그러나 설득력 있는 이야기.

(그 끝은 나와 내 일족도 감히 예측할 수가 없다. 하여 본래는 프란, 그 존재부터 제거한 뒤 분열된 차원을 일족의 관리하에 두려고 했으나, 이미 불사의 괴물이 되어버린 그에게 죽음을 선사하기란 불가능하더군. 결국 지금처럼 봉인으로 만족할 수밖에 없었다.)

프란이 '불사의 힘'을 손에 넣었다.

봉인은 차선책에 불과할 뿐이다.

요약하자면 그런 얘기였다.

(때문에 이 무차원의 공간을 봉인의 장소로 삼았다. 여긴 바깥세상의 흐름에 아무런 영향도 받지 않으니까. 설령 그자가 사념체를 희생시켜 시간을 되돌린다 해도 무의미할 뿐이지.)

보랏빛 구체를 바라봤던 리시스 라덴쥬.

그의 이야기는 딱 거기에서 멈췄다.

"……우선 잘 들었습니다."

이안으로서도 제법 만족스러운 답변이었다. 전적으로 리

시스 라덴쥬의 공이 컸다. 프란처럼 이죽거리거나 너스레를 떠는 부분 없이, 오래도록 살아온 존재답게 조리 있는 어휘력을 뽐냈다.

얘기의 사실 여부만 제외한다면 거의 완벽에 가까웠다.

“근데 한 가지가 빠진 것 같군요.”

(무엇이 빠졌다는 말이지?)

“당신네 일족과 프란 페이지는 본디 친밀한 관계였다고 들었습니다. 스승과 제자, 즉 사제관계였다고 들었는데…….”

이안의 물음에 리시스 라덴쥬 역시 긴 목을 끄덕거렸다.

“어쩌다 적으로 돌아선 겁니까?”

(관점의 차이였다.)

“관점의 차이?”

(그는 우리가 인류를 여러 괴수와 이족으로부터 지켜내고, 나아가 돌봐주길 원했지. 처음에는 그 뜻을 순순히 받아들였다. 충실히 이행하기도 했고. 딱히 문제 될 건 없었다.)

프란 페이지와 드래곤 일족의 협력.

덕분에 인류는 지금껏 존속될 수 있었다.

(모든 문제는 그 인류로부터 시작되었다. 조금 살만해지기 무섭게 자기들끼리 편을 가르더군. 부족을 넘어서 국가란 집단을 세우더니 서로 죽이며, 약탈하고, 빼앗더란 말이지. 그러면서도 우리 일족에겐 자신들만의 편이 되어달라며 아우성을 쳤다.)

당시가 떠오른 듯 침묵했던 리시스 라덴쥬.

그가 한탄스러운 어조로 말문을 이어갔다.

(그 끝없는 분란을 오래도록 지켜본 결과, 일족은 하나의 결론을 내렸다. 더는 인류를 보호해줄 가치도, 까닭도 사라졌다고. 우리가 부탁받았던 소임은 어디까지나 인류 전체의 수호일 뿐, 인류 중 일부의 편이 되어주는 게 아니었으니까.)

지극히 현명하며 냉철한 결론이었다. 아마 이안이 드래곤의 대표자로서 그 자리에 있었다 해도 비슷한 판단을 내렸을 거다.

(하나 프란 페이지의 생각은 달랐다. 인간 중에도 선인과 악인이 갈리는 만큼, 보다 가치 있는 일부의 인간들을 후원해주자, 그런 주장을 내세우더군. 우리는 그 생각에 전혀 공감할 수 없었다. 아니, 공감을 넘어서 불가능하다고 판단했지.)

보다 가치 있는, 특정한 부류를 돕자는 게 프란의 뜻이었으며, 누가 되었든 공평하게 돕지 말자는 게 드래곤 일족의 뜻이었다. 물론 이보다 훨씬 깊고 심대한 토론이 있었겠지만, 간단히 표현하자면 그랬다.

(그렇게 우리는 오랜 세월 존속되었던 협업의 이행을 멈췄고, 바로 그때부터 시작되었다. 그가 우리를 의심하기 시작한 것이, 그리고…….)

리시스 라덴쥬의 눈매에 복잡한 감정이 실렸다.

(그가, 우리의 힘을 두려워하기 시작한 것이.)

(그는 우리 일족 전체를 합친 것보다 더 높은 수준에 닿기를 바랐다. 우리의 육신을 탐냈고, 결국 얻어냈더군. 스스로 황금용이란 이름까지 천명했었다. 이후부터는 그대가 알고 있는 그대로다. 관계는 돌이킬 수 없을 정도로 악화되었지.)

프란 페이지와 드래곤 일족의 전쟁.

리시스 라덴쥬가 그때의 일을 회상했다.

떠올리기 무척 고통스러운 기억이었다.

(드래곤의 몸을 얻은 프란 페이지, 그 불완전한 존재를 상대하는데 일족 절반이 희생되었다. 그마저도 불사의 몸, 죽일 수가 없으니 차선책으로 봉인을 선택해야만 했지.)

일족 절반이 희생되었던 전투. 역사에 기록되지 않았을 뿐, 단언하건대 이 세상에서 벌어졌던 전투 중 가장 치열했으며 거대한 규모의 대전쟁이었으리라.

“그 불사의 몸이라는 거.”

가만히 듣고 있었던 이안.

그가 한 가지 화두를 던졌다.

“정확히 어떤 겁니까?”

드래곤 일족 전체의 힘은 결코 약하지 않다. 이안과 비교하더라도 이상이면 이상이지, 결코 아래가 아니라는 얘기다. 그런 존재들조차 결국 끊어내지 못한 불사의 힘이라니? 쉬이 짐작하기가 어려웠다.

(불로 태워도, 잘게 쪼개도, 소멸을 시켜 버려도 끝내 본연의 형태를 이루어냈다. 물론 완벽하게 살아나기도 했지. 인간의 범주, 아니, 생명체의 범주를 벗어난 것 같더군.)

그 대꾸에 이안의 눈매가 좁혀졌다.

어딘가 매우 익숙한 방식이었으니까.

‘장인들과 똑같다.’

프란 페이지가 남긴 여덟 명의 장인. 그중 이안의 수중으로 떨어진 여섯 명. 그들과 똑같은 방식의 불로불사였다.

장인들의 표현을 빌리자면 '영생의 축복'.

그 저주와도 같은 축복과 동일한 것 같았다.

"혹시 그 불사의 힘에 대해서 짐작되는 바가 있으십니까? 파훼법이라든지, 근본적인 출처나 원리라든지. 무엇이든 다 좋습니다."

(그걸 알았다면 봉인이란 차선책을 선택하지도 않았겠지.)

리시스 라덴쥬가 심드렁하게 대꾸했다.

하기야, 알고 있었다면 진즉에 써먹었으리라.

(하지만.)

그럼에도 말문을 멈추지는 않았다.

이안의 물음에 내어줄 대답이 있어 보였다.

(확실한 건 프란 페이지, 그 존재의 능력은 마법에 국한되지 않았다는 것이다. 실로 다양한 분야에서 두각을 나타냈지. 그중 연금술, 연금술이란 분야에 지대한 족적을 남겼다. 평소 그가 말하길, 마법과 연금술은 절대로 떨어질 수 없는 관계라 하더군.)

연금술과 마법은 떨어질 수 없는 관계, 이안 역시 익숙한 표현이었다. 현재의 세상에서도 통용되는 얘기였으니까. 물론 마법사가 조금 더 상전 취급을 받고, 또 스스로도 상전 대우를 바라기는 했지만, 어찌 되었든 수천 년을 관통하는 진리인 것 같았다.

(나와 내 일족이 오랜 세월 추측해 보기로, 그 불사의 힘은 단순한 언어의 힘, 혹은 술식의 힘만으로 비롯된 결과가 아

닐 거로 생각한다. 예를 들자면 시간의 보고, 나의 정신체를 만났다는 것은 곧 시간의 보고에 진입했었음을 뜻하겠지?)

"시간의 보고, 그렇습니다."

(그 공간으로 통하는 비약도 프란 페이지의 작품이다. 가고일의 눈에 담긴 무차원의 힘을 연금술로 추출해낸 셈이지. 이처럼 불사의 힘도 여러 분야의 결합적인 결과물이 아닐까 추측했었다. 물론 확신할 순 없으며, 사실이라 해도 약점까지는 알지 못한다.)

가고일의 눈으로 무차원의 공간을 만들어낸 것처럼, 불사의 힘 역시 마법 외의 재능으로 만들어낸 건 아닐까? 드래곤 일족의 수장 리시스 라덴쥬의 추측은 그러했다.

'연금술이라…….'

그러고 보니 프란의 장인은 여덟 명. 두 명은 여전히 돌아오지 않았다. 그중 하나가 연금술사는 아닐까?

'한번 장인들에게 물어봐야겠군.'

프란 페이지의 약점.

알아둔다면 분명 도움이 될 터.

깊이 새겨둔 이안이 질문을 이어갔다.

"하나 더 여쭤도 되겠습니까?"

(말하라.)

"봉인, 언제까지 유지할 생각입니까?"

(시간이 허락하는 한, 영원히 지속시킬 생각이다.)

"봉인이 풀릴 불안 요소는 없습니까?"

(가고일이 멸종해 버린다면 위태로울 수도 있다. 저 봉인

은 전적으로 가고일의 눈에 담긴 무차원의 힘, 그 힘을 기반으로 두었기 때문이지.)

"……."

이안은 순간 뜨끔함을 느꼈다. 이 공간으로 진입하기 직전에 벌인 짓이 떠올라 버린 탓이었다. 9클래스의 마법 '다이아몬드 더스트'. 그 냉기의 주문으로 산맥 일대 모든 가고일을 전멸시키지 않았던가? 물론 잘 찾아보면 몇몇 남아 있긴 하겠지만 말이다.

(왜 그러지? 표정이 좋지 않군.)

"그게, 꽤 많이 죽인 것 같아서 말이죠."

(무엇을? 가고일 말인가?)

"자꾸 앞길을 막아서서……."

지금껏 당당하기만 했던 이안의 목소리.

그 어조가 조금은 기어들어 가기 시작했다.

(괜찮다. 가고일의 왕이 살아 있지 않던가? 그의 번식력이라면 걱정할 것 없다.)

"……다행이군요."

이안이 가슴을 쓸어내렸다.

정말 진심으로 다행이었다.

"프란의 사념체는 완벽하게 방비가 된 겁니까?"

(사념체들은 이 공간의 매개체, 즉 가고일과 그 왕이 기거하는 산맥에 한 걸음도 들어올 수 없다. 접근하는 즉시 언어의 함정에 소멸될 터이니.)

"그 함정의 파훼 방법을 찾았을 수도 있지 않습니까?"

(어떤 일이든 변수의 가능성이 존재하겠지.)

"결국 불안정하다 이거군요."

간단하게 결론을 내린 이안.

그가 끼었던 팔짱을 풀며 말했다.

"……만약에 말입니다. 프란 페이지가 불사의 힘을 잃는다면, 이 세상에서 완벽하게 소멸된다면, 해서 당신들도 봉인에 매달리지 않아도 된다면 앞으로 어쩔 생각입니까?"

모든 억압과 책무가 사라졌을 때.

세상으로 돌아온 드래곤의 행보.

그 행보가 무엇보다 중요했다.

(일단은 좀 쉬고 싶군.)

"다 쉰 이후에는?"

(다 쉰 이후라, 글쎄…….)

한참을 고민했던 리시스 라덴쥬.

그가 다짜고짜 인간의 모습으로 변했다.

붉은 머리칼의 훤칠한 미남자의 풍모였다.

(달라진 세상 구경이나 해보고 싶다. 아주 천천히 말이지.)

"그게 전부입니까?"

(그렇다.)

세상 구경.

문득 페어리 퀸의 얘기가 떠올랐다.

본인의 기나긴 이름을 소개하며 했던 말.

'나를 유독 아껴주셨던 분이 계시다. 그분께서 인간 세상을 유람하고 오실 때마다 내게 인간들의 이름을 하나씩 붙여주셨지. 마음에 들었던 인간의 이름이었거나, 혹은 어감이 좋다 하여 붙여주시기도 하였단다. 네놈이 어찌 생각할지는 안다만, 내게는 하나뿐인 소중한 이름이니라.'

아마 그 '유독 아껴주셨다는 분'이 리시스 라덴쥬일 터, 이로 미루어 볼 때 드래곤이란 족속들이 평소 세상 구경을 즐기는 것은 사실인 것 같았다.

"얘기 잘 들었습니다."

(끝인가?)

"일단은 그런 것 같군요."

당장 듣고 싶었던 얘기는 모두 들었다.

사실과 거짓을 걸러내는 잔업이 남았을 뿐.

"아, 그리고."

이안이 무언가 떠오른 듯 말미를 붙였다.

"혹시 그 인간의 모습 말이죠. 일부러 그런 겁니까?"

(그게 무슨 뜻이지?)

"인간의 미적 기준에 맞춰서 변한 거냐는 뜻입니다."

다소 뜬금없는 이안의 질문.

리시스 라덴쥬가 여유로이 대꾸했다.

(이왕이면 아름다운 게 좋지 않겠는가?)

"요즘 세상에 미남 행세하려면 그보다 조금 더 잘 꾸며야 할 겁니다. 그만큼 생긴 사람, 아니, 더 잘생긴 미남자가 존재하니까요. 요즘 사람들, 눈 높아졌습니다."

이안이 황태자, 하이든 그린리버를 떠올리며 말했다.

가히 조각상마저 넘어서는 미남자 아니겠는가?

아무리 봐도 황태자가 더 잘생겼다.

훨씬.

(……참고하도록 하지.)

"그럼 조만간 다시 뵙도록 하죠. 적으로 만날지, 아군으로 만날지, 또 다른 무언가로 만날지는 아직 잘 모르겠습니다만……."

이안의 작별인사가 이어지려는 그때.

(모든 일족의 수장이시여! 저희는 인정할 수 없습니다!)

허공으로부터 여섯 마리 드래곤이 맹렬한 기세로 날아들었다. 이안에게 당했던 문지기 헤르파이 도토스를 필두로 한, 일족 중 가장 젊은 축에 속하는 드래곤들이었다.

(지금 즉시 저희 여섯을 세상 밖으로 보내주시옵소서! 허락만 내려주신다면 기꺼이 저 인간의 본신, 프란 페이지의 핏줄을 찾아내 제거토록 하겠나이다!)

젊은 드래곤 무리가 이안에게 명백한 적의를 내비쳤다. 심지어 여타 노련한 드래곤들도 이 난입에 침묵했다. 그들 모두 같은 생각이었으니까.

프란 페이지를 연상케 할 정도로 엄청난 힘의 소유자가 나타났다. 심지어 미래의 아군이 될지 적이 될지 확신하기조차 어려웠다. 그런 존재를 이대로 살려둔다? 아무리 생각해도 이해할 수 없는 상황이었다.

(돌아가라. 원하는 명령을 내려주지 않겠다.)

(수장이시여! 저자는 프란 페이지의 핏줄……!)

(지금 내 뜻을 거역하겠다는 건가?)

단호한 어조로 나선 리시스 라덴쥬.

그럼에도 어린 용들은 물러나지 않았다.

(거역이 아닙니다! 충언을 올리는 것입니다!)

(음…….)

리시스 라덴쥬가 잠시간 생각했다. 그는 영겁의 세월을 수장으로서 존재해 왔다. 그만큼 강력한 힘과 현명함으로 일족을 이끌어왔다. 어린 드래곤의 입에서 '충언'이란 단어가 나온 이상, 지위를 앞세워 찍어 누르기란 불가능에 가까웠다.

(그래, 너희 여섯이서 저 존재, 프란 페이지의 핏줄을 자처하는…….)

"이안 페이지입니다."

(이안 페이지를 쓰러뜨릴 수 있다고 보는가?)

리시스 라덴쥬의 물음에 여섯 마리의 어린 용들이 가슴을 부풀렸다. 그 몸짓 하나하나에서 스스로를 향한 자부심과 성취감이 느껴졌다.

(저희 어린 용들도 많은 성장을 이루어냈습니다. 비록 일족의 어르신께 비할 바는 되지 못하옵니다만, 여럿이 힘을 합친다면 충분히 이겨낼 수 있을 거라 자부합니다. 봉인 유지에 해가 되지 않는 선에서 차출을 허락해 주시옵소서. 반드시, 반드시 완수를…….)

(그럼 지금 당장 붙어보아라.)

(해보이겠…… 예?)

실로 갑작스러운 리시스 라덴쥬의 제안.

어린 용들은 물론 이안까지 놀랐다.

(저 이안 페이지의 분신과 붙어보라는 얘기다. 만약 완벽하게 제압해 낼 경우 허락도록 하겠다. 그러나 본신이 아닌 분신조차 이기지 못할 경우, 그 충언을 철회해 줬으면 좋겠군.)

먼저 분신을 상대해 보라.

제압해 낸다면 보내주겠다.

하나 패배한다면 포기하라.

리시스 라덴쥬의 제안은 간단했다.

(인간, 이안 페이지여. 어떤가. 아무래도 젊은이들이 자네의 힘을 의심하는 것 같은데, 괜찮다면 한 수 가르쳐 주지 않겠는가? 내키지 않다면 거절해도 좋다.)

선택권이 이안에게 돌아왔다.

물론 거절할 생각도 없었다.

"상대는 저기 저…… 여섯 분이 전붑니까?"

(그렇다. 일족의 늠름한 후기지수들이지.)

"죽거나 죽여도 됩니까?"

(불가하다.)

"저 새끼 도마…… 늠름한 후기지수 분들은 피를 보고 싶으신 것 같은데."

(안 된다.)

"흠, 번거롭네요."

이안이 앓는 소리를 냈다.

하지만 행동거지는 정반대였다.

이곳저곳 관절과 근육을 풀기 시작했으니까.

그 꼴이 마법사라기보다는 기사처럼 느껴졌다.

"뭐, 그래도."

관절과 근육의 다음 차례는 마나였다. 예전처럼 무작정 끌어모으지 않았다. 정갈한 느낌으로 고루 퍼뜨리는 기세였다.

"못할 건 없죠."

그렇지 않아도 좀이 쑤셨다. 저 드래곤이란 족속들을 얼마나 감당할 수 있을지, 가늠보다 몸으로 직접 확인하고 싶었는데, 마침 그 기회가 통째로 굴러들어왔다.

"어려운 일 아니니까."

제안에 대한 수락. 더불어 조롱의 의미까지 담긴 한마디, 그 한마디와 함께 이안의 다리 주변으로 강렬한 마나의 광풍이 방출되었고, 보랏빛으로 자욱한 모래폭풍이 천지사방을 뒤덮어 버렸다.

(수천 년에 걸쳐 이어진 악연의 원흉, 미치광이 인간 프란페이지의 핏줄이여. 그 조악한 분신을 제거한 뒤 곧장 세상 밖으로 나가 본신까지 찾아내 주도록 하마.)

"글쎄, 그건 좀 힘들걸?"

상대가 바뀌자 이안의 말투 역시 반 토막으로 잘려 버렸다. 사실 젊은 용, 심지어 어린 용이라고 해도 이안보다는 오래 살았을 거다. 그것도 어마어마한 세월의 차이가 벌어져 있을 터. 하나 이안은 거리낌이 없었다. 저 '새끼 도마뱀' 무리에게까지 존칭을 붙이고 싶진 않았으니까.

(건방진 인간, 기습 한 번 성공한 주제에 콧대가 아주 하늘을 찌르는구나!)

마주치자마자 이안에게 제압당했던 붉은 용, 문지기 '헤르파이 도토스'가 조금 흥분한 채로 외쳤다. 뿐일까? 당장이라도 이안을 잘근잘근 씹어버릴 듯 노려보기에 이르렀다.

"당한 쪽 콧대가 더 하늘을 찌르는 것도 우습긴 하지."

(…….)

"몇 대 맞았다고 친구들까지 우르르 불러왔잖아?"

(사냥에 정정당당함이 필요한가?)

"근데 도마뱀도 콧대가 있었나?"

(이놈……!)

쿵!

제대로 통하기조차 힘들어 보이는 대화.

더 이상 나눌 필요도, 까닭도 없었다.

서로가 입만 아플 뿐이리라.

쿵! 쿵! 쿵!

사사로운 이야기 대신 헤르파이 도토스, 그를 필두로 한 여섯 마리 어린 용의 발 구르는 소리가 우레와도 같이 퍼져 나갔다. 이는 명백한 분노와 적대감의 표현이었으니, 지금 당장 피바람이 불어 닥쳐도 문젯거리가 될 게 없는 분위기였다.

"지금 덩치 크다고 자랑하는 건가?"

평범한 존재, 아니, 평범하지 않은 존재에게도 엄청난 위압감을 선사할 소리였다. 하지만 이안에게는 씨알조차 먹히지 않았다. 해봐야 거대한 몸집으로 쿵쾅거리는 것처럼 느껴질 뿐이었다.

"별로 부럽진 않은데."

이안이 조소를 지으며 오른쪽 발을 높이 올렸다.

나아가 보랏빛 모랫바닥을 쿵! 하고 내리쳤다.
여섯 마리 드래곤과 똑같은 발 구르기.
하나 그 결과만큼은 차원이 달랐다.
쿠구구구구구구……!
내리찍은 발 앞으로 균열이 일기 시작했다. 수십 갈래 균열이 부채꼴 모양을 이루며 힘차게 뻗어 나갔다. 여섯 마리 젊은 용의 발 구르기에 대한 '이안 페이지 식 화답'이었다.
"들어와 봐."
손가락마저 까닥거린 이안. 그 자신감 넘치는 모습이야말로 젊은 용들의 분노를 이끌기 충분했다. 감히 인간 따위가 저토록 광오할 수 있단 말인가?
모욕도 이런 모욕이 없었다. 가능한 한 빠르게 처리하고 싶었다. 저 분신과 바깥세상 어딘가에 숨어 있을 본체까지 전부다.
쿠웅!
하지만 여섯 젊은 용의 분노.
쿠웅! 쿠웅!
그리고 이안을 제거하고자 리시스 라덴쥬에게 올렸던 '충언'은 끝내 기각될 수밖에 없었다. 이유는 간단했다. 아무리 애를 써도 이안의 분신조차 이겨내지 못했으니까, 아니, 이겨내는 것은 고사하고…….
"이번에는 기습도 아니었는데."
쿠웅! 쿠웅! 쿠웅!
가히 '일방적'으로 두들겨 맞았다.
이안의 힘 앞에, 어린 드래곤 무리가 말이다.

오히려 기습을 가했을 때보다 압도적인 것 같았다.

"그치?"

여섯 마리 어린 용을 모조리 쓰러뜨린 이안, 그가 문지기 '헤르파이 도토스'의 몸통을 발끝으로 툭툭 치며 말했다. 만물의 최강자로서 치욕스럽기 짝이 없는 대접, 그럼에도 아무런 반항조차 할 수 없었다.

비단 헤르파이 도토스 뿐만 아니었다. 다른 용들도 사정은 마찬가지였다. 모두가 보랏빛 모래에 처박힌 채로 꿈틀거리기 바빴다.

"또 변명할 게 남았으면 지금 얘기해. 해결해 줄 테니까."

(크으윽……! 이노오옴……! 감히……!)

그 치욕스러움은 이안의 발길질로부터 느껴지는 게 아니었다. 젊은 드래곤들이 참을 수가 없는 까닭, 그것은 저 이안 페이지란 인간에게, 심지어 분신에 불과한 존재에게 여섯 모두가 패배했다는 사실이었다. 도저히 믿어지지 않는 결과에 치가 파르르 떨렸다.

(과연, 그자의 핏줄이 맞는가?)

(인간의 힘이라고는 믿을 수 없군.)

(악몽과도 같은 인간, 그자가 돌아온 건가……!)

이를 멀찍이서 지켜보던 여타 드래곤 일족들, 그들 역시 경악할 수밖에 없었다. 그 옛날 프란 페이지에게서 맛봤던 어마어마한 힘의 차이, 감히 인간의 것이라고는 믿기 어려운 힘이 저 자그마한 인간 청년, 이안 페이지로부터 여실 없이 느껴졌다.

일족 절반을 잃어버렸던 과거의 악몽이 다시금 펼쳐진 기분이었다. 그래서일까, 이안을 향한 살기가 더더욱 자욱하게 풍겼다.

"이쯤 해두면 되겠습니까?"

물론 어린 드래곤들이 치를 떨든 말든.

여타 드래곤들이 살기를 쏘아대든 말든.

이안은 무심한 어조로 리시스 라덴쥬에게 물었다.

(좋은 지도편달이었다.)

그 물음에 리시스 라덴쥬 역시 기다란 목을 주억거렸다.

(저 아이들도 느낀 바가 있을 것이다.)

"변명만 할 것 같은데 말이죠."

(현명한 아이들이다. 곧 많은 것을 깨달을 수 있겠지.)

리시스 라덴쥬의 말에 젊은 드래곤들이 몸을 가누었다. 그러고는 서로 부축하며 멀찌감치 물러났다. 일족의 수장이 저렇게까지 말하는데 계속 이놈이니 감히니, 더는 이안에게 으르렁거릴 수가 없었으니까. 나아가 패배는 패배였다.

"이만 돌아가도 되겠습니까?"

(물론이다. 돌아가도록 하라.)

"이른 시일 내로 다시 뵙도록 하겠습니다."

(적, 혹은 아군으로 말인가?)

"제3의 무언가일 수도 있죠."

(그렇군. 부디 좋은 소식 기대 하겠다.)

"저도 그랬으면 좋겠네요."

가볍게 인사를 나눈 이안.

그의 육신이 점차 흐릿해져 갔다.

분신체가 사라지는 순간의 고유적 효과였다.
"그럼."
그렇게 이안의 육신이 사라졌다.
보랏빛 공간에는 또다시 드래곤 일족들.
그리고 보랏빛 구체만이 덩그러니 남았다.

(아타르 하카.)

이안이 사라진 보랏빛 무차원의 공간, 방금까지 이안과 대화했던 리시스 라덴쥬가 허공을 바라보며 말했다. 그러자 또 다른 용 한 마리가 그 방향으로부터 날아왔다. 검은 가죽과 비늘을 가진 존재, 검은 용이자 일족 내 서열 두 번째, '검은 불꽃' 아타르 하카였다.

(혹, 방금 그자의 술수가 남아 있나?)

리시스 라덴쥬의 물음에 검은 용 아타르 하카가 눈을 감았다. 그러더니 회색빛 마나를 사방으로 널따랗게 퍼뜨렸다. 이안의 광역 탐지 주문 '씨어 디텍션'과 흡사한 느낌이었다.

(없다. 적어도 나의 눈으로는.)

(그런가. 자네의 능력이라면 확실하겠지.)

리시스 라덴쥬의 단호한 결론으로 미루어 볼 때.

검은 용 아타르 하카의 특기는 '탐지'인 것 같았다.

(아타르 하카, 오래간만에 일을 하나 해줘야겠다.)

(방금 그 인간의 감시를 말하는 건가?)

(강한 존재다. 의심이 많고 예민한 것 같더군. 자네밖에 적임자가 없음을 이해해 주게.)

미안함이 묻어나는 리시스 라덴쥬의 어조.

그 목소리에 검은 용 아타르 하카가 대답했다.

(모든 것은 일족을 위하여.)

그러자 리시스 라덴쥬 역시 똑같은 대답을 읊조렸다.

(모든 것은 일족을 위하여.)

그 '일족의 다짐'을 주고받음과 동시에.

검은 불꽃이 아타르 하카의 육신을 집어삼켰다.

"……하여간 도마뱀 놈들도 믿을 건 못 되는군."

본체로 깨어난 이안 페이지, 그가 한숨 섞인 목소리로 중얼거렸다. 눈 앞에 펼쳐진 기이한 광경을 바라보며 내뱉은 숨이었다. 그것은 마치 사방의 먼지가 한 대 뭉쳐진 것과도 같았는데, 놀라운 점은 그 먼지의 뭉치가 드래곤의 '형상'을, 조금 더 정확하게 표현하자면 일족의 수장 '리시스 라덴쥬'와 검은 용 '아타르 하카'의 형상을 실시간으로 빚어내고 있었다. 물론 그들의 대화 역시 또렷하게 들렸다.

"프란 페이지도, 드래곤도 전부 뒤통수 후려갈길 생각밖에 없는 건가?"

언어의 힘과 술식의 힘이 합쳐진 결합체.

이안이 명명하기로 9클래스의 경지.

그 초월적인 대마법 중 하나, 더스트 워치, '먼지 감시자'의 효과였다.

"하기야, 나부터 어떤 놈 뒤통수를 칠까 고민 중이긴 한데."

피식 웃어 보인 이안.

그가 모여든 먼지를 휘휘 저으며 중얼거렸다.

"어느 쪽 뒤통수를 먼저 때려줄까?"

이안의 일차적인 판단은 그랬다. 결국 처음부터 떠올렸던 바람, '양쪽 모두 이안의 앞길에서 치워 버리고 싶다'던 그 진심 어린 심정이 유일한 해답인 것 같았다.

문제는 어찌 치우냐는 거다. 프란 페이지와 드래곤 일족 전체의 힘은 분명 막강했다. 이안 혼자의 힘으로는 단언하건대 감당하기 어려운 일이었다.

'양쪽을 적절하게 이용해 줘야 할 텐데.'

서로의 제거를 돕도록 유도하는 것, 지금으로선 그 '줄타기'가 최선이었다. 비록 아슬아슬할 테지만, 위태함에서 중심을 잡아 나아가는 일이야말로 지금 이안에게 요구되는 역량이리라.

'프란 페이지의 약점부터 찾는다.'

그것이 급선무였다. 프란 페이지가 지녔다는 '불사의 힘.' 장인들에게도 일부분 적용된 것으로 추정되는 그 힘의 '출처,' 그리고 '파훼의 방법'까지 몽땅 알아내야만 했다. 그래야 프란 페이지에게서 우위를 점할 수 있으며, 장인들에게 약속했던 죽음을 내려줄 수도 있을 터.

'그래야 마음 놓고 이용할 수 있으니까.'

언제든 프란 페이지란 '양날의 검.' 그 검을 쓰고 제거할 수 있는 준비.

그 초석이야말로 모든 계획의 시작이었다.

'조금 과감하게 나설 필요가 있는 것 같군.'

드래곤조차 불사의 힘을 제대로 파악하지 못했다.

기껏 해봐야 '연금술사적 역량'이 가미되었을지도 모른다는 추측뿐이지 않던가? 그런 미궁에 쌓인 힘을 조사하는 일, 역시나 이안 개인의 힘으로는 어려움이 따랐다. 그러한바 방법을 달리해 볼 필요가 있었다. 조금은 더 과감하게, 그리고 과격하게 말이다.

'당사자에게 직접 물어본다.'

프란 페이지.

불사의 힘을 누리는 당사자.

그에게 직접 물어보는 방법을 떠올렸다.

'내가 드래곤을 만났다는 사실을 모를 리 없겠지.'

이안은 프란 페이지를 얕보지 않았다. 아무리 감시용 사념체를 찾아내고 퍼핏 플레이와 몇몇 마법으로 하여금 눈속임에 철저했다고는 해도, 그의 감시망에서 완벽하게 벗어났음은 확신할 수 없었다. 그도 이안을 통제할 수단이 있기에, 언어의 힘이란 권능을 아무런 거리낌 없이 전수해 준 게 아니겠는가?

'드래곤을 만나봤고, 그 결과 프란 페이지 당신을 돕기로 했다. 그러니 나에게도 불사의 힘을 내려달라.'

이안의 계획을 정리하자면 그랬다.

드래곤 일족과의 접선을 먼저 인정한다.

그 결과 드래곤은 믿을 수 없다고 판단. 프란, 당신을 돕기로 했음을 알린다.

대신 이안 자신한테도 불사의 힘을 내려달라.

하면 그 과정에서 약점도 알아낼 수 있을 터.

'통할지는 모르겠지만.'

지금으로선 가장 이상적인 방법의 하나였다. 비록 그 수천 년 묵은 능구렁이가 순순히 따라줄지는 알 수 없으나, 한 번쯤 시도해볼 가치만큼은 충분한 계획이었다.

"……당신과 손을 잡기로 결정했다."

앞으로의 행보를 구상했던 이안.

그가 아무도 없는 허공을 향해 읊조렸다.

어떤 확신을 기반으로 둔 행동이 아니었다.

절반의 지레짐작이 동반된 읊조림이었을 뿐.

"프란 페이지."

하나 그 지레짐작은 정확히 들어맞았다. 이안의 확답이 떨어지자마자, 허공으로부터 이질적인 변화가 일어났다. 마치 여닫을 수 있는 문처럼, 공간 자체가 스르르 열리기 시작했으니까.

"현명한 판단이다."

그 '공간의 문'을 열어젖힌 남자.

프란 페이지가 흐뭇한 듯 말했다.

"이안."

그는 어디에든 존재했고, 언제나 들을 수 있으며 얼마든지 나타날 수 있었다. 유일한 핏줄이자 유일한 수단.

'이안 페이지'의 근처라면.

10장
불사의 힘

"……사념체 따위로 그런 것까지 가능해?"

"하하, 좀 잘났어야지. 내가 말이다."

"거 참 좋으시겠군."

질린다는 듯 읊조린 이안의 말에 너스레로 일관하는 프란이었다. 비록 가볍게 말하고 가볍게 대꾸했으나, 가늠할 수 없는 경지의 깊이였다. 도대체 본신의 힘은 어느 정도일까?

'드래곤 일족의 절반을 죽였다고 했으니…….'

언어의 힘을 익혔다고 해서 함부로 상대할 수 있는 존재가 아니다. 약점부터 충분히 찾아놔야 승산도 존재할 터.

"먼저 고백하지. 드래곤을 만나고 오는 길이야."

"알고 있다. 하지만 괜찮아. 심각하게 생각할 필요가 없어. 나였어도 그렇게 했을 테니까. 신중해서 나쁠 건 없지. 중요한 건 이안, 네가 나를 택해줬다는 부분이다."

프란의 목소리로부터 숨길 수 없는 흥분, 그리고 만족감이 드러났다. 수천 년 묵은 능구렁이답게 여러 가면을 쓰고 벗을 수 있겠다만, 적어도 이안이 느낀 바로는 그랬다.

"그래, 직접 만나보니까 어때? 생각보다 믿을 만한 족속들이 아니지 않더냐?"

"그건 당신도……."

"물론 나도 믿기 힘들겠지. 이해한다. 다 이해해. 그래도 말이야. 이왕 나를 선택한 김에 지금부터라도 믿어주면 안 되겠느냐? 최소한 그 도마뱀 놈들보다는 믿어 달라 이거지."

흥분과 만족감, 그다음은 감정적인 애원이었다. 자신을 믿어달라는 말에 호소력이 담겼다. 만약 이마저도 가식의 가면이자 연기라면? 정말 어마어마하게 미친놈이 분명하리라.

"……애초에 당신을 선택한 이유가 그거야."

하지만 지금은 이안도 가식의 가면을.

속내를 숨기기 위한 연기에 나설 때였다.

"당신 말대로 그 드래곤, 도마뱀 놈들은 영 믿을 수가 없더라고. 겉으로는 점잖은 척을 하더니만, 내가 사라지자마자 감시자까지 붙이더군. 검은 용, 아타르 하카였던가?"

검은 용, 검은 불꽃, 아타르 하타.

프란 페이지 역시 익숙한 이름이었다.

"그림자의 용이라고도 불리는 도마뱀이지. 네발 달린 짐승 주제에 감이 꽤 좋은 놈이야. 그놈이 붙었다면…… 지금 이 대화도 엿듣고 있을지 모르겠네."

감이 좋은 드래곤. 표현이 단순해서 그렇지, 실로 많은 뜻을 내포하고 있을 것이리라. 이안 정도 되는 존재의 감시자 역할로 붙인 만큼 탁월한 추적능력과 은신 능력은 기본일 터.

"뭐 엿들을 테면 엿들으라고 해. 어차피 이안, 너에게 감시를 붙였다는 거 자체가 우리의 연합을 확신했단 증거니까. 이미 할 수 있는 만반의 준비를 해놨을 거다."

프란이 별 대수도 아니라는 듯 말했다.

더는 걱정이나 근심 따윈 없는 것 같았다.

이안이라는 이름의 천군만마를 얻었으니까.

"이안, 계획은 간단하다. 다시 그 공간으로 보내줄 테니 봉인의 유지를 방해해다오. 미약한 빈틈 하나면 충분해. 내가 직접 봉인을 깨뜨릴 수 있으니까. 그때부터는 전쟁이지. 7할의 승산을 가진 전쟁, 제법 해봄직 하다고 보는데."

생각보다 복잡하지 않은 계획이었다. 물론 난이도로만 따진다면 이안의 인생을 통틀어 최고로 위험천만한 모험이기도 했다. 혼자 드래곤의 본진으로 쳐들어가 난동을 부리라니, 아마 며칠 전에 들었다면 미친 소리 좀 그만하라며 일갈을 했으리라.

"정신 나갔군. 그게 간단한 건가?"

"끽해봐야 죽기밖에 더하겠어?"

"그 죽을 생각이 없다니까."

불사의 힘을 가진 프란.

그에게 죽음이란 머나먼 얘기일 뿐.

그러나 이안으로선 태연할 수 없었다.

또한 그 필멸자의 관점이야말로 기회였다.

"……그래서 말인데."

프란 페이지가 지닌 불사의 힘.

그 힘에 대한 정보를 얻어낼 기회.

"도마뱀들 수장. 리시스 라덴쥬가 말하기로는 당신, 아무리 죽여도 되살아나는 불사의 존재라 하더군. 나도 대충은 알아. 당신이 만든 장인들도 비슷한 힘을 가졌잖아?"

이안이 불사의 힘에 관한 운을 띄웠다.

프란 역시 태연하게 반응했다.

"재미난 힘이지. 나도 우연히 얻었거든."

"우연히? 설마 방법을 모른다는 건가?"

"오, 그럴 리가 있나. 날 뭐로 보고!"

사뭇 새침하게 대꾸한 프란, 그가 서재 창문 바깥으로 손을 뻗었다. 그러자 웬 날벌레 한 마리가 날아왔다. 뿐만 아니라 검은 빛깔 기운이 프란의 손바닥으로부터 뿜어졌다. 대상은 단언컨대 벌레였다.

"이안, 그렇게 애쓸 것 없다."

검은 기운에 휘감겼던 날벌레, 그 미물이 수명을 다한 듯 서재 바닥으로 떨어졌다. 심지어 프란의 발에 밟히기까지 했다. 표현 그대로 작살이 나버린 날벌레의 몸뚱이, 바로 그 순간 놀라운 광경이 펼쳐졌다.

"설령 내 약점을 잡아둔다 해도."

벌레의 바스러진 육신이 고운 가루가 되어 허공으로 떠올랐다. 나아가 일정한 형체를 이루기 시작했는데, 본디 살아생전 벌레의 형체와 색깔 그대로였다. 완벽하게 부활해 버린 거다.

"쓸모가 없을 테니까."

되살아난 벌레가 창밖으로 도망쳐 버렸다. 이안의 눈앞에서 펼쳐진 불사의 권능. 한데도 짐작마저 해볼 수가 없었다.

'뭐지? 정말 마법뿐인가?'

연금술과 같은 부가적인 영향력이 없는 걸까? 그렇다고 보기에는 일말 마나의 기운조차 느껴지지 않았다. 도대체 어찌 되어 먹은 힘인지 추측조차 불가능하단 얘기였다. 상당히 곤혹스러운 상황, 그럼에도 이안은 침착한 태도를 유지했다.

"약점도 약점이지만, 나도 그 힘이 탐나서 말이야."

"그렇게 말해도, 이건 아무한테나 내어줄 수 있는 힘이 아니란다."

"그렇겠지. 근데 내가 아무는 아니지 않나?"

이안이 계속해서 말문을 이어갔다.

"그 힘이 필요해. 그럼 이번 계획이 실패로 돌아간다 해도 저승 갈 걱정은 없잖아? 목숨만 연명해 둔다면 언젠가는 후일을 도모할 수 있지 않겠어? 지금 당신이 하는 것처럼 말이야."

"정 그렇게까지 원한다면야……."

프란의 손으로부터 다시금 불사의 기운이 뭉게뭉게 피어났다. 하나 이안이 원하는 바는 달랐다. 그가 황급히 손바닥을 뻗어 보이며 프란의 기운을 제지했다.

"잠깐, 당신이 주는 힘은 받지 않겠어. 그 힘에 어떤 수작질을 부렸을지 어떻게 알지? 이래 보여도 첫 번째 삶을 독살로 날린 몸이라고. 아, 설마 그 독살. 당신이 꾸민 짓인가? 그럼 상당히 불쾌할 것 같은데."

프란이 긍정의 침묵을 날렸다.
모든 것은 프란의 설계였으니까.
"……이제 와서 탓할 생각은 없어. 그러니까 불사의 힘을 부리는 법, 그 방법 자체를 알려줘. 단순히 힘을 내려달라는 게 아니라……."
"설명할 필요 없다. 충분히 알아들었으니."
불사의 힘을 내려달라는 게 아니다. 그 힘을 부릴 방법이 필요하다. 이안의 얘기는 그러했고, 프란도 이해했다. 단지, 이해와 판단이란 전혀 다른 차원의 문제였다.
"흐음, 그래. 알고 싶다니 알려줘야겠지. 그래도 내가 명색이 아비…… 아차! 취소. 이건 엄연히 말실수니까 또 살벌하게 굴지 말자꾸나."
아비니 아들이니 절대로 운운하지 말라던 경고 탓일까? 프란이 괜스레 엄살까지 피워대며 중얼거렸다.
"안 그럴 거지……?"
"당신, 그거 다 연기야?"
"섭섭하게, 내 성격 알잖아?"
"연기면 그냥 그쯤하고 죽는 게 나을지도 몰라. 진짜 제대로 미친놈 같거든. 아니, 미친 거 맞나? 안 미치는 게 더 이상하긴 한데."
"허어. 그래도 그렇지. 못하는 소리가 없구먼."
진심으로 시무룩해져 고개까지 푹 떨어뜨린 프란, 그가 얼마 지나지 않아 오른손을 번쩍 들며 말했다. 시무룩함도 완벽하게 거둬졌다. 과연 감정 기복이 변화무쌍한 존재였다.

"어쩔 수 없지. 바라는 건 알려주도록 하마. 그 힘으로 내 약점을 잡아 쥐든, 불사의 권능을 누리든 아무런 신경도 쓰지 않으마. 단, 그 힘을 전수해 주기 전에 보여줄 것이 있다."

"보여줄 거? 뭐지?"

"따라와라."

프란이 공간을 여닫이문처럼 열었다.

그 건너편은 이안에게도 익숙한 곳이었다.

과거 예정되었던 삼국의 토벌이 불발된 땅.

몬스터들의 터전이나 다를 바 없는 곳.

'동부 대초원'의 풍경이 펼쳐졌으니까.

"갑자기 여긴 왜……."

"직접 보면 알아."

동부 대초원.

피에릭 영지와 맞닿은 땅.

왠지 모를 아득함이 느껴졌다.

"……어?"

동시에 한줄기 의아함도 피어올랐다. 그럴 수밖에 없었다.

이곳이 정말 동부 대초원의 '한복판'이라면 반드시 보여야 할 존재가 단 하나도 보이지 않았으니까.

"아무것도……."

대초원이 맞는다면 보여야 한다.

다양한 몬스터, 혹은 원주민들.

둘 중 하나는 반드시 말이다.

그런데…….

"……없어?"
몬스터도, 원주민도, 하다못해 짐승 한 마리조차 보이지 않았다. 걷거나 뛸 수 있는 생명체의 씨가 말라 버렸다는 얘기다. 이안이 황급하게 씨어 디텍션 주문을 펼쳤다. 일대의 생명을 감지할 수 있는 마법, 하나 결과는 마찬가지였다. 아무것도 느껴지지 않았다.
"대체……."
이른바 '무생명의 땅.'
지금 동부 대초원의 상태가 그랬다.
"무슨 짓을 한 거지……?"
"별건 아니고."
프란이 싱긋 웃으며 대꾸했다.
"일종의……."
프란이 두 손을 양쪽으로 곧게 뻗었다. 나아가 검은 빛깔의 기운을 대량으로 방출시키기에 이르렀다. 아까 전, 날벌레를 되살릴 때 뿜었던 바로 그 기운이었다. 차이가 있다면 방출되는 기운의 양이 어마어마하게 늘어났다는 정도일 뿐.
"안전장치라고 할까?"
그 검은 빛깔의 기운. 달리 말하자면 '불사의 힘'으로 추측되는 기운이 수만 마리 뱀처럼 나뉘어 지면을 파고들었다. 땅속에 특정한 목적이라도 묻혀있는 것처럼 거칠게도 파헤쳤다.
"……안전장치?"
"네가 내 약점을 잡아도 안심할 수 있는……."
잔뜩 땅속으로 파고든 '불사의 힘'.

그 결과물이 곧 사방으로 펼쳐졌다.

이 땅에서 사라졌던 몬스터와 원주민.

그들이 다시금 돌아오기 시작했으니까.

다만, 산자의 모습으로 돌아오지 않았다.

"안전장치 말이야."

동부 대초원을 양분했던 두 생명체.

다양한 종의 '몬스터'와 '원주민 부족'. 그들이 땅속으로부터 스멀스멀 기어 올라왔다.

더는 '생명체'의 모습이 아닌, '불사의 군단'으로서.

"이안. 네가 내 약점을 쥐고 허튼짓을 하려는 즉시, 이 가엾은 아이들은 너의 소중한 것들을 짓밟고, 산산이 부수고자 진군할 거다. 이미 자아가 그렇게 형성되어있지."

이안의 소중한 것. 필시 가족을 포함한 주변 모든 것을 뜻할 터, 특히 이 정도 머릿수와 죽지 않는 불사의 군단이라면 용아병 사태 당시보다 절망적인 난국을 맞이하리라.

"미리 알려주는데, 불사의 힘은 하나를 거둘 때마다 상당한 시간과 노력을 요구한다. 내게 전수를 받더라도 이 군대, 완벽하게 막아낼 순 없을 거다. 아니, 막아낼 순 있겠지. 오래 걸릴 뿐이야. 모든 걸 잃어버릴 때쯤 돼서야 전멸시킬 수 있을걸?"

만약을 대비한 안전장치.

그 표현은 결코 허황하지 않았다.

"그러니까, 이안."

"……."

"내 뒤통수를 칠 생각이라면 그만두어라."

마치 제안과도 같은 목소리, 말투, 표정. 하나 그것은 명백한 경고이자 협박이었다.

"나도 내 아내를 잃고 싶진 않으니까."

"불사의 힘은 크게 두 가지로 나눌 수 있다. 나와 내 장인들처럼 자아를 그대로 가진 부류, 그리고 저들처럼 자아가 사라진 채 명령에 따라 움직이는 부류."

"……."

"물론 너까지 저들처럼 만들고 싶진 않아. 불사의 방식 자체가 다르거든. 애초에 그럴 수도 없지. 언어의 힘을 습득해버린 이상 통하지도 않을 테니까."

그야말로 어마어마한 머릿수.

심지어 죽지 않는 불사의 군단.

이안은 혀를 내두를 수밖에 없었다.

동시에 뼈저리도록 느껴지는 사실 하나.

'……정말 단단히 미쳤군.'

자신의 목적을 위해서라면 대초원 모든 생명체조차 말살시킬 수 있는 미치광이, 그것이 바로 프란 페이지였다. 과거 모든 인류를 지키고자 노력했지만, 지금은 그 인류 중 일부인 원주민마저 하수인으로 만들어 버린 거다.

"당신, 인류를 수호하겠다고 나서지 않았나?"

"물론이다. 지금도 그 이상향에는 변함이 없지."

"저들도 인류라는 구분에 들어갈 텐데?"

이안이 불사의 군단으로 편입된 몬스터, 그리고 대초원 원주민들. 그중 원주민 쪽을 가리키며 말했다. 정말이지 모순 덩어리였다. 저들이 인류가 아니라면 무엇이란 말인가?

“구분에 들어간다고 해서 다 같은 인간은 아니지. 알잖아?”

드래곤 일족과 프란 페이지의 관점.

그 차이점이자 모든 분쟁의 시작.

프란의 얘기가 계속 이어졌다.

“도마뱀들은 인정하지 못했다만, 인류의 경중은 확실하게 구분 지을 수 있다. 나는 더 가치 있는 인류, 그리고 그 후손을 오래도록 지키고자 소수를 희생시켰을 뿐이야. 아니, 희생이라 표현하기도 뭣하군. 저들은 어차피 대초원의 몬스터에게 몰살당했을 운명, 그런 자들에게 불사의 힘을 내려줬으니 사실상 구원과도 같지.”

그것은 명백한 궤변이었다. 물론 인류의 경중을 나눌 수 있다. 그 부분만큼은 이안 역시 공감했다. 인류의 경중이란 분명 존재한다. 나눌 수도 있다. 단지 분류하기가 어려울 뿐.

‘그렇다 해도, 희생이 아니라 구원이라니.’

아무리 곱씹어 봐도 결론은 하나였다. 미쳤다. 프란 페이지는 확실히 미쳤다. 인류의 수호라는 ‘맹목적 껍데기’만 남은 채로, 머리부터 발끝까지 온통 미쳐 버린 게 분명하리라.

“해서, 배신한다면 저것들을 도시로 진군시키겠단 건가?”

“이미 그렇게 예정되어있다. 내가 진군을 명령하는 게 아니라, 저들이 직접 감지하고 움직이는 원리지.”

이안이 다시금 불사의 군단을 바라봤다.

정말 죽지 않는 존재들이라면 문제가 컸다.

도시 스스로 막아낼 수가 없을 테니까.

이안의 고민이 그쯤에서 머물렀을 때.

"아, 혹시 확인이 필요해?"

프란의 목소리가 들렸다. 동시에 큼지막한 마나의 파동이 일어났다. 그 파동은 일직선으로, 불사의 군단 중 일부를 향해 사정없이 뻗어 나갔다. 나아가 그들을 집어삼키기까지 했다.

쿠구구구구구구……!

다량의 먼지가 자욱하게 퍼졌다. 그 파동을 정면으로 받아버린 괴물과 원주민들도 졸지에 고깃덩이가 되어버렸다. 정말이지 끔찍한 광경, 하나 그 광경은 지속하지 않았다.

파스스스스……!

서재에서 날벌레에게 불사의 힘을 내렸을 때, 그때와 똑같은 광경이 펼쳐졌다. 모든 시신이 가루가 되어 각각 한 점으로 뭉쳤다. 그 점은 곧 형체를 이루어냈고, 동시에 본래의 모습을 되찾았다. 표현 그대로 '불사의 군단'이 아닐 수 없었다.

"도시가 가진 대책, 올리버였던가? 그 기사를 포함한 기사들, 제국군, 상아탑의 마법사로는 막을 수 없을 거다. 막아내기는커녕 순식간에 밀리겠지. 죽일 수가 없는데 어찌 막겠느냐? 네가 뒤늦게 합류한다 해도 달라질 건 없을걸?"

결코 틀린 말이 아니었다. 제국군, 기사단, 상아탑의 마법사. 그뿐만 아니라 모든 영지의 병력을 다 합친다 해도 시간벌이만 가능할 뿐, 막아내기란 불가능이나 마찬가지이리라.

'장인과 권속들도 확신할 순 없다.'

그들은 각각 프란 페이지의.

드래곤 일족의 수족이 아니던가?

논외의 경우로 칠 수밖에 없었다.

"그러니까 이안, 허튼짓은 자제해주길 바란다. 이미 생각해 둔 바가 있다면 그냥 그쯤에서 접어둬. 벌써 두 번째 말하는 것 같다만, 나도 내 아내가 되도록 오래 살기를 바라니까."

할 말을 모두 끝낸 프란, 그가 가볍게 손짓했다. 그러자 불사의 군단이 가루로 무너졌다. 불사의 힘이 발동될 때와 똑같은 가루였다. 동시에 지면 아래로 스며들기 시작했다. 동부 대초원을 가득 채웠던 불사의 군단이 순식간에 사라진 셈이었다.

"……."

두 사람 사이에 무거운 침묵이 흘렀다. 프란은 여유로운 눈빛을 내비쳤다. 반면 이안의 고민만 깊어졌다.

프란 페이지가 준비해 둔 한 수. 저 한 수의 대항마가 필요했다.

'저 힘의 약점을 찾는 수밖에는.'

불사의 힘을 완벽하게 파훼하는 것. 프란조차 생각지 못했던 약점 말이다. 아무리 고민을 해도 방법은 그뿐이었다.

"자, 고민할 시간은 충분했겠지."

그 침묵을 먼저 깨뜨린 쪽은 프란이었다.

어딘가 모르게 다급한 것 같기도 했다.

"이제 본론으로 들어가도록 하자꾸나."

프란이 허공으로부터 약병 하나를 쑥 꺼냈다. 인류 최강의 마법사인 이안조차 신기함을 느끼게 하는 광경이었다.

"마셔보아라."

"또 과거라도 가서 배우라는 건가?"

"오, 이번 건 달라. 조금 까다롭지."

약병의 마개부터 열어준 프란.

그가 병을 이안에게 건네며 말했다.

"약에 이상한 짓을 했다거나……."

"그럴 기회는 이미 많았어. 알잖아?"

틀린 말도 아니었다. 프란이 이안에게 수작을 걸고자 했다면 진즉 그리했을 것이며, 높은 확률로 성공까지 해냈을 터.

"내키지 않는다면 포기해도 괜찮다만, 불사의 힘을 원한다면 마실 수밖에 없을 거다. 그래야 얘기를 진행할 수 있으니까."

이안이 건네받은 비약을 바라봤다.

어떠한 진실이 존재한다는 걸까?

꿀꺽!

고민은 길지 않았다.

이안이 비약을 털어 넣었다.

자신의 목구멍 속으로 말이다.

"……!"

언어의 힘을 익히기 위한 과거. 그 시간대로 넘어갈 때와 같았다. 시야 내 풍경이 변화하기 시작했다.

다만, 그때와는 많은 것이 달랐다. 그때는 그저 과거의 세상일 뿐이었다. 시간대만 달랐을 뿐, 익숙했단 얘기다.

들판도, 하늘도, 살아 숨 쉬는 인간도.

모든 것이 같은 세상임을 증명했으니까.

그러나 지금 이안의 눈 앞에 펼쳐진 광경.

이곳은 아니었다. 아무리 봐도 달랐다.

"여긴……?"

마치 쩍 벌린 목구멍 안쪽처럼 질척거리는 선홍빛의 세상, 혹은 동굴. 바로 그러한 광경이 끝없이 펼쳐져 있었다. 뿐일까? 살아서 숨이라도 쉬는 듯 선홍빛 물질 전체가 쌕쌕거리기에 이르렀다. 딛고 서 있는 것만으로 불쾌감이 느껴질 지경이었다.

[눈살 찌푸릴 필요 없다. 너는 지금 스스로 내면에 진입한 상태니까. 굳이 제 속살을 보고 불쾌할 필요는 없겠지.]

이안의 정신을 통해 들려오는 음성.

바로 프란 페이지의 목소리였다.

"내면……?"

[너의 정신 속 깊숙한 심연까지 내려온 셈이라고 할까? 오직 언어의 힘을 부리는 존재, 그들만이 닿을 수 있는 심상 세계의 끝자락이지. 아마 다른 존재가 비약을 마셨다면 그 자리에서 미쳐 버렸을 거다. 언어의 힘에 숙달하기 이전의 네 녀석도 별반 다르지 않았을 거고.]

이 불쾌하기 짝이 없는 공간이 심상 세계의 끝자락이라고? 이안으로선 당장 이해할 수도, 그렇다고 이해하기도 어려웠다. 심상이란 본디 마법사에게도 익숙한 단어다. 마나 호흡의 궁극적 단계가 바로 심상 세계의 '진입' 아니겠는가?

[그 심상의 세계에 익숙해진다면 곧 비약 없이도 진입할 수 있을 거다. 하나 지금은 시간이 촉박하지. 여러모로 연금

술의 힘을 빌릴 수밖에.]

"심상 세계가 불사의 힘과 무슨 관계가 있지?"

[그럼 막간을 이용해서 문제 하나…….]

"할 말은 그냥 해줬으면 하는데."

[에이! 그럼 재미가 없잖아. 재미가.]

장난스럽게 말문을 반복시킨 프란.

그가 그 문제라는 화두를 던졌다.

[네 녀석은 시간을 되돌렸다. 약 삼십 년가량의 세월을 말이야. 어린 시절의 육신으로 돌아왔고, 두 번째 삶을 가히 쥐락펴락하듯 만끽했지. 그럼 여기서 문제, 본디 존재했어야 할 12살짜리 이안 페이지. 그 소년은 어찌 되었을까?]

이안 페이지가 30년이란 세월을 되돌린 시점, 아무것도 모른 채 어머니의 손을 꼭 붙잡고 마나 반응검사를 기다렸을 이안 페이지, 그 '12살배기 소년'이자 '과거의 이안'은 어떻게 되었을까? 프란이 던진 질문은 그것을 묻고 있었다.

"……."

이안은 쉬이 대답할 수 없었다. 한 번도 고민해 본 바 없는 문제였으니까. 단순히 시간을 거슬러 올라왔다고만 생각했다. 한데 아무래도 아닌 모양이었다. 리시스 라덴쥬의 언급을 떠올려 봐도 그랬다.

프란이 시간을 되돌릴 때마다 새로운 차원이 생성된다고 하지 않았던가? 그 무분별한 차원의 분열을 막고자 프란과의 전쟁을 선택했다고도 말했다. 같은 차원이 아닌 다른 차원, 그렇다면 이안 페이지란 존재 역시 하나가 아닐 터.

"……정답이 뭐지?"

[어찌 되긴, 잘 자고 있지.]

프란의 대꾸가 들려오기 무섭게.

선홍빛 바닥이 뭉툭하게 솟아올랐다.

[너의 내면, 심상 세계의 끝자락.]

솟아오른 선홍빛의 기둥, 그 기둥 윗부분이 양쪽으로 쩍 갈라졌다. 기둥 안쪽에 담긴 무언가를 보여주기 위한 변화였는데.

[그곳에.]

갈라진 기둥 윗부분으로 무언가가 보였다. 사람의 머리였다. 밝은 갈색의 머리칼을 가진 소년, 이안은 놀랄 수밖에 없었다.

"……나?"

그렇다. 그 기둥 속에 갇힌 소년은 12살의 이안 페이지, 마나 반응검사를 받기 직전의 소년이 포근한 얼굴로 잠들어 있었다.

[한 육신에 두 영혼이 깃들 수는 없는 법. 자연히 선택받지 못한 영혼은 뒷전으로 물러나 영원한 잠에 빠져들 수밖에.]

세상 편안하게 잠든 12살의 이안.

이안이 그 어린 얼굴을 바라봤다.

실로 혼란스러울 수밖에 없었다.

[심각하게 받아들일 필요는 없다. 굵직한 흐름의 핵심적인 고리는 오로지 네 행보로만 결정되니까. 다른 차원이란 그저 너의 권능으로부터 파생된 아류에 불과할 뿐이지.]

프란이 안심하라는 어조로 말했다.
그럼에도 혼란을 지우기란 어려웠다.
"……잠깐, 그럼 하나 더 있어야 하지 않나?"
한참을 고민했던 이안이 말했다.
한 가지 의구심이 떠오른 까닭이었다.
"내가 라그나르를 처리했던 당시, 그때도 잠깐이지만 시간을 되돌렸잖아?"
5황자 라그나르를 끝장냈을 당시.
그때도 분명 시간을 되돌렸다.
몇 초 남짓이긴 했지만 말이다.
[예리하군.]
프란의 한마디와 함께 선홍빛 기둥이 하나 더 솟아올랐다. 먼저 솟아났던 기둥보다 조금 더 굵직하고 길었다.
[고작 몇 년 전의 너다. 기분이 좀 묘할 거야. 나도 처음엔 그랬거든. 뭐가 맞는 건지 혼란스럽더라. 뭐, 결국 별거 아니라고 결론을 내렸지.]
프란의 말이 정확했다. 아무것도 모르는 12살 꼬마 시절의 얼굴과는 달랐다. 5황자 라그나르를 궁지로 몰아 처리할 때의 자신 아니겠는가? 정말 얼마 되지 않았다는 거다.
[좋아. 잡설은 여기까지.]
프란이 자연스레 주제를 바꿨다.
본래 다루던 주제이기도 했다.
[결론부터 말하마. 네가 원하는, 그리고 도마뱀 놈들이 말해준 '불사의 힘'이란 존재하지 않는다. 단지 그 심상 세계에

쌓인 '여분의 영혼'을 활용했을 뿐이지.]
불사의 힘이 존재하지 않는다?
좀처럼 알아들을 수 없는 이야기.
하지만 곧 이해가 되기 시작했다.
[네 녀석의 입장으로 따지자면, 거기 잠들어있는 소년과 청년이 합쳐져 너를 두 번 되살려줄 도구, 아니, '대신 죽어줄 도구'란 거다.]
또 다른 자신의 영혼.
그 영혼이 이안을 살려준다.
아니, 대신 죽어줄 도구다.
[도마뱀 놈들에게 들었겠지. 한때 나는 무수하게 많은 차원을 분열시켰다. 인정해. 나도 시간의 힘에 그런 부작용이 존재할 줄은 몰랐거든. 하지만 후회하지도 않는다. 그 모든 행위야말로 인류를 위한 길이었으니까. 오직 이 세상만을 위한 길……!]
프란의 목소리가 점점 광기로 물들었다.
[그 과정에서 생각보다 많은 영혼이 내 심상 세계로 떨어졌더군. 해서 자유로이 해방해줬을 뿐이다. 내 영혼을 대신하여 소멸할 '여분의 생명'으로서 말이지.]
장난스럽고 너스레 넘쳤던 존재.
하나 그 존재의 본색은 저랬다.
[무의미하게 잠들어 있기보다는 대의를 향한 초석, 그 밑거름으로 희생되는 쪽이 의미가 있지 않겠느냐? 아마 원했을 거야. 그들 또한 나 자신이니까. 만약 나보다 더 상위의 내가

나를 희생시킨다면, 나는 순순히 받아들일 자신이 있다.]

도무지 끝을 모르는 광기.

그대로 굳어버린 아집.

소름이 끼치는 집착.

이야말로 프란 페이지.

그 '괴물'의 본모습이었다.

[이안, 불사를 원한다면 먼저 시간의 힘부터 누려라. 바꾸고 싶은 과오가 있다면 마음껏 바꿔봐라. 언어의 힘에 숙달한 이상 얼마든지 가능하다. 그럴 자격도 충분하고.]

드래곤 일족이 그토록 우려했던 차원의 분열, 하나 정작 분열의 원흉인 프란 페이지는 전혀 문제 삼지 않았다. 오로지 두 눈에 보이는 가치, 인류의 수호라는 허울만 남은 채 잔뜩 변질 되어 버린 이상향. 그 꽁무니만 쫓아갈 뿐이었다.

'시간의 힘으로 파생된 여분의 영혼.'

그러나 이안은 달랐다. 프란의 말을 듣고 떠올린 생각.

그것은 우려나 막막함이 아니었다.

'그게 불사의 근원이란 뜻인데.'

오히려 심정이 한결 편해졌다. 나아갈 길을 찾은 느낌이었으니까.

'그럼 결국 불사가 아니잖아?'

수많은 시간의 되돌림. 그로부터 파생된 수많은 영혼. 그 영혼으로 누리는 불사의 힘.

달리 표현하자면 무엇이겠는가?

'계속 죽다 보면.'

수십, 수백, 수천, 수만 번. 혹은 그 이상까지 시도한다면.

'결국에는 죽는다.'

이안의 결론은 간단했다. 불사의 힘은 불사가 아니다.

프란 페이지도, 불사의 군단도. 이안의 장원에 머무는 장인들도. 죽음에서 벗어난 것이 아니란 거다.

벗어난 것처럼 착각하도록 유도할 뿐.

자신에 하여금, 그리고 상대방에 하여금.

'해볼 만하겠는데?'

11장
계기가 필요할 때

이안의 머릿속이 생각으로 가득했다. 차원을 아무리 분열시켜봐야 무한대에 닿을 수는 없을 터. 언젠가 반드시 마지막 영혼마저 소멸되지 않겠는가.

'가만, 그럼 저들은…….'

그렇다고 보기에는 저 불사의 군단이 눈에 밟혔다. 설마 라그나르를 처리할 때 이안의 시간을 멋대로 되돌린 것처럼, 저 수많은 원주민과 몬스터들의 시간도 여러 번 되돌려 버린 걸까?

"뭐 하나만 묻지."

"역시, 똑똑한 아이일수록 호기심이 많은 법이라고 하더라."

"헛소리 집어치우고."

이안이 작게 으르렁거리며 의아함을 풀었다. 저 불사의 군단과 관련된 질문이었다.

"저들은 다 어떻게 만든 거지?"

[오, 누구와는 달리 말 잘 듣는 친구들 말인가? 저긴 좀 달라. 말해줬잖아? 불사의 힘에는 두 종류가 있다고. 나와 장인들처럼 자아와 육신 양쪽이 멀쩡한 경우가 첫 번째. 자아를 포함한 모든 것이 붕괴하는 경우가 두 번째지. 저쪽은 당연하게도 후자 아닐까?]

마치 아이 다루듯 대답해 주는 프란의 모습에 이안은 오장육부가 뒤틀림을 느꼈다. 그러나 계속 마찰을 일으킬 수도 없는 노릇, 꾹 참으며 내뱉었던 질문을 이어갔다.

"그러니까 그 후자는 어떻게 불사를 누리느냐, 궁금한 건 이거야. 혹시 대답하기 곤란하다면……."

[곤란할 건 없어. 별거 아니니까. 일종의…… 아류라고 말할 수 있겠군.]

아류라 함은 불사의 힘의 아류를 뜻하는 걸까? 이안이 집중했다.

[먼저 장인들, 그 여덟 명의 대단한 친구들은 내가 직접 키워낸 실력자들이야. 시간의 힘을 반복하며 최대한으로 공부시켰지. 시간과 연관된 기억은 싹 지워 버렸다만.]

프란의 말에 따르자면 그랬다. 장인들은 자신도 모르는 사이 수많은 시간 회귀를 경험했고, 그 결과 아티펙트마저 손쉽게 다루는 장인으로 성장할 수 있었던 거다.

[덕분에 그 친구들도 영혼을 쌓을 수 있었지. 이왕 그렇게 된 김에 불사의 힘까지 내려줬다. 기껏 다 키워놨는데 죽어

버리면 곤란하잖아? 평생 내 곁에 두고 아티펙트나 연구시킬 생각이었는데, 하필 내가 요 모양 요 꼴이 되어버리는 바람에…… 에휴!]

프란이 장난 반, 자조 반의자 어조로 말했다. 미안함보다는, 기껏 키워놓고 제대로 활용하지 못한 것에 대한 아쉬움이 주류인 것 같았다.

[반면 저들은, 뭐라고 부르는 게 좋을까? 음, 죽지 않는 자들의 군대니까…… 불사의 군단, 그래. 저 불사의 군단은 표현 그대로 언데드일 뿐이야. 불사의 육신을 얻는 대신 백치가 되어버린 셈이지. 불사의 완벽함만 따지자면 나보다 더 상위의 존재들이라고. 자아와 미각만 유지할 수 있었다면 나도 저쪽을 택했을 텐데. 쩝. 자아는 둘째 치더라도 맛까지 못 느끼더라. 그래서야 뭔 소용이 있겠어?]

본론보다 잡설이 긴 프란의 설명.

물론 잘 걸러 듣는 이안이었다.

되물음 역시 핵심만 꼬집었다.

"그럼 정말로 불사의 존재라는 건가?"

[왜? 한계가 있다면 죽을 때까지 때려죽여 보려고? 생각보다 무식하구먼. 답지 않게시리.]

그 말에 이안이 조금은 흠칫거렸다. 생각을 읽힌 기분이었으니까. 물론 최대한 의연하게 반응했다.

"못할 것도 없지."

[하하! 그래, 그것도 방법처럼 보이긴 하겠지. 말리진 않으마.]

이안의 생각을 비웃어준 프란, 그가 다시금 본론으로 들어갔다.

[자아가 온전한 불사의 힘을 원한다면, 지금부터라도 꾸준히 시간의 힘을 남용하려무나. 도마뱀들이 개수작을 부리기 전까지 심상 세계에 차곡차곡 쌓아놓으란 얘기다. 네 여분의 영혼을 말이지. 다루는 법은 그때 알려주마.]

프란은 치밀한 자였다. 모든 걸 다 내어주는 것 같으면서도 선을 명확하게 그어버렸다. 덕분에 이안 역시 고민을 할 수밖에 없었다.

'어떤 대가를 치르든, 영혼을 다루는 법까지 알아두는 게 좋을까?'

프란의 말처럼 시간의 힘을 남용하는 한이 있더라도 파악해 두는 게 유리할까? 유리하긴 분명 유리할 거다. 문제는 그에 따른 '부작용'일 터. 드래곤 일족이 우려했던 '무분별한 차원의 분열' 바로 그 부작용이 심하게 거슬렸다.

'게다가 단순한 회귀도 아니잖아? 남용하기에는 여러모로…….'

시간 회귀의 진실을 알았다. 단순히 거슬러 올라오는 원리가 아닌, 그 순간을 기점으로 차원의 분열이 일어난다는 진실 말이다.

'지금 이 세상도 다른 차원이 되겠지. 그건 용납할 수 없어.'

인즉 지금의 어머니, 래디오, 더글라스, 황태자, 공주, 올리버, 페어리 퀸, 드래고니안 일가, 장인들, 모그리안 영지와 피에릭 영지의 사람들 등 이안과 교감을 나눴던 존재가 다른 이들로 변해 버린다는 뜻일 터. 심지어 첫 번째 삶의 어머니 조차 지금의 어머니와 다르다는 건데, 용납할 수 없었다.

'이 삶이 내 마지막 세상이야.'

마음을 굳힌 이안.

하나 포기하기도 어려웠다. 약점을 찾아낼 절호의 기회 아니던가?

"……별로."

이윽고 이안의 입술이 떨어졌다.

"또 시간을 되돌리고 싶진 않아."

[허어, 아쉽게 되었군.]

"단."

[단?]

"그래도 방법은 알려줘야겠어. 당신 수작질 탓에 두 개의 영혼이 생겨 버렸잖아? 이건 활용해 줘야지. 두 번이나 살아날 기횐데."

이안의 선택은 그것이었다. 시간을 되돌리며 추가적인 영혼을 쌓지는 않겠다. 다만 이미 생겨난 영혼은 어떻게든 활용해야겠다. 충분히 설득력을 갖춘 주장이었다.

[그건 불가능하다. 언제든 내 뒤통수를 노릴 남자에게 밑천 다 털릴 정도로 바보는 아니거든. 알잖아? 아, 물론 난 너를 누구보다 아낀단다. 사소한 문제로 갈라지기엔 운명의 고리가 단단하게 메여있지. 더 자세하게 얘기하자면 네가 또 화를 낼 것 같아 표현하지는 않겠다만…….]

이안의 눈치라도 보는 듯 급히 발언을 마무리한 프란, 하나 그 내용만큼은 어느 때보다 완강했다. 완전한 신뢰의 관계로 발전하지 못하는 이상 숨길 것은 철저하게 숨기겠다. 그러한 선언이었으니까.

[이안, 네가 무슨 생각을 하는지는 잘 알고 있다. 애써 시간을 확보하려고 애쓸 필요 없어. 여유를 줄 테니까. 다만 길게 줄 수는 없겠지. 드래곤에게 여유가 생길수록 내 계획의 성공률도 떨어져 버리거든. 그러니까 열흘, 딱 열흘이란 시간을 주도록 하겠다.]

이안의 생각을 읽어내기라도 하는 걸까? 그런 생각마저 들게 하는 얘기를 덤덤하게 늘어놓았다.

[이게 마지막이야. 그때까지 제대로 된 결론을 가져와야 할 거다. 내 계획에 동조하든, 뒤통수를 치든, 방관하든. 그 무엇이 되었든.]

열흘 내로 결론을 가져와라.

무엇이든 확실한 결론을.

프란의 말뜻은 그러했다.

"무얼 택해도 상관없다는 식으로 들리는데?"

[상관은 없다. 다만, 기어이 반대편에 서겠다면 적이 될 수밖에 없겠지. 언어의 힘에 숙달했으며 봉인에도 얽매이지 않는 존재, 나로서는 가장 위험한 적이 생겨 버리는 셈이니까. 그래도 난 자신이 있다. 너와 네 주변을 단숨에 끝장내 버릴 자신 말이야. 그러니까…….]

잠시 말꼬리를 흐렸던 프란.

그가 조금 진득한 어조로 말했다.

[부디, 서로가 만족할 수 있을 만한 선택을 기대하도록 하마.]

프란이 사라져 버린 서재. 이안은 그 자리에서 하룻밤을 꼬박 새웠다. 열흘이란 시간이 참으로 촉박하게 느껴졌다. 고민하고 강구할 거리가 너무나도 많았다. 어떻게 손을 봐야 하는지, 어디서부터 시작해야 하는지. 여유가 있을 때 '커다란 그림'을 그려둘 필요가 있었다.

'우선, 놈의 감시에서 벗어나 활동할 방법이 필요하다.'

언어의 힘이 가미된 퍼핏 플레이와 텔레포트까지 활용했거늘, 프란은 이안의 일거수일투족을 여전히 감시하고 있었다. 뿐일까? 허공에다 부르는 것만으로도 즉각 나타나기까지 했다. 도대체 어찌 되어 먹은 힘인지는 알 수 없었으나, 확실한 건 프란 페이지가 아주 가까운 곳에 존재한다는 거다. 육체적인 거리든, 정신적인 거리든.

'벗어나야 드래곤을 만나보든, 다른 대비책을 세우든 할 터인데.'

그 음흉한 자의 눈을 어찌 속인단 말인가? 이안이 골머리를 썩였다. 그렇게 꼬박 하루를 더 썩히고 나서야 길이 보이는 것 같았다.

'역시 대리인이 필요해.'

감시에서 벗어나 이안의 손과 발, 눈과 귀, 입이 되어줄

'대리인.'

'하지만 누구를?'

바로 그것이 문제였다.

누구를 대리인으로 쓴단 말인가?

"흐음."

이안이 미간을 꾹꾹 눌렀다. 이 상황에서 무조건적으로 믿을 수 있으면서도, 대리인 노릇까지 완벽하게 해낼 수 있는 능력의 소유자, 그런 자가 이안의 주변에 있었던가?

"……일단 좀 둘러나 볼까."

이안이 기지개를 켜며 서재에서 빠져나왔다. 이제 그의 보금자리는 예전보다 수십 배 이상 커져 버린 상태였다.

이른바 '이안의 장원'이 저택을 중심으로 널따랗게 증축된 구조였으니까. 각 분야 장인들의 작업실 및 터전, 어머니 베네사와 공주 하이리의 구호재단, 창고와 소규모 재배지 등 도시 속 자그마한 자치국이나 마찬가지였다.

"고맙습니다. 정말 고맙습니다!"

특히 어머니 베네사와 공주 하이리의 재단 사무실이야말로 하루가 다르게 바빠 보였다. 용아병 사태 이후, 도시는 빠르게 복구되었지만, 빈민들은 여전히 넘쳐났다. 용아병 사태 이전에도 빈민은 한둘이 아니었는데, 하물며 한차례 폭풍마저 지나간 지금은 어떻겠는가?

"또 필요한 게 있으시면 망설이지 말고 찾아오세요. 오늘 드린 비약도 꼭 챙겨 드시고요. 몸이 다 나으셔야 일자리도 연결 시켜 드리죠. 제 말, 잘 아셨지요?"

이안의 어머니, 베네사가 재단을 찾아온 빈민의 손을 꼭 붙잡아주며 말하고 있었다. 어머니와 하이리의 구호재단, 일명 '페이지 재단'은 빈민들에게 구호 물품과 임시거처, 건강관리 및 일자리까지 연결해 주고 있었다.

정말이지 막대한 자금이 필요했으나 문제 될 건 없었다. 이안 개인의 재산과 황실 및 귀족들의 지원, '역대급 상아탑주'에게 잘 보이기 위한 여러 상단의 후원까지 줄을 서고 있었으니까.

"후우……!"

이안이 뿜어낸 입김이 허공으로 흩어졌다. 그린리버 제국의 수도, 그린리버디움은 어느새 겨울이 찾아오고 있었다. 그러고 보니 재단에서 빈민들한테 나눠주는 저 두툼한 외투, 무려 프란의 여덟 장인이자 재봉술의 달인 '베르톨도'의 작품이 분명했다. 빈민 구호품으로 보온 마법이 걸린 아티펙트가 지급되는 세상이라니.

'세상은 여전히 평화롭네.'

그 모습에 이안이 무심코 '평화'라는 단어를 떠올렸다. 먹고 살기 힘든 빈민과 그를 돕는 재단의 모습을 보며 떠올릴 만한 단어는 아니었으나, 이안은 진심으로 그렇게 생각했다. 지금 그에겐 인간사의 모든 흐름이 평화롭게만 느껴졌다.

'나만 동떨어진 기분이야.'

근래에 들어, 참 많은 일이 있었다. 인간사를 아득하게 넘어선 존재와 엮이기 시작하더니만, 이제는 자신의 삶에 사사건건 개입해 온 실체와 마주쳤다. 그중 하나는 드래곤이었는데, 심지어 반대쪽은 아버지란다.

어디 그뿐인가? 두 존재의 사이에서 아슬아슬한 줄타기마저 시작해 버렸다. 제아무리 어마어마한 경지의 대마법사 이안이라 할지라도, 정신적인 피로감을 피하기란 불가능에 가까웠다.

'하루만.'

까닥하면 세상이 박살날 문제가 사방에, 마치 시한폭탄처럼 도사린다고는 해도, 이안의 솔직한 심정은 그랬다. 하루만, 딱 하루만 마음 편하게. 아주 속이 편하게.

'쉬고 싶다.'

이미 지칠 대로 지쳐버린 이안, 그가 산책로처럼 꾸며진 장원의 길을 천천히 걷던 그때였다.

캉! 카앙! 캉!

망치가 쇳덩이를 두들기는 소리였다. 발걸음이 할리아의 대장간 근처로 들어선 탓이었는데, 비단 망치질 소리뿐만이 아니었다.

"어때? 확실히 가볍지?"

"하나같이 엄청난 물건이오. 세상에 이런 장비가 존재할 줄은……."

"역시 물건 보는 눈이 있네. 현 인류 최고의 칼잡이답구먼? 옳지, 내친김에 이것도 한번 신어볼래? 얼마 전에 새로 만든 장화인데, 실력 발휘 제대로 했거든? 아마 그쪽이 신으면……."

한쪽은 응당 있어야 할 대장장이 할리아의 목소리였으나,

다른 한쪽은 또 새로웠다. 익숙하기도 했다.

'……올리버 경?'

바로 황태자의 호위 기사.

올리버의 목소리가 들렸으니까.

중후한 음성에 흥분이 깔렸다.

"그 기회를 준다면야, 나로서는 무한한 영광이외다."

"이쪽으로 와봐. 이게 손으로 드는 건 좀 무거운데, 일단 발에 신겨지기만 하면! 깃털 하나 달랑 얹은 것처럼 아무런 무게감도 없어진다~ 이거지. 그렇다고 기능이 떨어지냐? 아니, 그럴 리가 있나? 이 장원 주인, 그 마법사 꼬맹이가 마법을 퍼부어도 이 장화랑 네 발은 멀쩡할 거야. 장담할 수 있어."

"오오, 과연……!"

대장장이 할리아와 기사 올리버, 둘은 병장기와 방어구라는 공통된 관심 분야가 맞물려 그야말로 열띤 대화와 호응을 일으키고 있었다.

덕분일까? 서로 알고 지낸 지 며칠이나 지났다고 상당히 것 같았다.

'확실히, 올리버 경이 아티펙트까지 제대로 무장한다면…….'

칼 한 자루 쥔 어마어마한 괴물이 탄생해 버릴 터. 아마 이 안이 존재하지 않았을 경우 마법사에게 종말을 내려도 손색이 없는 전설적인 기사의 출현이었으리라.

'그러고 보니, 그날 이후로 별말씀하지 않는군. 장인들과도 스스럼없이 지내는 것 같고.'

올리버는 이안의 에반투스 구출 작전을 도왔다. 덕분에 페어리와 드래고니안과 같은 '인 외의 존재'를 접했으며, 불사의 힘을 가진 장인들까지 만났다. 인간사 외의 영역에 한발 넣은 셈이란 얘기다.

한데도 이안에게 아무런 의문조차 품지 않았다. 어쩌면 입 밖으로 꺼내지 않는 것일 수도 있으리라.

'궁금할 법도 할 텐데.'

이안이 생각했다. 물론 에반투스 구출 작전을 시행하기 전에 어느 정도 설명은 해줬다. 하나 그런 배경을 참작하더라도 대단한 절제력이 아닐 수 없었다. 정말이지 난 인물은 난 인물인가 보다.

'근데 황태자는 어디 있지?'

올리버는 결코 황태자의 곁을 벗어나지 않는다. 정말 특별한 경우나 공적인 임무, 가끔의 개인훈련 시간을 제외한다면 항상 그랬다.

즉, 할리아와 병장기에 대하여 논하고 체험하고자 황태자의 곁에서 떨어져 나왔을 리는 없다는 거다. 올리버의 성정이면 확실할 터.

사락!

그때, 책장 넘기는 소리가 들렸다. 이안이 청력을 강화시킨 탓도 있겠지만, 애당초 강하게 넘겨지긴 했다.

마치 책을 읽고 있다는 티라도 팍팍 내려는 넘김이었다.

사락! 사락! 사락!

이안이 그 소리가 나는 곳을 바라봤다. 나아가 이해할 수 있었다. 올리버가 이곳에 오래 머물 수 있는 까닭이며, 요란하기 짝이 없는 책장 넘김의 주인공이 보였으니까.

'황태자.'

할리아의 대장간 앞뜰, 큼직한 나무가 세워진 그곳에 조각과도 같은 백금발 미남자, 황태자 하이든 그린리버가 걸터앉아있었다. 주변으로는 제2 황실 기사단의 기사들이 일정한 거리를 둔 채 호위하고 있었으며, 황태자는 그 가운데서 두꺼운 책을 읽고 있었다.

아무래도 올리버가 나오기를 기다리는 것 같았다. 결코 잘못된 표현이 아니었다.

정말로 기다렸다. 호위 기사가 주군을 기다리는 모습이 아닌, 주군이 일개 호위 기사를 기다리고 또 기다리는 모양새였다.

'……두 번 사니 별꼴을 다 보네.'

심지어 황태자의 손에 들린 책, 요란하게 넘겨 가며 읽고 있는 저 책이야말로 충격 그 자체였다.

[통치란 무엇인가]

[저자-마우로 그린리버]

강화된 안력으로 책의 겉표지를 살폈던 이안, 그의 눈이 놀라움이라도 겪은 듯 휘둥그레졌다.

그럴 수밖에 없었다. 무려 그린리버 제국의 5대 성군 중 하나, '마우로 그린리버'의 정수가 담긴 정치이론서를 읽고 있었을 줄이야. 다른 누구도 아닌, 저 황태자가 말이다.

'해봤자 이야기책이겠거니 했건만, 많이 쳐줘야 기초서적이었고.'

그리 생각했던 만큼 충격도 이만저만이 아니었다. 은연중에 황태자의 수준을 낮잡아 봤던 결과였다.

'저게 정말 그 황태자가 맞나?'

시간을 되돌릴 때마다 그 시간을 기점으로 차원이 분열된다더니만, 정말 전생의 황태자와는 종자부터가 전혀 다른 인간인 것 같았다.

'굳이 방해할 필욘 없겠지.'

눈에 띈다면 또 방방 뛰고 난리가 날 터, 이럴 때는 그저 조용히 빠져주는 게 상책이리라.

이안이 다시금 산책에 나섰다. 산책의 코스는 여전히 장원 내 길이었다. 한 바퀴를 쭉 돌아볼 수 있도록 탁 트인 길, 할리아의 대장간과 그리 멀지 않은 곳에는 소규모 재배지가 자리 잡고 있었다. 래디오와 더글라스 부자의 약초 재배지였다.

"어라? 이안 님?"

마침 채집한 약초 바구니를 들고 저택으로 향하던 래디오가 이안과 마주쳤다. 그 뒤로 더글라스 역시 졸졸 쫓아오고 있었다. 두 부자의 발걸음에 급한 기색이 역력했다.

"요 며칠 통 서재에만 계셨다고 들었습니다. 어떻게, 하시던 고민은 잘 해결을 보신 겁니까?"

딱히 서재에 종일 박혀 있고자 했던 건 아닌데, 상황이 상황이다 보니 걱정을 끼친 모양이었다.

"그럭저럭요. 그런 래디오 님은 어디를 가시던 길이십니까? 약초를 그렇게나 많이 캐시고는."

딱히 긴 대화를 나눌 수도 없는 주제, 이안이 적당하게 다른 얘기로 넘어갔다. 래디오 역시 눈치가 빠른지라 금방 알아들었다.

"아, 에반투스 님께 쓸 약을 조제 중입니다. 이건 그 재료고요."

"전부 다 말입니까? 그 정도로 심각해요? 전에 봤을 때는……."

"아뇨, 아뇨. 심하진 않습니다. 그냥 하루라도 빨리 회복하고자 하는 의지가 강하셔서…… 에반투스 님이 말이죠."

"특별한 이유라도 있답니까?"

"글쎄요, 누워 있을 시간이 없다고, 할 일이 산더미라는 말씀밖엔 없으십니다만, 초조해 보이더군요."

이안이 고개를 끄덕였다. 에반투스로서는 자손의 수명이야말로 최선 순위의 가치 아니겠는가? 평범한 이들과는 하루의 무게감부터가 다를 터. 어서 털고 일어나 드래곤의 행방을 찾아 좇고 싶으리라.

'말을 해줘야 하긴 하겠는데.'

이안은 바로 그 에반투스의 목표, 드래곤의 행방을 찾아냈다. 문제는 언제, 어찌 알려주느냐는 거다. 충분한 고민이 필요한 문제였다. 자칫 권속들을 적으로 돌릴 수도 있을 테니까. 그것만큼은 최대한 미루고 싶었다.

"알겠습니다. 당분간은 좀 부탁을 드리겠습니다."

이안이 정중하게 인사했다. 래디오도 덩달아 예의를 갖출 수밖에 없었다. 거의 본능이나 마찬가지였다. 오랜 세월 알고 지내 허울이 없어졌다곤 하나, 이안은 엄연한 제국의 이인자였으니까.

"대장!"

그 인사를 끝으로 지나가려는 찰나, 더글라스가 이안에게 다가왔다. 그러더니 웬 약병을 건넸다.

"드셔 보세요. 제가 개발한 피로회복젠데, 이름은 붕붕 드링크라고 해요. 어제 직접 마셔봤거든요? 효과가 아주 엄청나더라고요. 졸리고 무기력하던 게 그냥 싹!"

약병에 담긴 갈색 비약, 더글라스 표 피로회복제 붕붕 드링크가 이안의 손에 쥐어졌다. 별로 마실 마음이 드는 색감은 아니었다.

"더글라스! 네 몸으로 신약 실험은 금지라고 했잖느냐? 도대체 애비 말을 어디로 들은 게야?"

"만드는 사람이 먼저 먹어봐야 마시는 사람도 안심하죠! 아버지, 연금술사로서 기본이 안 되셨네요!"

"뭐라고? 이 녀석이 요즘 나라에서 천재~ 천재 띄워주니까 아주 그냥 눈에 뵈는 것이 없나 보구먼!"

"쳇! 아들이 천재면 좋은 거지! 꼭 마음에도 없는 잔소리는!"

"요, 요, 요 녀석이 근데!"

후다닥 도망치는 더글라스와 그 뒤를 쫓는 래디오. 그 모습이 부자라기보다는 친구처럼 느껴졌다. 이안으로선 사뭇 머나먼 풍경이기도 했다. 아마 꿈에서도 힘들 거다.

'내 아비란 작자는…….'

끔찍하다. 생각하기도 싫다. 씁쓸하게 웃었던 이안이 더글라스의 특제 피로회복제, '붕붕 드링크'를 쭉 들이켰다. 예상했던 대로 맛은 별로였다. 대신 각성효과 하나만큼은 충만하게 느껴졌다. 단언컨대 이름과 잘 어우러지는 효과였다.

"크으……!"

술도, 음료도 아닌 피로회복제를 기분 좋게 들이킨 이안. 그가 상쾌한 탄성과 함께 발걸음을 나아갔다. 단지 집 주변을 걷는 것만으로도 머리가 맑아지는 기분이었다.

'좋네.'

이안의 기분 좋은 걸음걸이가 계속해서 사박사박 뻗어 나갔다. 또 어떤 사람들이 걸음 앞에 기다리고 있을까? 그다음 주자를 만나기까지는 금방이었다. 아니, 이번에는 주자가 아니라 '주자들,' 혹은 '주자의 무리'인 것 같았다.

끼익! 쿵! 끼익! 쿵!

끼익! 쿵! 끼익! 쿵!

묵직하면서도 절도 있는 발소리, 사람은 아니었다. 사람보다 열 배 이상은 족히 무거워야 저러한 굉음도 일으킬 수 있을 터.

"골렘……?"

소리의 근원은 바로 골렘, 조금 더 정확하게 표현하자면 '사람의 형태를 이룬 거대한 조각상'들이 줄 맞춰 어디론가 이동하고 있었다. 심지어 엄청나게 무겁고 다양한 종류의 자재들을 한껏 짊어진 채로 움직였다.

"앗! 후손님! 여기에요. 여기!"

그 골렘 중 가장 앞장서 걸어가는 개체, 홀로 아무런 짐짝도 짊어지지 않은 골렘.

그 어깨 위에 소년 하나가 타고 있었다. 아직 정신과 기억이 온전치 못한 조각의 달인, '클레반'이었다.

"뭘 그렇게 옮기십니까?"

이안도 골렘의 정체를 알고 있었다. 도시 복구와 장원 증축에 지대한 공을 쌓은 클레반의 짐꾼 조각상, 이름하여 '불끈이' 부대였으니까. 클레반이 몸소 타고 있는 저 불끈이가 바로 '1호기'였다.

"스람 아저씨 비행 포격선이요! 며칠 전부터 진화하는 중이거든요!"

"진화?"

"우음, 진화가 아니라 강화였나?"

"……아마 강화가 맞을 겁니다."

"넵! 강화!"

아무래도 스람이 탄생시킨 거대한 비행포격선, 이안과 동료들을 가고일의 중심부로부터 구출해준 '용의 심장'에 대한 보수 및 강화가 한참 진행 중인 모양이었다.

"후손님도 구경하실래요?"

"천천히 따라가겠습니다."

"잘 따라오셔야 해요!"

이안이 불끈이 행렬의 뒤를 따라갔다. 장원에서 가장 널찍한 공터에 도착했는데, 넓다고는 하나 비행 포격선의 보수 및 강화를 꾀하기엔 턱없이 부족했다.

"자아, 이제……."

클레반이 서책 한 권을 펼쳐 들었다. 더불어 서책에 걸린 아티펙트 효과가 발동되기 시작했다.

서책의 정체는 바로 포탈의 책, 심지어 기존에 봐왔던 포탈보다 훨씬 커다란 포탈을 생성해냈다. 용용이와 불끈이의 크기에 맞춰 만들어진 대형 포탈이었다.

"불끈이 부대! 일렬종대!"

(크으응……?)

"앗! 처음부터 일자였지 참."

제 머리를 콩 찍은 클레반.

녀석이 명령을 바꾸었다.

"불끈이 부대! 진입!"

(크으으응……?)

"포탈로 들어가라고!"

(크응!)

이윽고 포탈 너머로 진입하기 시작한 불끈이 부대, 이안 역시 그 뒤를 따라 포탈 너머에 도착했다.

"여긴……?"

정말이지 놀라울 정도로 거대한 지하였다. 한데도 어둡지 않았다. 수많은 마도공학품의 힘이었다.

'이런 지하가 존재했었나.'

이 초대형 지하실의 정체, 마도공학자 스람이 수백 년간 사용해온 '비밀 공방'이었다. 얼마나 넓은지, 비행포격선 용의 심장이 들어섰음에도 공간이 남아돌 정도였다.

"아저씨! 저 왔어요!"

"오, 클레반! 마침 잘 왔다."

비행 포격선의 갑판에 마도 공학자 스람이 서 있었다. 보석세공사 데니스와 목수 제르비오의 얼굴도 보였다. 조각가 클레반까지 합쳐 총 네 명의 장인들이 모여 비행포격선의 강화를 연구하는 모양새였다.

"포격의 위력을 강화하려면 아무래도 포신 길이부터 바꿔야……."

"무슨 소리! 내가 가져온 저 증폭 보석! 저거 하나만 뇌관에 끼워주면 다 필요 없어! 완벽하다고! 번거롭게 뜯어고칠 필요 없다니깐?"

"어허, 이 친구들 보게? 이거 엄연히 내 작품이야. 결정권은 무조건 나한테만 있음을 명심하라고!"

분야가 다를지언정 장인이다. 특히 저 비행 포격선이야말로 여러 분야의 집대성 아니겠는가? 한손 섞고 싶단 생각이 들 수밖에 없으리라.

'굉장한 물건이 완성되겠군.'

이미 산맥에서 보여줬던 위력만 놓고 보아도 인간사 외의 마도 공학품이었거늘, 저 장인들이 모두 달라붙어 발전시킨다면 도대체 얼마나 대단한 물건이 완성될까? 나아가 응용까지 해낸다면 인류의 문명 자체를 빠르게 격변시킬 터, 상상만으로 아득한 느낌이었다.

'모두들 치열하게 사는구나.'

저택 주변 한 바퀴 돌았을 뿐인데, 이안은 생각보다 많은 생각 거리를 얻었다. 인간사는 그 세상만의 치열함으로 가득했다. 결코 아무것도 아닌, 평화롭기만 한 세상이 아니었다. 그렇기에 수백, 수천, 수만 년을 흘러온 거다.

'너무 내 위주로만 생각했어.'

'거악'을 감당해야 한다는 부담감, 자신이 모든 것을 해결해야 한다는 강박감. 근래에 들어 이안의 심정은 그 두 가지로만 가득했다. 때문일까? 자신조차 모르는 사이 인간사를 우습게 여긴 모양이었다.

'내가.'

이안의 다짐이 확고해졌다.

'저 치열함을 지켜줘야겠지.'

'동기부여'란 중요하다. 이안은 지금 엄청난 동기를 얻었다. 그렇기에 다시금 추진할 수 있으리라.

'하지만, 나눌 수 있는 부담은 나누어야 한다. 함께 해결할 수 있는 문제는 협동으로 나아간다. 나는 단지 도우미로서 존재하는 것.'

이안이 스스로 경계선을 그었다. 그래야만 했다. 자신은 결코 해결사 따위가 아니니까. 인류의 수호자 역시 아니니까. 수호자란 이름의 남용이야말로 미쳐 버린 존재, 프란 페이지의 전철을 밟는 행위가 아니겠는가?

'좋아.'

딱 하루만 쉬고 싶었던 마음, 그 지쳐버린 정신과 몸뚱이가 기적처럼 깨어났다. 충만해진 고양감이 생각 하나하나에 힘을 실어줬다.

'이만 돌아가자.'

장인들의 토론, 혹은 유치한 말싸움을 조용히 지켜봤던 이안. 그가 텔레포트 주문을 발동시켰다. 다시금 서재로 돌아가 앞으로의 계획을 세우기 위함이었다.

우우우우웅-!

빛이 이안의 육신을 꿀꺽 삼켜 서재 내부로 옮겨줬다. 프란 페이지가 나타나기 전까지만 해도 언제나 고요했던, 이안의 가장 편안한 아지트와 같았던 공간, 한데 그 공간으로 손님의 모습이 보였다.

불청객은 아닌 것 같았다. 프란 페이지가 아니었으니까.

"……공주마마?"

"아, 스승님!"

이안을 발견한 공주 하이리 그린리버의 표정이 대번에 밝아졌다. 가뜩이나 화사한 미모가 더더욱 빛을 발하기 시작했다.

"마마께서 갑자기 어쩐 일이십니까? 미리 연락을 주시지 않고."

"그게…… 재단! 재단 일로 이안 님께 여쭤볼 것이 있어서요. 어차피 바로 옆이잖아요?"

"페이지 재단은 전적으로 마마와 어머니의 소관 아닙니까? 제가 대답 드릴 게 있을지는 모르겠군요."

"그, 그거야 전 도움만 드리는 처지니까요. 재단의 공식적인 책임자는 스승님과 페이지 부인 두 분이랍니다. 서류상으로도 그렇고요."

어쨌든 대화를 해야겠다. 그런 의지가 공주로부터 느껴졌다. 무슨 할 말이 있기에 저러는 걸까?

"……일단 앉으시죠."

이안이 자리에 앉으며 말했다. 그러자 공주 역시 자연스레 자리를 잡았다. 바로 반대편에 앉아 얼굴을 맞대었다. 생각보다 가까웠다.

"들어보겠습니다."

"네?"

"그 하실 말씀."

"아!"

왠지 모르게 긴장한 것처럼 보이는 공주 하이리, 그녀가 꼭 쥔 두 주먹을 허벅지 위로 가지런히 모으며 말했다.

"우선, 재단의 예산에 대해서 상의를 드리고 싶은 것이……."

그로부터 이어지기 시작한 공주의 이야기들은 표현 그대로 별거 없었다.

딱히 대단한 조언이나 허락이 필요한 부분이 없었으니까. 이야기의 주제는 거의 그랬다. 재단과 관련된 통상적인 얘기들, 가끔가다 일상생활 속에서 겪었던 소소한 소란까지 하나하나 끄집어냈다.

이안에게 무언가를 물어보러 왔다기보다는, 그저 수다를 떨고 싶었던 눈치였다. 물론 대화의 9할을 공주가 주도해야만 했다.

"……그랬지 뭐에요? 제 친구나 마찬가지인 하녀들이라지만, 가끔은 과하게 별난 아이들이에요."

대화를 주도해 나가는 공주.

"그러셨습니까."

그리고 그 대화의 주도에 가장 막강한 동기이자 막강한 장애물, 이안 페이지의 무미건조한 반응.

물론 이안이라고 이렇게만 반응하고 싶어서 이러는 건 아니었다. 단지 방법을 모를 뿐. 일상적 수다의 폭풍 속에서 어찌 장단을 맞추어야 하는지, 어떤 반응을 보여줘야 하는지를 전혀 몰랐으니까.

'해본 적이 있어야지.'

진지한 논의 제외, 회의 제외, 뚜렷한 목표물로 달려가는 과정에서의 대화 제외.

지금처럼 진중함도, 무거운 분위기도, 목표조차 뚜렷하지 못한 대화는 이안으로서 매우 생소한 경우였다. 심지어 상대조차 편한 듯 편하지 않은 공주 아니겠는가?

"……."

"……."

그 겉보기론 건조한 반응. 하나 실상은 어떻게 반응할지 갈피를 잡지 못한 반응의 결과는 예상대로 '단절'이었다. 힘겹게 대화를 주도해 나갔던 공주의 말문이 멈추자, 두 남녀의 목소리 또한 순식간에 뚝 끊어져 버렸다.

"마법은."

이안이 용기를 냈다.

뭐라도 내뱉어야만 했다.

무슨 얘기라도 꺼내야 했다.

결국 다룰 만한 주제는 하나.

"성과가 좀 있으십니까?"

이안과 공주를 이어주는 사제지간으로 연결해 준 매개체, 마법밖에는 탈출구가 없으리라.

"마마의 재능이라면 5클래스 경지도 문제가 아닐 거라 봅니다만."

"과, 과찬이셔요. 벌써 5클래스라니요! 아직 대선배 마법사분들도 달성하지 못하신 경지를……."

"경력과 마법에는 아무런 상관도 없습니다. 저를 보십시오."

"그래도……."

마법과 관련된 얘기를 나누니 조금은 분위기가 좋아졌다. 멈췄던 대화도 매끄러운 흐름을 보였다.

"상아탑 개인교습은 잘 받고 계십니까? 저도 한 번씩 봐드려야 하는데, 통 시간이 나질 않네요."

"많이 늦은 만큼 노력하고 있어요. 특히 로난 님께서 칭찬을 자주 해주셔요. 상아탑의 역사나 기타 이론 쪽은 스승님께서 교습 받으실 때보다도 습득이 빠르다고요."

"저보다?"

"네!"

이안은 이미 전생에 상아탑의 역사와 이론 등 암기력이 요구되는 과목들을 완벽하게 암기했다.

즉 이번 생에는 머릿속에 답안지를 펼쳐놓은 거나 마찬가지였다는 얘기다. 한데 이안보다 빠르다고?

'로난, 이 양반.'

고위 마법사 로난, 과연 줄서기의 달인다웠다. 벌써 공주에게 알랑방귀를 뀌어대기 시작했을 줄이야.

'심지어 내가 교습 받을 때는 코빼기도 안 비쳤던 양반이…….'

그때만 해도 로난은 이안을 끔찍이 싫어했다. 이안의 목에 목줄을 채워야 한다며 노발대발했던 대표주자 아니었던가?

그런 자가 이제는 이안으로 모자라서 그 주변의 인물에게까지 꾸준하게 줄을 대고 있었다니. 아무래도 로난의 재능은 마법이 아닌 것 같았다.

'줄타기가 9클래스군.'

희미하게 웃은 이안.

그가 말문을 이어갔다.

"대단하십니다. 저도 그렇게 느린 편은 아니었던 걸로 기억하는데."

"그러게요. 제가 아바마마의 명석한 머리를 물려받긴 했나 봐요."

"황태자 전하만 아쉬워졌네요."

"네? 앗, 그런 말씀은 좀……."

황족 모욕죄마저 넘나드는 이안식 농담, 그 농담을 한 박자 늦게 알아들은 공주가 난색을 표했다.

"오, 오라버니께서도 노력하고 계세요. 조금 어긋났던 시간이 있긴 하지만, 지금은 계속 발전하고 계시잖아요. 저는 믿어요. 오라버니께선 아바마마 이상으로 성군이라 칭송받을 군왕이 되실 거라고."

공주가 조곤조곤한 어조로 말했다. 자신의 오라버니, 인즉 황태자 하이든을 향한 믿음이 여실 없이 느껴지는 목소리였다.

"물론 저도 그렇게 생각합니다. 아까 산책을 좀 하면서 전하의 용안을 뵈었는데, 어려운 정치이론서까지 읽고 계시더군요. 서책이 전부는 아닙니다만, 성군이란 위업을 쌓는 일에 밑거름으로 활용할 수 있겠죠. 너무 열정적으로 읽으시기에 아는 척도 못 했지 뭡니까?"

"아는 척을 하지 않으셨다고요?"

"집중하시는데 굳이 방해할 필요는 없을 것 같아서……."

"……실망하셨겠네요."

"실망이요?"

"오라버니께서요."

갑자기 웬 실망이란 말인가?

도대체 어떠한 부분에서?

"스승님께 어려운 책 읽는 모습도 보여 드리고 싶다고, 서고에서 제일 어려운 걸로 가져오신 건데."

"……."

어쩐지, 책장을 너무 맹렬하게 넘긴다 싶긴 싶었다.

아마 멀찍이 이안의 접근을 발견하고는 더더욱 요란하게 읽기 시작했던 모양이리라. 그렇게까지 요란을 떨었는데 아는 척은커녕 지나쳐버리다니.

"아! 그렇다고 오해는 하지 마셔요. 읽지도 않는 책을 들고 오신 건 아니니까요. 아직 독파는 못하셨지만, 요즘 그 책 읽으시느라고 밤까지 새우시거든요. 오죽하면 아바마마께서도 걱정을 하시겠어요?"

공주가 황급히 말문을 추가시켰다. 물론 지어낸 얘기는 아니었다.

"게다가 요즘은 더 늦기 전에 여러 영지를 두루두루 살펴보고 싶다고 아바마마께 요청도 올리셨어요. 거창한 행차가 아니라, 올리버 경과 단둘이서만, 아무도 모르게 말이에요. 말하자면 암행이지요."

기특한 생각이었다. 전해 듣는 이야기와 서책만으로는 군주로서의 도의를 전부 깨우칠 수가 없을 터.

"좋은 생각이군요."

"저도 그렇게 생각해요. 더군다나 올리버 경께서 곁에 계신다면 신변에 관한 문제도 없을 거고요."

"그럴 겁니다."

충분히 그럴 거다. 올리버가 누구던가? 비록 약화한 상태였기는 하나, 고대의 포식자였던 가고일의 왕을 쓰러뜨린 칼잡이 아니던가?

'이제 마법사 중에도 올리버 경을 꺾을 수 있는 자가 거의 없겠지.'

그런 존재가 황태자의 곁을 철통처럼, 아니, 그보다 더 완벽하게 호위해주고 있다. 전직 한복판이 아닌 이상, 어디를 가든 걱정할 필요조차 없다는 얘기다.

"사실 전 그래요. 되도록 아바마마께서 오래 건강하시고,

오래 통치해주셨으면 좋겠어요. 단순히 자식으로서도 그렇고, 그게 이 제국과 백성들에게는 이상적인 경우니까요. 하지만 자연의 순리를 거스를 순 없고, 조만간 오라버니의 시대가 시작되겠지요."

자칫 황태자의 험담처럼 들릴 수도 있는 이야기, 그럼에도 공주는 덤덤하게 할 말을 이어갔다.

"어렸을 때는, 황실을 위한 마법사로 성장해 아바마마와 오라버니를 지켜야겠다. 그런 다짐을 했었죠. 한데 그러면서도 엇나가기 시작하는 오라버니를 볼 때마다 흔들렸어요. 꽤 자주 그랬죠."

"이해합니다."

"지금은 오라버니께서 많이 변하셨지만, 또 변하시고 계시지만, 아바마마 같은 통치자가 될 수 있을까 생각해 본다면 솔직히 모르겠어요. 아니, 불가능할 거라고 봐요."

현 황제이자 공주의 아비 테리 그린리버. 그는 분명 인류 역사에 오래도록 남을 대륙적 성군이었다. 아마 황태자가 개인의 힘으로 그 뒤를 따르기란 불가능에 가까울 거다. 그야말로 뱁새가 황새를 쫓아가는 꼴 아니겠는가?

"대신, 오라버니의 주변에는 정말 많은 분이 계셔요. 아바마마께서 하시는 말씀이, 본인께서 인재에 목말랐을 때에는 그렇게도 인물이 보이지 않더니만, 오라버니는 그냥 숨만 쉬어도 우르르 몰려든다고 하시면서……."

황태자가 타고난 게 두 가지 있다. 하나는 외모, 나머지는 사람을 얻는 '인복'이다. 대부분 이안 덕분에 연결된 인재였지만, 올리버 하나만 놓고 보더라도 가히 '축복'이라 부를 수 있으리라.

"진정한 군주는 개인의 능력이 아닌, 완벽한 인재를 끌어당기는 축복과 그 인재들을 적재적소에 활용할 수 있는 눈썰미가 있어야 한다, 그래야 완벽한 통치자가 될 수 있다. 그런 말씀도 하시더군요."

황제의 말이 옳았다. 황태자의 시대는 지금의 시대와 통치적 기반이 상당 부분 달라질 거다. 군주의 판단에 전적으로 의존하는 국정이 아닌, 수많은 인재가 톱니바퀴처럼 맞물려 돌아가는 국정운영. 어찌 보면 개인기로 이끌어가는 것보다 훨씬 더 어려울 가능성이 농후했다.

아니, 확실히 어려웠다. 본디 사람이란 통제할 수 있는 존재가 결단코 아니었으니까.

"그 말씀 때문일까, 걱정 한편으로 기대감이 느껴지기도 해요. 오라버니의 시대, 오라버니께서 만들어갈 세상은 어떤 모습일까? 스승님께서도 궁금하시지요?"

공주의 물음.

이안이 잠시간 침묵했다.

부정적인 침묵은 아니었다.

단지 그날을 그려봤을 뿐.

모든 불안요소가 해소된 세상, 얼간이였던 황태자가 역사적인 성군으로 거듭나는 세상, 이안의 주변이 그 어느 때보다 순탄한 삶을 영위해 나가는 세상, 그리고 그 가운데에서 함께 행복함을 나누는.

'나.'
이안 페이지.
자신의 모습을 떠올렸다.
가슴이 벅차오르는 풍경이었다.
"……."
소매 속으로 쥔 이안의 주먹이 부르르 떨렸다. 무엇을 위해 살아야 하는가, 무엇을 위해 싸워야 하는가, 무엇을 위해 승리해야 하는가.
그 모든 의문이 말끔하게 해소되었다. 이는 앞서 한 차례 느꼈던 동기부여와 맞물려 이안의 컨디션을 절정으로 끌어당겼다.
"저도."
이안이 조심스럽게 말문을 열었다. 공주가 건넨 물음, 그 물음에 대한 대답을 주기 위함이었다.
"꼭 보고 싶습니다."
이안의 어조에 '힘'이 실렸다. 다른 이름으로는 '진심'이기도 했다.
"그 세상."

공주 하이리와의 즐거웠던 대화, 그 대화가 끝난 지도 어느덧 수 시간이 흘렀다. 세상은 또다시 어둠으로 물들었다.
저택 내 모두가 잠들었을 시각, 이안이 누런 양피지 위에 글자를 휘갈기기 시작했다. 마법의 힘을 일절 빌리지 않는, 오로지 깃펜과 잉크만 사용하는 고전적인 문서 작성이었다.

–프란, 감시로 붙은 검은 용의 시선이 우려되어 편지로 요청한다. 앞으로의 계획에 대하여 긴히 논할 사항이 있으니, 검은 용의 감시를 피해 접선할 방법을 알려줘.

문서의 내용은 전적으로 프란을 향했다. 단지 부르는 것만으로 눈앞에 나타나지 않았던가? 이 문서 또한 읽어낼 가능성이 있을 터.

–피할 방법이 없다면 나타나기라도 해. 급한 문제니까.

계속해서 작성되는 이안의 편지. 그렇게 한참을 적고, 적고, 또 적고. 여러 장을 소모하고 나서야 깃펜이 멈췄다.

'이거다.'

더불어 이안의 입꼬리가 살며시 올라갔다. 명백한 미소였다.

'놈의 감시에도 한계는 있었어.'

프란의 감시에서 벗어날 방법.

바로 그 수단이 생겼다.

12장
반격의 서막

'놈은 분명 내 목소리와 마법, 생체적 반응으로 나를 감시하고 있다.'

이안이 확신을 품는 이유, 이는 프란이 종이에 적힌 글자를 읽어내지 못해서가 아니다.

이안은 현재 물약 하나를 복용 중이다. 오래전, 상아탑의 심문마법으로부터 피해 나갈 수 있었던 비약이자, 오로지 그린리버 황궁 지하 무덤에서만 자라나는 신비의 약재, '돌 심장 버섯'으로 조제된 '돌 심장 비약'을 복용한 상태였다.

'지금 내 생체반응은 일정 구간에서만 머무는 중이야. 아무런 감정적 기복도 감지할 수 없겠지.'

심지어 마법은커녕 일말의 목소리조차 내지 않았다. 그 결과 프란은 이안의 문자를 통한 부름에 반응하지 못했다. 필시 한계가 있을 터.

'이마저도 계략일 수 있다만.'

프란이 일부러 모르는 척하는 경우 역시 배제할 수 없다. 하지만 그렇게 생각하고 행동에 제약을 준다면, 지금 이안은 아무런 행동도 추진하기가 어려울 거다.

'지금은 과감하게 움직일 때다.'

몇몇 실험으로 최소한의 추측과 이론을 도출해냈다. 지금은 그 추측과 이론을 근거 삼아 앞으로 나아갈 차례였다.

'마법, 목소리, 기척, 감정의 기복. 최소 이 네 가지만큼은 완전히 배제하고 움직여야 한다.'

생각보다 까다로운 조건.

그러나 못할 것도 없다.

이안이 자리를 털고 일어났다.

향후 계획을 위해서라도 가장 먼저 만나봐야 하는 존재, 드래곤과의 협상을 대신 진행해줄 아군, 페어리 퀸이 안성맞춤 아니겠는가?

'아무리 신뢰를 쌓았다고는 해도, 그들은 근본적으로 드래곤의 권속이야. 아직 전부를 믿을 순 없어.'

그렇기에 더더욱 대화가 필요했다. 드래곤을 만났다는 이야기, 그리고 그 드래곤과 이안 사이에 생겨난 문제를 어찌 생각하는가, 어떻게 반응하고 싶은가. 더욱 확실하게 알아놔야만 했다. 그래야 앞으로의 계획도 뚜렷하게 세울 수 있을 테니까.

'지금이 기회다. 마침 대화를 나눌 방법도 생겼으니까.'

돌 심장 비약과 필담.

두 가지면 충분하리라.

이안이 서재 문을 나섰다.

에반투스 구출 이후, 페어리 퀸은 쭉 에반투스가 휴식을 취하고 있는 방에서 좀처럼 나오질 않았다.

명백한 간호나 마찬가지였다. 겉보기론 까칠함으로 똘똘 뭉친 그녀였으나, 사실 그 누구보다 깊은 속정의 소유자 아니던가? 특히 용아병 스파르토이를 잃어버린 이후, 그녀는 오랜 동료들의 영구적 소멸에 두려움을 느끼는 것 같았다.

똑 똑 똑!

에반투스의 치료실 문을 두들긴 이안, 그가 몇 초간 기다린 뒤 안으로 들어섰다.

가장 먼저 눈에 들어온 것은 역시나 에반투스, 그는 래디오와 더글라스의 특제 수면제를 마셨는지 세상모르고 잠들어 있었다.

그 곁으로 에반투스의 자손 말리오투스와 헤르넬리아는 보이지 않았다. 오직 페어리 퀸만이 탁자 위에 앉아 빈둥거리고 있었다.

(뭐냐?)

"좀 괜찮으신가 해서요."

(이 밤중에?)

"잠도 잘 안 오고요."

(흐응, 내 듣기로 인간의 발정기는 19세 전후라더니, 네 녀석도 곧 발정기가 올 모양이로구나?)

"무슨……."

정말이지 훅 들어오는 페어리 퀸의 농담이었다. 밑도 끝도 없이 발정기라니, 전혀 예상치 못했기에 이안도 당혹감을 감출 수 없었다.

(당황하긴, 찔리는 게냐?)

"어디서 그런 농담을 배우신 겁니까? 주변에 그럴 만한 분은……."

하나 이안은 당황한 게 아니었다. 아니, 당황은 했으나 그리 크진 않았다. 오히려 이 상황을 기회로 여겼다.

입으로는 농담에 대해 말했으나, 손은 따로 놀았다. 조용히 해달라는 손짓과 더불어 돌 심장 비약을 페어리 퀸에게 건넸다.

"없는 것 같은데 말이죠. 인간 사회에 너무 오래 계신 모양입니다."

이안의 손짓은 곧장 비약을 마시라는 표현으로 이어졌다. 페어리 퀸 역시 이안의 행동을 금방 이해해냈다. 까닭까진 알 수 없으나, 장단부터 맞춰줌이 옳다고 여겼다.

(언제든 말만 하여라. 당장 내 보금자리로 돌아갈 터이니. 나는 뭐 좋아서 여기 있는 줄 아느냐?)

짐짓 새침하게 대꾸하며 약병을 받아든 페어리 퀸, 그녀가 돌 심장 비약을 목구멍으로 조용히 넘겼다.

"아직 어렵습니다. 나중에, 모든 일이 안정을 되찾으면 돌려보내 드리도록 하죠. 언제가 될지는 모르겠습니다만, 멀진 않을 겁니다."

이안이 말문을 이어가며 누런 양피지와 깃펜을 탁자 위로

올렸다. 필담으로 대화하기 위함이었다.

(흥, 말이나 못 하면.)

페어리 퀸이 콧방귀를 날리며 양피지 앞으로 다가왔다. 이안과의 필담에 나설 준비가 완료된 거다.

"그래서, 에반투스 님은 좀 어떠십니까? 아까 보니 래디오 님과 더글라스가 아주 열심이더군요."

—사실 드래곤 일족을 찾았습니다. 만나기도 했죠. 아마 어딘가에서 저를 지켜보고도 있을 겁니다. 아타르 하카라는 이름의 검은 용이라고 하더군요.

통상적인 '가짜' 대화.

필담을 통한 '진짜' 대화.

두 가지의 대화가 시작되었다.

(……걱정할 거 없다. 하루가 다르게 팔팔 살아나고 있느니라.)

—그게 갑자기 무슨 소리냐?

황급히 인간의 모습으로 변한 페어리 퀸이 깃펜부터 집어 들었다. 입 밖으로 쏟아지기 일보 직전인 이야기를 꾹 참아내는 눈치였다.

"다행이군요. 아, 여왕께서 지극정성으로 간호해 주셨단 얘기를 들었습니다. 에반투스 님께서도 분명 크게 감사하시고 계실 겁니다."

—자세한 이야기는 어렵습니다. 지금 저를 감시하는 존재가 하나 더 있거든요. 혹시 최초의 마법사란 존재를 알고 계

십니까?

최초의 마법사란 말에 페어리 퀸의 두 눈이 휘둥그레졌다. 최초의 마법사를 알고는 있으나, 지금 그 존재의 이름이 나올 거라고는 전혀 예상치 못한 모양새였다.

(감사? 감사는 개뿔, 괜히 나한테 시비나 걸지 않으면 다행이겠지! 하루라도 빨리 네놈들과 얽힌 악연을 끊고 싶을 뿐이니라.)

–알다마다. 어린 시절, 그분들에게 이야기를 들어본 바가 있느니라. 직접 만나본 적은 없다만.

역시 권속들과 프란 페이지는 약간의 시간적, 그리고 상황적 격차가 있었다. 아마 권속들의 어린 시절에는 프란 페이지가 본격적으로 미쳐가기 직전, 한창 드래곤의 육신을 얻을 수 있는 연구를 시작하고자 은둔했을 당시였을 터.

"이제 돌아가고 말고 하실 것도 없지 않습니까? 제가 둥지까지 포탈로 이어 드렸는데, 그냥 앞으로 쭉 함께하시죠."

–그자가 모든 일의 원흉입니다. 제가 드래곤 일족을 만날 수 있도록 해드리죠. 그들에게 자세한 얘기를 들으실 수 있을 겁니다. 대신, 여왕님의 생각을 먼저 듣고 싶습니다. 어떤 대답을 하신다고 해도, 지금껏 받은 도움이 큰 만큼 여왕께 누를 끼칠 생각은 없습니다.

이안이 침착하게 말했고, 침착하게 글자를 적어 내려갔다. 대충 빠르게만 휘갈겨 쓰는 것 같으면서도 상당한 명필이었다.

(흥! 그래 봐야 이 답답한 인간 식 집구석에 꼼짝없이 묶여

있어야 하지 않느냐? 아서라, 기회가 온다면 당장 떠나줄 테니까.)

–어서 말해보아라. 내 그분들을 만날 수 있다면, 어떠한 대답인들 솔직하게 내어주겠느니라.

페어리 퀸 또한 빠르게 글자를 적었다. 드래곤을 만날 수 있다는 말에 적잖이 흥분한 듯 보였다.

"그렇게 말씀하시는 것치고는 말이죠. 그쪽 보금자리보다 이쪽에 더 오래 머무시지 않습니까?"

–그럼 저도 솔직하게 말씀드리겠습니다. 최초의 마법사와 드래곤은 적대적인 관계에 놓여 있습니다.

"이제 저택에 사람도 많겠다, 침입자와 싸울 수 있는 조각상도 있겠다. 자유롭게 다니시라고 포탈까지 열어놨는데 말이죠."

–드래곤 일족이 갑작스럽게 사라진 이유도 최초의 마법사와 관련이 있죠. 문제는, 그 관계 사이에 제가 껴있다는 점입니다.

이안의 깃펜이 쉴 새 없이 움직였다. 입과 손을 따로 놀리는 것도 생각했던 것보단 곤욕이었다.

(헛소리가 지나치구나.)

–좀 더 자세하게 설명해라.

두 사람이 잠시 침묵을 지켰다. 대화라 끝없이 이어지는 것도 인위적일 터. 대신 깃펜을 쥔 손만은 멈출 생각이 추호도 없었다.

–자세한 설명을 드리기에는 시간이 부족합니다. 상황도

여의치 않고요. 다만, 저는 지난 며칠 그 존재들과 필적할 만한 힘을 얻었습니다. 해서 최초의 마법사와 드래곤 일족, 둘 모두에게 견제를 받고 있죠. 어느 쪽과 힘을 합하든 결국, 저는 사냥이 끝난 사냥개 꼴을 면치 못할 겁니다. 이대로라면 말이죠.

–사냥이 끝난 사냥개 취급이라니? 그럴 리가 없다. 최초의 마법사는 나도 아는 바가 없지만, 그분들께서는 결코 한 번 쌓은 신뢰를 저버리지 않는다. 장담할 수 있느니라. 네 말대로 그분들과 필적할 만한 힘이 생겼다면, 단순히 도움을 받고자 제안하셨겠지.

드래곤의 변호에 나선 페어리 퀸. 그러나 이안에게는 결정적인 한 문제가 있었다. 드래곤을 경계할 수밖에 없는, 드래곤의 토사구팽을 걱정할 수밖에 없는 이유 말이다.

–제가 그자의 아들입니다.

–뭐?

–최초의 마법사, 그 존재의 핏줄이라고 하더군요. 때문에 드래곤 일족은 저를 잠재적인 위협으로 취급할 수밖에 없을 겁니다. 나아가 깔끔하게 제거되길 바라겠죠.

(…….)

갑작스러운 이야기에 페어리 퀸의 입이 일순간 다물어졌다. 펜을 쥐었던 손도 우두커니 멈춰 버렸다.

–이런 상황을 여왕께 말씀드리는 까닭은 간단합니다. 저와 드래곤 간의 협상을 대리인으로.

–하겠다.

이안의 필기가 끝나기도 전에, 페어리 퀸이 단호한 대답을 내놓았다. 이안은 조금 더 강하게 얘기하고자 했다.

드래곤과의 협상이 어렵다면 어쩔 수 없이 최초의 마법사와 편을 이루어야 하며, 그렇게 된다면 페어리 퀸과도 적대적인 관계에 놓일 수밖에 없다고. 한데 그럴 필요가 없었다. 페어리 퀸은 이미 이안의 대리인이 될 준비가 완벽하게 끝난 눈초리였으니까.

―아직은 모르겠다. 네 설명이 조금 부족하기도 하고, 너무 갑작스럽기도 하니까. 그분들에게 자세한 이야기를 들어봐야겠지. 하나, 네놈이 그분들과의 대화를 원한다면 기꺼이 전달자로서 움직여 주도록 하마. 그분들을 설득할 수 있도록 돕겠다는 뜻이니라.

페어리 퀸은 생각보다 긍정적인 모습을 보여줬다. 물론 이안과 이안의 주변, 특히 어머니에게 호의적인 감정을 품고 있음은 익히 알고 있었으나, 이렇게까지 열정적으로 반응할 줄은 예상치 못했다.

―지금까지 봐왔던 네놈, 이안 페이지란 인간은 아주 영악하기 짝이 없으며, 딱히 뚜렷하고 심오한 대의 없이 제 주변의 안녕만을 바라는 좁아터진 그릇의 소유자다.

어째 이번 기회로 욕이나 왕창 쏟는 느낌이었으나, 꾹 참고 여왕의 필기에 집중하는 이안이었다.

―그 그릇만 충족시켜준다면 전혀 문제 될 게 없는 존재, 즉 한계가 명확한 인간이지. 큰 힘을 가졌을지언정, 제 주변을 위해서만 사용할 게 분명하니까 나는 그 사실을 잘 안다.

하니 돕겠다. 그분들에게 말해주겠다. 네놈이란 인간은 전혀 경계할 필요가 없음을.

작은 그릇을 가졌기에 오히려 믿을 수 있다. 궤변처럼 들리나, 한편으로는 틀린 말도 아니었다.

프란 페이지를 보라. 그는 일개 인간이 품을 수 없는 어마어마한 대의를 꿈꿨고, 결국 모두를 적으로 돌렸다.

그러나 이안은 스스로를 잘 알고 있었다. 자신이 품은 그릇의 크기를, 한계가 어디까지인지를.

─속 좁아서 다행인 건 또 처음이네요. 여왕님 덕에 귀한 경험해 봅니다.

피식 웃으며 휘갈긴 이안, 그가 계속해서 글줄을 이어갔다.

─그리고, 고맙습니다.

진심으로 가득한 감사의 표현.

이안이 내줄 수 있는 전부였다.

적어도 지금 당장에는 말이다.

이안은 드래곤 일족과 지속적으로, 프란의 감시망을 벗어나 소통할 수 있는 수단이 생겼다.

그 수단은 바로 '페어리 퀸'이었다. 물론 그녀 또한 프란의 감시 대상 중 하나일 가능성이 컸다.

하여 드래곤과의 육체적인 접근은 보금자리 페어리들이 대신 담당키로 했다.

아주 먼 거리에서도 정신적 소통이 가능한 페어리 일족 아니던가? 사실상 페어리 퀸이 접촉하는 것과 다를 바가 없으리라.

'다음은…….'

그러나 모든 게 끝난 것은 아니다. 한참 남았다. 드래곤과의 지속적인 대화는 시작에 불과할 뿐, 앞으로 남은 9일. 아직 끝을 봐야 할 일이 산더미처럼 쌓여 있었다.

'불사의 군단으로부터 버텨낼 수 있는 대항력이 필요하다.'

고심 끝에 이안은 결론을 내렸다. 프란이 안전장치로 만들어둔 '불사의 군단'. 그것들은 전적으로 '현세의 인류'에게 맡기리라. 다만, 불사의 존재로부터 맞서 싸울 수 있는 수단을 마련해주어야 할 터.

종류가 다른 불사의 힘.

프란의 말이 사실이라고 가정할 경우, 불사의 군단은 쌓아둔 영혼을 소모하며 되살아나는 존재가 아니다. 오직 자아를 잃어 불사의 힘만 누리는 언데드인 만큼 한계와 원인이 명확하게 갈릴 터.

흑마법.

한계는 모르겠으나, 원인만큼은 '흑마법'을 떠올릴 수밖에 없었다. 여기에 한 가지를 더 추가하자면.

'연금술.'

드래곤은 분명 불사의 힘이 연금술과 밀접한 관계를 가졌을 거로 추측했다. 이안 역시 연금술의 힘으로 하여금 수천 년 전 과거를 경험했고, 심상 세계 가장 깊숙한 곳으로 진입할 수 있었다.

'열쇠는 거기에 있다.'

물론 두 열쇠에게는 각각 다른 모양의 열쇠 구멍이 존재할 터.

'연금술은 프란과 장인들, 그들의 불사에 영향을 끼칠 테고.'

심상 세계와 수천 년 전의 과거, 기억의 보고로 통하는 비약 등 프란 페이지가 탄생시킨 비약으로 미루어 볼 때, 아마 연금술은 프란 본인과 장인들이 누리는 불사에 커다란 축을 담당하고 있으리라.

'동부 대초원 쪽 불사의 군단, 그들은 통상적인 언데드와 비슷하다. 불사라는 요소만 강화되었을 뿐, 분명 흑마법과 연관이 있어.'

단언하건대, 언어의 힘만으로는 동부 대초원 불사의 군단과 같은 언데드 무리를 탄생시키지 못한다.

언뜻 말하는 대로 다 이루어지는 전지전능의 권능처럼 보일 수도 있겠으나, 엄연히 한계가 존재하는 힘이기도 했다.

적어도 이안이 깨우친 범위에 한해서는 그랬다.

'물론 흑마법 하나로는 좀비처럼 되살려내는 게 전부야. 그마저도 훼손이 심하면 불가능하지.'

소수 흑마법사들로부터 전승되어온 흑마법은 주로 환각을 불러일으키는 '환술', 죽은 자를 언데드로 되살리거나 영혼을 불러내는 '강령술'로 대표된다. 이안 역시 전생에 흑마법을 연구해본 바가 있었는데, 큰 흥미를 느끼지 못해 금방 접어버린 경험이 존재했다.

'하지만.'

그야말로 불완전하며, 불안정적인 부활일 뿐, 만약 흑마법 하나로 완벽한 불사를 부릴 수 있었다면, 세상은 벌써 흑마법사와 그 하수인들의 놀이터로 변질했으리라.

'흑마법에 언어의 힘을 가미했다면 얘기가 달라진다. 훨씬 더 진보된 주문을 만들어냈을 수도 있으니까. 내가 언어의 힘과 마법으로 9클래스 주문을 탄생시킨 것처럼.'

술식의 힘, 즉 마법을 순식간에 익혀 버린 프란 페이지 아니던가? 그 천재에겐 어려운 일도 아니었을 터. 가능성은 차고 넘쳤다.

'물론 세상에 천재가 프란 페이지, 하나만 있는 것도 아니지.'

프란 페이지는 천재다. 하지만 이안도 만만치 않다. 프란이 술식의 힘을 열흘 만에 깨우쳤던 것처럼, 이안 역시 언어의 힘을 반년 만에 깨우쳤다. 심지어 막판에는 수천 년 전의 프란을 상대로 승리까지 쟁취해냈다.

'그자가 언어의 힘과 흑마법으로 불사의 힘을 만들었다면, 나도 똑같이 만들어 파헤치면 된다.'

동부 대초원 수많은 원주민과 몬스터를 자아조차 없는 불사의 하수인으로 전락시킨 힘, 그 힘을 똑같이 만든다. 하여 약점과 대응책까지 찾아내 인류가 스스로 저항할 수 있게끔 도와준다.

'할 수 있어. 충분히.'

누차 말하지만, 이안은 현자가 아니다. 우두머리의 기질을 타고나지도 못했으며, 인류의 수호자라는 으리으리한 대의를 품을 정도로 큰 그릇의 소유자 또한 아니었다. 하지만 언제나 그랬듯, 언제나 단 하나만큼은 자부심을 느꼈듯.

'마법만큼은.'

마법만큼은 이안, 자신의 머리 위에 아무도 두지 않으리라. 어떠한 존재도 허용치 않으리라. 그렇기에 자신할 수 있었다. 이안은 이 시대를 대표하는 마법사다. 그런 자신이 진즉 퇴장했어야 할 수천 살배기 미치광이에게 놀아날쏘냐?

'움직이자. 시간이 너무 촉박해.'

몇 가지 계획과 확인할 것을 떠올린 이안이 즉각 움직였다. 첫 번째 목적지는 바로 래디오와 더글라스의 연금술 연구실이었다.

"이안 님?"

더글라스는 보이지 않았다. 대신 안전장비 차림의 래디오가 실험을 진행하고 있었다. 장비까지 갖춘 모습으로 미루어 보건대, 꽤 위험한 실험을 진행 중인 것 같았다.

"더글라스는 어디를 갔습니까?"

–불청객이 있습니다. 아무 말이나 좋으니 대화를 멈추지 마세요. 중요한 대화는 필담으로 나누겠습니다.

이안은 페어리 퀸에게 했던 것과 똑같은 방식으로 대화를 시작했다. 돌 심장 비약, 감시에 혼선을 일으키는 대화, 그리고 필담 말이다.

"……재배질 심부름을 보냈습니다. 필요한 약초가 있는지라, 근데 어쩐 일로 찾으시는지요?"

–불청객이라니요?

눈치 빠른 래디오 답게 곧장 이안의 요청대로 반응해 줬다. 이후부터도 계속 통상적인 대화와 필담의 이중 구조적 대화가 진행되었다.

–자세한 설명은 나중에, 먼저 묻겠습니다. 제 기척, 목소리, 생체반응, 마법을 사용할 때 일어나는 흐름이나 파동. 이 네 가지를 숨길 수 있는 방도가 존재하겠습니까? 돌 심장 비약으로 생체반응을 조절하는 것처럼 말이죠.

그 네 가지를 모두 숨길 수 있다면 단기간에 많은 것을 해낼 수 있을 터. 문제는 방법이었다. 이안은 그 돌파구를 주변으로부터 찾고자 했다. 첫 번째 희망은 연금술사 래디오, 그리고 더글라스였다.

–일단 그 네 가지를 어째서 숨겨야 하는지, 간략하게나마 설명을 부탁드리겠습니다. 대충은 알겠습니다만.

래디오가 필담으로 물었다. 물론 입에서는 자잘한 이야기가 흘러나왔다. 더글라스, 혹은 래디오의 신제품 엘릭서와 관련된 주제였다.

–간단히 말씀드리자면, 저와 동급이거나 그 이상의 힘을 가진 적에게 감시당하고 있습니다. 그 감시에서 자유로워질 방법이 시급하고요. 뭔가 방법이 있겠습니까?

이안의 대답에 래디오가 펜을 들었다. 나아가 탁자 위로부터 두꺼운 서책 한 권을 펼쳤다.

래디오의 가문으로부터 전승되어온 가보였다. 란데오르의 꽃은 물론 붉은 용의 다섯 숨결까지 방대한 정보가 담겼던 그 연금술 도감 말이다.

—네 가지 요소를 숨길 방법이라. 생체반응이야 돌 심장 비약이 있고, 목소리는 내지 않으면 그만이라지만. 마법을 쓰고도 그 여파를 감출 수 있으며, 움직이면서 기척을 지워 낼 방법은…….

래디오가 도감을 빠르게 넘겼다. 하나 아무리 넘겨도 이안이 원하는 수단을 발견할 순 없었다. 도감은 기본적으로 약초와 엘릭서의 정보가 위주였으니까.

—지금 당장은 드릴만 한 대답이 없는 것 같습니다만, 좀 더 시간을 주신다면 더글라스와 함께 온 힘으로 알아보겠습니다.

원하는 답을 줄 수 없는 래디오의 표정이 미안함으로 물들었다. 많은 도움을 받았기에 어떻게든 보답하고 싶었거늘, 한계가 있다는 사실이 야속하게만 느껴졌다.

—아닙니다. 다른 쪽으로 알아보도록 하죠. 대신, 래디오 님과 더글라스에게는 다른 부탁을 드리고 싶습니다. 가능하시겠습니까?

—물론입니다. 말씀만 하십시오.

—첫 번째는 비약 의뢰입니다. 인간의 정신 속 '심상 세계'로 진입시켜주는 비약이 존재하더군요.

—심상 세계…… 말입니까?

이안이 챙겨왔던 '마나 호흡 이론서'를 꺼내 탁자 위로 올렸다. 마나 호흡의 궁극적 도달점이야말로 심상 세계로의 진입, 관련된 연구에 도움이 될까 싶어 가져온 거다.

—추상적인 표현이긴 합니다만, 저희 마법사들 사이에서는 그 심상 세계란 공간의 실존 여부를 확신하고 있습니다.

말씀드린 비약도 제가 얼마 전에 복용해 봤으니, 어떠한 형태로든 존재할 겁니다. 다만 이름도, 재료도, 단순히 환몽에 취하게 만드는 환약인지 아닌지조차 구분하지 못했을 뿐이죠. 여러모로 드릴 정보가 부족합니다.

–그러니까 얼마 전 복용해 보셨다는 그 비약, 심상 세계로 진입시켜주는 비약에 대해서 알아봐 달란 말씀이시군요.

–너무 뜬구름 잡는 일이란 건 알고 있습니다. 그래도 부탁은 드려두고 싶어서 말씀드리는 겁니다. 래디오 님의 경험, 그리고 더글라스의 천재성에 걸어보는 거죠.

이안의 필담에 래디오가 고개를 끄덕였다. 갑자기 심상 세계라니, 표현 그대로 뜬구름 잡는 이야기가 아닐 수 없었지만, 적어도 눈앞에 저 이안 페이지가 없는 소리를 지껄일 위인은 아니지 않겠는가?

–더글라스가 돌아오거든 바로 알아보도록 하지요.

–고맙습니다. 그리고…….

이안의 부탁은 아직 끝나지 않았다. 이번에는 조금 더 구체적이면서도 현실적인 부탁이었다.

–곧 전쟁이 일어날 겁니다.

–예? 전쟁이라 하시면?

–인간끼리의 전쟁은 아닙니다. 어떤 수천 살 먹은 미치광이의 마수에서 벗어나기 위한 항쟁이죠.

잠시 깃펜을 멈춘 이안, 그가 소매 속에서 보패를 꺼냈다. 탑주의 권한을 상징하는 마법 보패였다.

–연금술로부터 비롯된 모든 전쟁 물자의 대량 생산 및 확

보를 시작해주세요. 황실 기관은 물론 제국 내 모든 연금술사와 연금술 기관을 동원할 수 있는 권한을 드리겠습니다. 황실의 허락과 필요한 자금은 모두 제가 해결하도록 하죠.

프란이 만들어낸 동부 대초원 불사의 군단.

그들의 불사를 파훼하는 즉시, 이안은 그 감당을 인류 전체에 맡길 계획이었다. 이미 대략적인 그림은 그려뒀으니, 파훼의 방법만 찾아내면 끝이리라.

—여쭤보고 싶은 것이 많지만, 그럴 시간도 없는 것 같네요. 이안 님의 말씀대로 따르도록 하겠습니다. 이거 상당히 바빠지겠군요.

래디오도 사람이다. 갑작스러운 이야기와 부탁에 어찌 의구심을 피할 수 있겠는가?

하지만 상대는 이안 페이지다. 래디오의 인생에 있어서, 그리고 하나뿐인 아들 더글라스의 인생에 있어서 가장 큰 은인이자 버팀목 아니던가? 물론 맹목적인 믿음은 옳지 못하나, 저 이안 페이지를 향한 맹목이라면 그리 나쁠 것 같지도 않았다.

"그나저나 더글라스 이 녀석, 왜 이렇게 늦는지 모르겠군요. 저번에 보니까 또 이상한 신약을 연구 중이던 것 같던데, 뭐라더라? 근육을 단련하는데 무슨 보충을 해주는 비약이라던가? 아무튼 이상한 것만 골라서 만드니 큰일입니다. 모름지기 연금술사라면 만병통치약을 꿈꾸거나, 이름 그대로 돌덩이를 금으로 바꿀 변환식을 연구하거나. 뭐 그래야 할 텐데 말이죠. 어휴, 정말이지 걱정입니다. 걱정."

두 사람의 필담이 마무리됨과 함께, 입으로 나누던 대화도 슬슬 마무리가 지어지기 시작했다.

"그나저나 이안 님은 장가 안 가십니까? 슬슬 가실 때도 됐는데."

"갑자기 무슨 장가 얘기를……."

"혹시 예정이 있으시다면 미리 말씀해 주십시오. 그래야 저도 이것저것 준비를 할 테니 말입니다."

"제가 장가를 가는데 래디오 님께서 무슨 준비가 필요하십니까?"

"그래도 어른이 먼저……."

"네?"

"아, 아닙니다. 아무것도."

이안의 다음 목적지는 장인들의 보금자리, 그중에서도 재봉사 베르톨도를 찾아갔다.

마법 시전으로 인한 여파와 기척을 지워낼 수단, 그 수단을 자문하기 위함이었다. 물론 필담과 관련된 문제도 간략히 설명했다. 혹시나 하는 마음에 프란의 이름만 제외시켰다.

–마법의 사용으로 일어나는 여파. 그걸 지워낼 방법은 모르겠소만, 기척쯤이야 어렵지 않지.

답을 주지 못해 미안함을 표했던 래디오와 달리, 여기서는 아주 긍정적인 대답이 돌아왔다.

–잠깐만 기다려 보시게.

재봉사 베르톨도가 의상실로 들어갔다. 말이 의상실이지 베르톨도의 역작들로 가득한 보물창고나 마찬가지였다.

아마 저 의상실의 로브나 망토, 장갑 등을 상아탑 마법사들에게 지급한다면 제국의 국방력은 어마어마하게 상승할 터.

펄럭! 펄럭!

그 수많은 아티펙트 중 망토 하나를 끄집어낸 베르톨도. 그가 마치 냇가에서 막 빨래한 옷이라도 털듯 망토를 거칠게 털었다. 가격으로만 따지자면 억만금을 줘도 구할 수 없는 보물이었으나, 베르톨도에게는 그저 먼지 쌓인 거적때기나 다를 바 없는 취급이었다.

–받게.

평소 베르톨도의 일관된 취향이었던 파란색과 달리, 이번 망토는 먹물에라도 담갔다 뺀 듯 새까만 빛깔이었다. 한 점 광택마저 없으니 더더욱 칠흑처럼 느껴졌다.

–예전에, 웬 밤하늘의 왕이라는 양반인가? 아무튼 좀도둑질깨나 한다는 자가 의뢰했던 물건일세. 본래 악인은 돕지 않는 것이 내 철칙이오만, 그자는 악인에게 도둑질한 재물을 밑바닥 사람들을 돕더군. 그 모습이 썩 마음에 들어 선물 하나 해주고자 만들었었지. 하필 이 선물을 받기 직전에 검거되어 바람에 처형을 당했소만.

나름대로 사연을 가진 아티펙트. 이안이 그 검은 망토를 걸쳤다. 머리부터 발목까지 푹 덮을 수 있는 길이였다. 한데도 일말의 무게나 착용감조차 느껴지지 않았다.

'과연……!'

몇 발자국 걸어본 이안이 감탄했다. 일말 발걸음 소리조차 일어나지 않았으니까. 뿐일까? 조금 더 격하게 뛰어도, 발을 굴려도 마찬가지였다. 표현 그대로 완벽했다.

ㅡ감사합니다. 답례로 원하시는 영생의 해방, 반드시 이루어 드리도록 하겠습니다. 이제 어느 정도 실마리를 찾았으니까요.

ㅡ오오, 그게 정말이오?

ㅡ아직 미미한 단서일 뿐입니다만, 최선을 다하겠습니다. 부디 조금만 더 기다려 주시길.

큰 소득이 있었던 이안. 그가 베르톨도와 인사를 나눈 뒤 일대에서 빠져나왔다. 목소리는 자력으로, 기척은 베르톨도의 망토로, 생체반응은 비약으로. 이제 남은 건 마법으로 인한 여파뿐이었는데.

'다른 장인들을 찾아가 볼까.'

그 방법밖에 없을 터. 과연 누가 마법의 파동을 숨길 방법, 혹은 그 근처라도 닿을 수 있을까?

그우우우우우웅……!

바로 그때였다. 마치 음울함에 찌든 나팔과도 같은 소리가 이안의 귀를 쩌렁쩌렁 울렸더니, 사방으로 어둠이 몰려왔다.

베르톨도에게 받은 망토만큼이나 새까만 어둠의 '결계'였다.

'프란?'

잠시간 그리 여겼던 이안.

이내 고개를 살며시 저었다.
프란의 기운과는 달랐으니까.
'아니, 이건…….'
이안의 경계가 최고조에 도달했을 때쯤, 짙은 어둠의 장본인이 모습을 드러냈다. 놈은 아주 거대했으며 새까만 가죽과 비늘을 가진 드래곤이었다. 이안은 그 드래곤의 모습을 처음 봤으나, 정체만큼은 어렵지 않게 유추할 수 있었다.
'검은 용, 아타르 하카.'
리시스 라덴쥬가 이안의 감시자로 보낸 검은 용 '아타르 하카'. 그 '검은 불꽃'이란 뜻을 가진 이름의 소유자가 제 모습을 드러냈다.
(걱정할 것 없다. 프란 페이지, 그자는 이 결계를 감지할 수 없을 테니까. 하니 그대, 이안 페이지는 말소리를 내어도 좋다.)
아타르 하카의 목소리는 리시스 라덴쥬와 달랐다. 그보다 곱절은 더 낮고 음울한 음성이었다. 마치 깊은 동굴 속에서부터 스멀스멀 들려오는 듯 우묵한 목소리였다.
"……글쎄, 그렇다고 하기에는 내가 그쪽 공간에 남겨둔 마법, 그거 하나도 간파하지 못하던데?"
(남겨둔 마법이란 게 혹여 눈 달린 먼지를 말하는 거라면, 처음부터 알고 있었다. 수장에게 보고하지만 않았을 뿐이지.)
먼지의 감시자.
이안이 남겨뒀던 더스트 워치.
검은 용 아타르 하카는 그 사실을 알고 있었다. 하면 어째서 모른 척을 했던 걸까? 이안이 가득 차오른 의구심과 함께 질문했다.

"그쪽 우두머리를 속였단 건가?"

(그리 표현할 수도 있겠군.)

"이유가 뭐지?"

충분히 배신으로 몰아갈 수 있는 상황, 다소 퉁명스러운 이안의 물음에 깔끔한 대답이 돌아왔다.

(숨기지 않았다면 굳이 날 감시자로 보낼 이유도 없었겠지. 리시스 라덴쥬, 그 앞뒤 꽉 막힌 자가 그대를 제거대상으로 분류했을 테니까. 하지만 난 잠깐이라도 좋으니, 그 지긋지긋한 공간에서 빠져나오고 싶었다. 간만에 세상 공기도 마시고, 밝은 햇빛도 좀 쐬고 싶었고 음, 역시 좋군.)

그윽한 목소리로부터 빚어진 말, 그건 이안이 예상했던 것과 한참 달랐다.

저 검은 몸뚱이, 강렬한 기백, 목소리라면 무언가 대단한 이유를, 못해도 일족의 반란 정도는 입에 담아야 어울리지 않겠는가?

한데 갑자기 바깥세상 공기에 햇빛 타령이라니, 지하 감옥 잡범들이나 입에 담을 법한 까닭이었다.

"고작 그따위 이유로 감시 대상에게 접근할 것 같진 않은데. 숨어서도 충분히 할 수 있는 일 아닌가?"

(본론부터 꺼내란 얘기를 참 길게 하는군.)

"내가 요즘 헛소리를 밥 먹듯이 내뱉는 족속 덕에 고생이 많아서."

한 치의 양보조차 없는 대화.

아타르 하카가 희미하게 웃었다.

(건치로다. 그 바람대로 결론부터 주도록 하지. 단순하게 표현하건대, 나는 그대가 마음에 든다. 계속 지켜본 결과, 써먹을 구석이 제법 다양한 인간인 것 같더군.)

정신으로 직결되어 전해지는 목소리가 이안의 골통을 울렸다. 특히 아타르 하카의 경우는 어찌나 더 쩌렁쩌렁 울려대는지, 머리가 다 아플 지경이었다.

(물론 일족의 수장 리시스 라덴쥬는 그대가 프란 페이지의 핏줄임을 우려했다. 하여 위협의 소지가 될 싹이 보인다면 가차 없이, 수단과 방법을 가리지 말고 제거하란 명령까지 내렸다만, 뭐 어떤가? 내 마음에 들었는데. 무릇 일족의 이인자로서 이 정도 권한쯤은 누려도 되는 법이지.)

검은 용 아타르 하카, 그는 아무래도 드래곤 일족 전체의 이인자. 즉 수장 리시스 아덴쥬의 바로 아래 서열인 것 같았다.

(괜히 견제만 하다가 적으로 돌아설 바에는, 프란 페이지를 완전히 소멸시킬 동맹이 되었으면 하는 게 나의 바람이다. 보아하니 무언가를 알아낸 모양인 것 같군. 예컨대 불사의 원천이라든가.)

당연한 얘기였으나, 아타르 하카는 프란이 가진 불사의 원천을 알지 못했다. 이안과 프란의 대화를 엿듣지는 못했던 모양이었다.

"알지. 그 약점을 찾는 중이고."

이안은 부정하지 않았다. 애당초 그 원천이 중요한 게 아니었으니까. 계속 죽이다 보면 언젠가는 죽지 않을까 싶은 추측만 품었을 뿐, 그마저 상대가 프란 페이지인 이상 비현실적인 방법이었다.

생각해 보라. 그와 같은 강자를 얼마나 죽일 수 있겠는가? 프란 역시 파훼되지 않을 거란 자신감이 있기에 비밀도 공유했을 터.

(그러므로 이안 페이지, 난 그대의 행보를 돕기로 정했다.)

잠시 말문을 멈췄던 검은 용 아타르 하카, 그가 웬 검은색 그림자를 이안에게 뿜었다. 공격적이거나 수상한 기운은 느껴지지 않았다.

"이게 뭐지?"

(그대가 지금 가장 원하는 것.)

이윽고 그 새까만 그림자가 이안의 발밑으로 꿈틀꿈틀 기어들어 왔다. 그러고는 이안 본연의 그림자에 조금씩 스며들기 시작했다. 참으로 기묘한 광경이었다.

(자, 이제 마법을 부려보아라.)

"뭐?"

이안이 반문하면서도 가벼운 마법을 발동시켜봤다. 가장 기초적인 공격마법, 매직 미사일부터 시작했다. 다만 이안의 주문인 만큼 그 크기와 파괴력이 상상을 초월했다.

쿠웅─!

거대한 매직 미사일 한 구가 아타르 하카를 향해 날아들어 폭발했다.

물론 그 정도로는 드래곤 일족 이인자의 육신에 흠집조차 낼 수 없었다. 케케묵은 먼지만 뿌옇게 퍼져 나갈 뿐, 하타르 하카가 앞발을 휘휘 저으며 물었다.
(만족스러운가?)
"……."
이안이 제 육신 속 미미한 흐름에 온 정신을 집중시켰다. 평소에는 그랬다.
큰 마법이든 작은 마법이든, 일단 사용하고 나면 특유의 여파가 어김없이 느껴졌다.
마치 가득 쉬었던 숨을 내뱉는 것과 비슷한 느낌이었는데, 지금은 그러한 느낌이 전혀 일어나질 않았다.
"……어떻게 한 거지?"
(내게는 쉬운 일이다. 달리 나를 감시자로 보냈겠는가? 아, 미리 말하건대 언어의 힘은 아니다. 그대와 인간들이 술식의 힘을 부리듯, 우리 일족 또한 고유의 권능을 조금씩 발전시켜왔지. 이는 우리 검은 용 일족 고유의 권능이다.)
검은 용이자 이안의 감시자 아타르 하카의 도움, 이로서 이안이 원했던 모든 요소가 이루어졌다.
더 이상 움직여도 기척을 일으키지 않으며, 감정의 변화가 생겨도 생체반응은 평온함을 유지하며, 아무리 마법을 발동시켜도 그로 말미암은 파동이나 흐트러짐이 발생하지 않을 터. 프란의 감시에서 벗어날 수 있는 조건이 갖춰졌다.
(프란 페이지, 그대가 생각하는 가장 이상적인 결론을 알고 있다. 언젠가 프란 페이지는 물론 우리 일족까지도 깨끗하게 소멸되길 원하겠지. 단지 그럴 만한 힘과 여유가 없기에 시급한 불부터 멸화되길 원하고 있을 뿐.)

그는 이안의 심중을 정확하게 파악하고 있었다. 물론 그 파악이 어려운 일은 아니었다. 작금의 상황을 인지한 존재라면, 나아가 이안의 처지에서 생각할 수 있다면 누구든 떠올릴 수 있을 테니까.

(하나 그 전에, 한 가지만 얘기하고 싶군. 좋은 선물을 주었으니, 말 한마디 정도는 들어주겠지?)

"……들어는 보겠다."

(한 번쯤 객관적으로 되짚어보길 바란다. 프란 페이지는 그대에게 명백한 위협을 가했겠지. 안 봐도 빤한 일이다. 하지만 우리 일족으로부터 가해진 위협은? 프란 페이지의 속임수가 아닌, 정말 우리 일족으로부터 받았던 위협이 존재하긴 하던가?)

그 말에 이안이 조금 흠칫했다.

사실 예전부터 느끼는 바가 있었다. 정말 자신의 삶에 드래곤 일족의 개입이 있었던가?

프란 페이지의 속임수가 아닌, 순전히 드래곤으로부터 뻗어져 나온 마수 말이다.

'만약 지금까지 얻었던 정보가 전부 사실이라고 가정한다면……'

용언서를 발견했던 일도, 전생에 당했던 독살도, 어렵게 성공시킨 시간 회귀도, 골드 드래곤이 나타났던 순간도, 용아병 부대와 본 드래곤이 이안을 노렸던 당시까지도.

'전부 프란 페이지의 각본이다.'

딱 하나, 용아병과 본 드래곤의 침공은 양쪽 모두 얘기가 달랐다. 서로에게 원인과 책임을 전가하기 바빴으니까. 하지만 지금까지의 모든 정황상으로 미루어봤을 때, 그 사태 역시 프란 페이지가 꾸민 각본 중 일부인 것 같았다.

'아직 확신할 순 없지만…….'

증거가 없으니 확신도 없다.

다만 사실이라는 가정하에.

가정만으로 여부를 유추해 본다면.

'……없다.'

바로 그랬다. 드래곤 일족이 이안에게 끼친 피해는 단 하나도 없었다. 애당초 드래곤은 이안의 존재조차 몰랐다고 하지 않았던가?

"……."

이안은 말문이 턱하고 막힘을 느꼈다. 자신의 느낌과 정황이 틀려먹지 않았을 경우, 저 물음에 논리적으로 반박할만한 거리가 전혀 존재하지 않았으니까.

(이는 충고이며, 동시에 부탁이기도 하다. 하니 신중하게 생각해 보아라. 과연 어떠한 선택이 옳은지, 어떤 존재를 그대의 진정한 적으로서 마주해야 하는지.)

강렬한 화두와 함께, 사방을 칠흑으로 물들였던 어둠이 느릿하게 거두어졌다. 더불어 아타르 하카의 육신 또한 신기루처럼 파스스 흩어졌다.

'진정한 적이라…….'

이윽고 모든 어둠이 사라졌다. 제법 긴 대화를 나눴던 결계가 완벽하게 허물어졌다. 그럼에도 세상은 똑같았다. 대화의 시작으로부터 채 몇 초도 흐르지 않은 것 같았다.

'일단 움직이자.'

우선 이안이 생각을 갈무리시켰다. 우두커니 서 고민에 빠질 여유가 없었다. 설령 고민하더라도 계속해서 움직여야만 했다.

'다음 목적지로.'

이안에게 당장 주어진 목표는 '언어의 힘'과 '흑마법'의 조합, 그리고 진화다. 하여 불사의 군단이 가진 약점까지 한 번에 파악하겠다는 계획이다. 그 계획을 성공시키기 위해서라도 지금보다 깊은 흑마법적 조예가 요구되었다.

'전 상아탑주, 허버트 레온.'

흑마법에 한해서는 이안보다 높은 경지에 닿았던 존재, 전 상아탑주 '허버트 레온'이 필요했다.

정확히는 허버트가 그 정도 수준의 흑마법을 익힐 수 있었던 '수단'이 무엇인지를 알아내고 싶었다.

'고작 흑마법서 몇 권 뒷구멍으로 구해서 익힌 수준이 아니었어.'

자유롭게 세상을 돌아다녔던 전생의 이안과는 달리, 허버트는 전생이나 이번 생이나 대부분을 수도와 상아탑에서 지냈다.

실로 엄격한 규제가 존재하는 만큼 흑마법을 접하고 연구할 기회 자체가 일천했을 터. 그럼에도 꽤 상당한 수준의 흑마법사였던 것으로 밝혀졌다. 분명 흑마법과 연관된 공급처가 따로 존재했으리라.

'직접 물어보면 알겠지.'

이안이 텔레포트 주문을 발동시켰다. 새하얀 빛줄기와 함께 이동된 장소는 바로 수도 밖 야산, 과거 허버트가 처형된 이후 언데드로서의 부활을 도모했던 바로 그 야산이었다. 심지어 시신조각을 하나하나 불태웠던 장소 그대로였다.

'이런 짓까지 하게 될 줄이야.'

시간적 여유가 있었다면 절대 선택하지 않았을 방법, 단언하건대 이안의 취향에서 한참 벗어난 방법이었으나, 어쩔 도리가 없었다. 지금은 시간이 최우선이었으니까.

"흙과 증오 아래 파묻혀 평생 눈감지 못할 저주받은 망령이여."

이안이 전생에 익혔던 흑마법 중 하나, 물론 이론만 알고 있을 뿐 한 번도 사용한 바가 없었던 주문, '강령술'을 발동시키기 시작했다.

"일어나라."

그러자 사방으로부터 섬뜩한 기운을 내뿜는 아지랑이가 몰려들었다. 모두 이 야산 일대에 묻혀 그대로 귀속된 망령들임이 분명했다.

"깨어나라."

그 아지랑이는 저마다 절규하듯 기괴한 울음소리와 함께 이안의 주변을 빙글빙글 맴돌았다.

"돌아와라."

주문이 세 번째에 닿았을 때, 섬뜩한 기운의 망령들이 점차 인간의 형체를 흉내 내기 시작했다.
"허버트 레온."
하나 그 흉내도 잠시, 이안의 입으로부터 특정한 이름을 나오자 모든 망령이 사방으로 도망쳤다. 오직 단 하나의 망령만 이안 앞에 덩그러니 남은 채로 말이다.
[네, 네놈……?]
망령으로부터 흘러나온 음성.
결코 인간의 목소리가 아니었다.
듣는 것만으로도 소름이 끼쳤다.
[이노오오옴……!]
그 섬뜩한 소리가 곧 사람의 음성을 닮아갔다. 마지막으로 완성된 목소리는 마치 노기로 가득한 늙은이의 그것처럼 느껴졌다.
"노인네, 오랜만이야."
이안이 강령술로 불러낸 영혼. 그 정체는 바로 전대 상아탑주이자, 고위 마법사 헬레느 등 여러 마법사를 하수인으로 전락시켰던 흑마법사, 허버트 레온이었다.
[이노오오오옴!]
"계속 이놈 저놈 할 거면 그냥 완전히 소멸시키는 게 좋겠군."
[……!]
이안이 던지듯 내뱉은 한마디에 고함소리가 잦아들었다. 영혼의 완전한 소멸, 그 협박이 통한 거다.
"날 보고 흥분되는 마음은 이해하지만, 일단 대화부터 천천히 나눠보는 게 어때? 당신 경험이 좀 필요해서 말이지."

[……네놈, 이게 무슨 짓이냐?]

"말했잖아. 물어볼 게 있다고."

전 상아탑주 허버트의 영혼이 이안을 의뭉스럽게 노려봤다. 그럼에도 방금처럼 고함을 치진 못했다.

"대답만 잘하면 육신을 줄 수도 있어. 그 정돈 나도 가능하거든."

[……뭐? 정말, 정말로 내게 육신을 주겠다는 소리냐? 네놈이?]

"더덕더덕 기워 붙인 누더기 시체라도 괜찮다면."

[사, 상관없다! 그다음부터는 내가 알아서 할 터이니! 어서, 어서 내게 육신을 다오. 육신만 준다면 네놈이 원하는 대답을 전부……!]

"아니, 대답이 먼저야."

[놈! 그 말을 어찌 믿느냐!]

"믿기 싫으면 말든가. 나는 잃을 게 없어. 당신한테만 구할 수 있는 대답이 아니거든. 그냥 제일 빠른 방법인 것 같아 찾아왔을 뿐이지."

이안이 아무런 미련도 없다는 듯 돌아서자, 허버트의 망령이 그 앞길을 막아섰다. 재빠르기가 쏜살과도 같은 움직임이었다.

[자, 잠깐! 멈춰라 애송이! 말하겠다! 대답할 테니 제발! 제발!]

아무래도 증오와 허탈함에 미쳐 버린 듯 느껴지는 허버트의 망령이었다. 아니, 이미 미쳐 버린 상태에서 죽었던가?

"내가 묻고 싶은 건 간단해. 당신이 익혔던 흑마법, 절대 자력으로 익힐만한 수준이 아니었어. 특히 상아탑주의 자리에 묶인 채로는 더더욱 말이야. 내가 추측하기로 흑마법과 연관된 정보와 물건을 따로 공급받은 것 같은데, 그 공급처가 어디지? 음지에 살아남은 흑마법사 길드라도 존재하나?"

질문을 받은 허버트의 망령.

그가 킬킬거리며 대꾸했다.

가소롭다는 웃음소리였다.

[옳지, 이 강령술. 네놈도 흑마법에 매료된 모양이로구나. 클클! 지금이라도 늦지 않았다. 나를 되살려 다오. 우리가 힘을 합치면 세상 그 무엇이든……!]

"대답부터."

이안이 한껏 낮아진 어조로 허버트의 말문을 잘랐다. 일부러 그리 낸 것은 아니었다. 아타르 하카의 선물이 마법은 물론 목소리마저 어둡게 변질시킨 탓이었다.

[그래, 그래. 급할 게야. 처음에는 다 그렇단다. 평범한 마법과 비교가 힘들지. 중독성 말이야. 집착할 만해.]

이안이 흑마법에 중독되었음을 확신하며 말하는 허버트. 그 영혼뿐인 망령의 기분이 좋아 보였다. 이안을 자기 뜻대로 움직일 수 있단 망상이 꿈틀거린 까닭이리라.

[네 말이 맞다. 상아탑이라는 이름의 감옥에선 할 수 있는 게 아무 것도 없었지. 기껏해야 고서 몇 권 구해 탐독하는 정도가 최선이었으니까. 그래서 찾았다.]

"뭘 찾았지?"

[흑마법사. 대부분 토벌되었다고는 해도, 생존자가 전무할 린 없겠지. 당시 나를 도왔던 모든 정보통을 뿌려 찾아냈다. 흑마법사 중에도 언데드와 영혼을 전문적으로 다루는 종파, 네크로맨서란 족속들이 음지에서 활동하고 있었더군.]

네크로맨서, 이안도 몇 번 들어본 바가 있었다. 비록 실제로 본 적은 없었으나, 흑마법과 관련된 서책이나 소문이라면 반드시 언급되는 이름 중 하나였으니까.

"어디서 만날 수 있지?"

[나도 모른다.]

"그래?"

이안이 품속에서 가죽 주머니를 꺼냈다. 마기를 퇴치하는 권능이 내재된 가루, 페어리 퀸의 가루가 담긴 주머니였다.

망령 허버트 역시 그 치명적 기운을 감지한 듯 황급히 물러났다.

[자, 잠깐! 거짓을 말하는 게 아니야! 놈들은 오랫동안 토벌과 배척에 시달려왔다! 그런 족속들이 상아탑주인 내게 위치까지 알려줬겠느냐? 천만의 말씀! 접촉할 방법이 따로 있단 말이다!]

동시에 목청 터지라 외쳤다.

네크로맨서의 위치는 모른다.

하지만 접촉의 방법은 안다.

[그러니까 그 빌어먹을 가루! 내 눈앞에서 당장 치워라! 당장!]

발광을 하는 허버트의 모습에 이안이 가죽 주머니를 거두었다. 생각했던 것보다 격렬한 호응이 만족감마저 일으켜 줄 정도였다.

[으으……!]

가루의 기운이 사라지고도 한참을 머뭇거렸던 망령 허버트. 그 존재가 천천히 다가왔다. 잔뜩 경계했던 손과 표정도 조금씩 풀렸다.

"치웠으니까 말해."

[어, 어렵지 않다! 방금 했던 것처럼 망령을 끌어모아라. 네크로맨서 족속들의 영적 감지를 자극할 정도로 많이! 놈들에게 영적 감지란 마법사의 마나 호흡과도 같은 이치, 자극만 된다면 그쪽에서 먼저 접촉을 시도할 게다!]

강령술로 하여금 망령을 불러 모아라. 모으고 모으며 또 모으다 보면 네크로맨서란 족속들에게 그 기운이 닿을 테니까.

"그거, 확실한 건가?"

[무, 무슨! 확실하다! 네놈이 직접 해보면 알 거 아니냐!]

"오래 걸릴 것 같은데."

[그럴 리가! 꼭꼭 숨어도 모자랄 그놈들이 미쳤다고 직접 나오겠느냐? 혼백부터 보내 네놈과 접촉할 거다. 네크로맨서란 족속들이 하수인처럼 부리는 혼백 말이지.]

"흐음……."

이안이 팔짱을 끼며 생각했다. 강령술을 한번 사용하는 것도 꺼림칙하기가 도를 넘어섰는데, 실로 마음에 들지 않는 방식이었다.

"하여간 음지 놈들 아니랄까 봐."
혀를 끌끌 찬 이안.
별도리가 없었다.
해보는 수밖에.
"그 전에."
이안이 다시금 가죽 주머니를 꺼냈다.
곧장 주둥이를 풀어 속에 담긴 내용물, 페어리 퀸의 가루를 허공으로 흩뿌렸다. 갑작스러운 행동에 망령 허버트가 화들짝 놀랐다. 완전한 소멸이 눈앞에 들이닥쳤으니 당연한 반응이리라.
(멈춰.)
허공으로 흩뿌려졌던 가루가 추락을 시작하는 그때, 이안이 펼친 언어의 힘이 모든 가루를 정지시켰다. 다른 명령이 추가되기 전까지는 언제나 멈추어 있을 터.
[네, 네놈! 또 무슨 짓을……!]
"내가 잘못되면 당신도 소멸하는 거야. 그러니까 헛소리 지껄인 거 있으면 지금이라도……."
[없다! 없어! 헛소리고 뭐고 그런 거 없다는 얘기다! 도대체 사람이 몇 번을 말해야 믿는 게냐!]
"그쪽이 사람은 아니니까."
사실 이렇게까지 할 필요는 없었다. 망령은 곧 기억과 감정의 농축이나 마찬가지 아니던가? 그 속에 담긴 기억쯤이야 손쉽게 엿볼 수 있으리라.
단지 놈을 최대한 몰아세우고 싶었다. 그래야 마무리도 만족스러울 테니까. 고개를 끄덕거린 이안이 강령술을 펼쳤다.

"얼마나 불러야 하지?"

[으으……! 최대한 많이!]

"그러니까, 얼마나?"

[저 가루부터 치우라고!]

"대답을 해야 치워주든, 뿌리든 결정할 거 아니야?"

[이익! 산! 이 산에 파묻힌 망령들을 전부 다 끄집어내라! 네크로맨서 놈들이 안 나오고 배기나!]

망령 허버트가 고통 반, 신경질 반으로 울부짖었다. 이안 역시 그 조언 아닌 조언을 충실하게 이행했다. 강령술의 세기와 범위를 가능한 최대치까지 끌어올렸다.

"일어나라."

그러자 어마어마한 머릿수의 망령이 사방으로부터 몰려왔다. 그 숫자만 봐도 아까와는 차원이 다름을 확신할 수 있었다.

[까아아아아아아아-!]

[살려줘…… 살려줘……!]

[너, 죽인다. 반드시 죽인다!]

[내 아들…… 하나뿐인 아들!]

[알폰소, 모든 건 놈이 꾸민 짓이야. 나는 억울해. 억울하다고!]

망령들의 절규가 사방에서 휘몰아쳤다. 남자의 절규, 여자의 절규, 아이의 절규, 어머니의 절규, 귀족의 절규, 천민의 절규. 오래도록 처형된 시신을 파묻었던 야산이라 그럴까? 절규의 종류 또한 다양하기가 이를 데 없었다.

"얼마나 더 불러야 하지?"

[아, 아직 기다려야…….]

허버트의 망령은 이제 대답할 기운조차 없어 보였다. 머리 위로 펼쳐진 분홍빛 가루의 영향이었다.

[출중한 강령술…….]

바로 그 순간, 허공으로부터 보랏빛 망령 하나가 스멀스멀 가까워졌다. 놈은 여타 몰려들었던 망령과 달리 침착한 어조를 유지했다.

[네놈, 정체가 뭐냐……?]

"그쪽이 네크로맨서인가?"

[우리를 알고 있군…….]

이름 모를 네크로맨서로부터 보내진 망령, 그 보랏빛 망령이 이안의 앞에 똑바로 마주했다. 비록 눈은커녕 눈구멍조차 존재하지 않았으나, 눈이 마주치고 있음을 느낄 수 있었다.

아마 망령의 건너편에서 이안을 주시하고 있으리라.

"이안 페이지라고 한다. 그린리버 제국의 전대 상아탑주 허버트 레온으로부터 당신들, 네크로맨서와 접촉할 방법을 소개받았는데……."

이안이 평소보다 느릿한 어조로 말문을 이어갔다. 물론 노림수가 있었다. 허버트의 망령에게는 일부러 펼치지 않았던 능력, 그 능력을 이제야 사용해 보기 위함이었다.

[이안 페이지, 이안 페이지. 그 이름이라면 아마…… 그린리버 제국의 상아탑주가 아니던가……?]

보랏빛 망령이 이안을 보다 가까이서 관찰하고 싶은 듯 접근했다.

이안도 그에 호응하는 척 한 걸음씩 다가갔다. 이내 두 존재의 거리가 빈틈없이 가까워졌다.

[마치 드래곤과도 같은 힘을 부리는…… 심지어 백색의 드래곤조차 수족으로 부린다던 그…….]

보랏빛 망령의 중얼거림이 그쯤에 닿았을 때, 이안으로부터 뻗어진 손아귀 또한 보랏빛 망령에게 닿아 쑥하고 들어갔다.

[뭣……?!]

그뿐만이 아니었다. 망령의 안쪽으로 파고든 이안의 손바닥으로부터 황금빛 파동이 뿜어졌다. 그러자 망령을 이루었던 보랏빛 아지랑이 역시 황금빛으로 물들어갔다.

"메모리 이터."

메모리 이터.

기억을 먹는 자.

이안으로부터 탄생된 '9클래스 마법'이자, 대상의 기억을 단숨에 읽어내는 주문이었다.

과거였다면 방법을 알아도 감히 펼칠 수 없었던 주문이었지만, 지금은 얘기가 달랐다. 언어의 힘을 숙달함으로써 상당히 많은 요소가 평범한 인간에서 벗어나 버렸으니까. 가히 진화되었다 칭하기에 부족함이 없었다.

[무, 무슨 짓을……!]

"꼭꼭도 숨어 있군."

네크로맨서가 보낸 망령, 그 망령의 기억을 읽어낸 이안. 덕분에 은신처 또한 파악할 수 있었다. 정말이지 한순간에 일어난 사태였다.

"기다려. 어디 가지 말고."

본능적으로 상황이 꼬였음을 감지한 네크로맨서, 그가 황급히 망령을 소멸시켰다. 그럼에도 이안은 여유로웠다. 눈 깜빡하는 새 도착할 수 있는 위치였으니까.

'세상 어디든 마찬가지다만.'

피식 웃은 이안이 이번에는 허버트의 망령을 바라봤다. 비록 갈 땐 가더라도, 머물었던 자리는 깔끔하게 청소해 놔야지 않겠는가?

"수고했어. 큰 도움 받았네."

[허, 허면 이제 유, 육신을…….]

"아, 줘야지. 약속했으니까."

[오오……!]

"다시 태어나."

[……뭐?]

"뭐로 태어나든 육신은 있잖아?"

틀린 말은 아니다.

인간으로 다시 태어나든, 박쥐로 다시 태어나든, 거미로 다시 태어나든, 무엇이 되었든 육신은 육신 아니겠는가?

이안이 너그러운 마음으로 언어의 힘을 펼쳤다. 그 대상은 허공에 멈춰져 있던 페어리 퀸의 가루였다.

[이 개새……!]

그것이 전 상아탑주 허버트.

그가 맞이한 두 번째 죽음이자.

영원하고도 완전한 소멸이었다.

쿠구궁—!

이는 네크로맨서들의 은신처, 흑마법으로 꽁꽁 막힌 통로의 결계가 무참히 폭발하는 소리였다.

퍼어어어엉—!

곧바로 이어진 폭발음은 조금 더 꺼림칙하고 질척거렸다. 그럴 수밖에 없었다.

이번 건 입구의 결계가 아닌, 몇몇 네크로맨서들의 육신이 터져나가는 소리였으니까.

"저놈이 어떻게 여길……!"

"저, 저게 인간이라고……?"

"으아아아아아아아아악!"

이안은 은신처를 박살 냈다.

몇몇 네크로맨서조차 학살했다.

물론 이안도 이렇게까지 하고 싶진 않았다. 문제는 네크로맨서들의 보여준 대응이었다.

적당한 선에서 반항했다면 죽이진 않았을 거다. 하나 놈들은 처음부터 인질극에 나섰다. 온갖 흑마법의 재물 및 실험체로 사용했던 무고한 사람들을 앞세워 이안의 접근을 늦추고자 했다.

덕분에 이안의 마음 한구석 남아있던 자그마한 자비가 거

센 파도로 하여금 말끔히 씻겨나갔다.

(저놈.)

퍼엉-!

(저놈도.)

퍼어엉-!

(저기 저놈까지.)

퍼어어엉-!

이안이 가리키는 네크로맨서마다 처참한 최후를 맞이했다.

그들은 도망치던 모습 그대로, 유언은커녕 일말 비명조차 남기지 못한 채 핏물만 뿌리며 바스러졌다.

"안으로 들어가십시오. 가셔서 이안 페이지가 보냈다고 말씀하시면 도움을 받으실 수 있을 겁니다."

이안이 페이지 재단 사무실로 통하는 포탈을 생성하며 말했다. 그 호의의 대상은 인질들, 그러니까 흑마법의 실험체 및 재물로 쓰였던 사람들이었다.

"시간이 없으니, 어서."

모두를 포탈 너머로 보낸 이안, 그가 네크로맨서 은신처의 가장 깊숙한 곳으로 내려갔다.

그 과정에서 수많은 언데드 하수인과 네크로맨서의 공격, 마나 트랩 등이 끊임없이 펼쳐졌으나, 그 무엇도 이안을 저지할 순 없었다.

'동굴에 박혀 사는 놈들이 뭘 이렇게 쌓아놨어?'

은신처 최하층에는 화려한 철문 하나를 비롯해 엄청난 양의 금은보화가 보관되어 있었다.

아마 전 상아탑주와 허버트 같은 미치광이 마법사들에게 타락한 지식을 팔아가며 쌓아올린 수익이리라.

'엄한 놈들 배만 불려줬군.'

고개를 절레절레 흔든 이안, 그가 한구석에 설치된 철문 앞으로 걸어갔다. 어지간한 방법으로는 열 수 없게끔 만들어진 '마법의 철문'인 것 같았는데…….

쾅-!

문제는 이안이 '어지간한 존재'가 아니라는 거다. 이미 그 표현은 한참하고도 아득하게 넘어섰으니까.

파스스스스…….

박살 나버린 채로 무너진 철문.

그 뒤로 펼쳐진 마지막 공간.

그곳은 한눈에 보기에도 고가의 보물들이, 몽환 약에 잔뜩 취한 채 널브러진 여인들이, 네크로맨서 종파의 비기가 담긴 흑마법서들이, 마지막으로 살아남아 숨어든 몇몇 네크로맨서들의 모습이 드러났다.

"여기 있었네."

이안이 만족한 듯 웃었다.

이 상황을 바꿔 말하자면 그랬다.

굴러들어온 김에 챙겨갈 보물이.

찾은 김에 처리할 네크로맨서가.

발견한 김에 구해줄 사람들이.

또한 마지막으로.

"다들."

이안의 흑마법적 소양을 높은 곳으로, 한층 더 고강한 수준까지 이끌어 줄 수단. '최고급 흑마법서'가 사방에 즐비한 상황이었다.

"꽤 많네."

깔끔하게 청소를 마무리시킨 이안. 그가 사방으로 펼쳐진 높고 커다란 책장을 둘러보며 말했다.

정말이지 어마어마한 양의 서책이 차곡차곡 꽂혀있었다. 심지어 서책 중 대다수가 '흑마도서'일 터. 시중에서는 밀거래로도 감히 구해볼 수 없는 최고급 흑마도서 말이다.

"으으으……!"

"갑자기 왜 우, 우리를……?"

이안이 살려둔 소수의 네크로맨서들, 저마다 화려한 로브와 장신구로 치장한 꼴이 고위급에 속하는 놈들인 것 같았다. 굳이 표현하자면 고위 네크로맨서 정도일까?

"여기 있는 거 말고, 따로 보관 중인 흑마도서가 있나? 솔직하게 말하면 살려는 줄게."

속이 빤히 보였으나, 결국 핥게 되는 달콤한 제안이 고위 네크로맨서들을 살살 구슬렸다.

대답만 솔직하게 한다면 살려주겠다, 이런 제안을 하는 놈들치고 살려주는 놈 없다지만, 그럼에도 따르게 되는 묘한 매력의 제안이었다.

"그, 그럴 리가 있겠습니까? 저희가 일생을 다 바쳐 보관해 온 흑마법의 정수입니다! 믿어주십시오!"

"그렇군. 잘 알았다."

퍼엉-!

네크로맨서의 머릿수가 더더욱 줄어들었다. 이제 숨통이 붙은 네크로맨서는 두 명만 남았다. 일종의 '예비인력'이었는데, 이안이 단기간에 완벽한 흑마법적 성취를 이룰 수 있도록 옆에 두고 며칠간 써먹을 작정이었다.

"자."

이안의 손뼉소리가 탁하고 울렸다. 모든 흑마도서를 독파해 내기 위한 환기였다.

권수가 많다곤 하나, 언어의 힘을 숙달한 이안에게는 남들보다 편리한 수단이 존재했다.

(메타모포시스, 리더.)

메타모포시스Metamorphosis.

리더Reader.

이안의 눈으로부터 푸른색 안광이 겨울날 입김처럼 피어올랐다.

'메타모포시스, 마나'가 육신을 마나 친화적으로 탈바꿈해준다면, '메타모포시스, 리더'는 표현 그대로 '읽는 자'가 강신하는 주문이었다. 지속시간에 한해서 문자로 이루어진 모든 이치를 읽어내고, 즉시 암기하며, 완벽하게 이해할 수 있는 존재, 그것이 바로 '읽는 자'였다.

'삼 일 내로.'

이안이 한쪽 팔을 들어 올렸다. 그가 손짓 한번 크게 휘두를 때마다 책장에 꽂혀 있던 흑마도서들이 저 스스로 튀어나왔다. 어디 그뿐일까?

마나를 머금은 채로 펼쳐지더니 곧 허공에 푸른색 문자까지 우르르 뿜어냈다.

'독파한다.'

영롱한 푸른빛의 문자들.

문자의 한복판에 우뚝 선 이안.

그리고 그 문자들을 빠르게 훑어낸 이안의 푸른색 눈동자.

'반드시.'

바야흐로 이안의 흑마법 독파. 프란 페이지의 마수에 대항하는 본격적인 첫 행보가 시작되었다.

"오, 오늘부로 이안 페이지 님께서는 대륙 최고의 네크로맨서가 되셨습니다! 밤과 죽음의 황제로 등극하게 되신 것을 축하드립……!"

"아부는."

새까만 기운, 검붉은 기운, 진한 보랏빛의 기운에 이르기까지 차례차례 찍어 누른 이안. 그가 그 중구난방으로 파멸적인 기운들을 갈무리하더니 톡 쏘듯 읊조렸다.

"그렇게 살고 싶어? 내 마법에 죽으면 고통도 없을 텐데."

"저흰 아직 죽을 준비가……."

"지금껏 희생시킨 사람들은 다 죽을 준비가 되어서 죽인 건가?"

"그, 그것은……."

다짐했던 삼 일이 지났다. 아니, 삼일도 채 소모되지 않았다. 삼 일째의 해가 조금 전에 떨어졌으니 말이다. 엄밀히 따지자면 이틀하고도 절반이 소모된 셈이었다.

"아니지?"

"저, 저는 그저 명령에 따라……."

"네놈이 제일 윗대가리잖아."

"느, 늙기만 했을 뿐입……."

"입만 열면 거짓말이지."

단 두 명의 생존자, 그중 가장 연로한 네크로맨서가 몸뚱이를 낮췄다. 이안의 눈치도 살금살금 살폈다. 살아남고자 온 힘을 다하는 모양새였다. 이쯤 되면 다 빼앗고 살려만 줄까도 싶을 법하건만…….

"정해 봐. 마나 하트 박살 나고 벙어리 될래, 아니면 그냥 죽을래?"

"……."

"개인적으로 후자를 추천하긴 하는데, 깔끔하잖아."

"아, 아, 아닙니다! 절대로 그렇지 않습니다!"

머리를 조아리다 못해 쿵쿵 찧기 시작한 네크로맨서들, 물론 아무리 그래 봐야 이안의 마음을 움직이기란 불가능에 가까웠다.

"그럼 이렇게 하자. 한 놈만 살려줄게. 누가 대표로 죽을지는 뭐, 알아서 정하고."

무책임하게 내던져진 제안, 그 어이가 없는 제안만 남긴 채 등까지 획 돌려 버리는 이안이었다. 더는 신경조차 쓰기 싫다는 듯 흑마도서까지 펼쳤다.

"정해지면 말해."

둘 중 하나만 죽이겠다, 그러니까 죽을 놈은 너희끼리 정해라. 실로 잔인하기 짝이 없는 제안이었으나, 이안은 솜털만큼도 관여치 않았다. 오직 두 네크로맨서, 그들만의 치열한 눈치 싸움이 시작된 거다.

"……."

"……."

무거운 침묵으로 일관되길 수십 분, 이윽고 네크로맨서의 쉬어버린 목소리가 들렸다. 둘 중 그나마 젊은 축에 속하는 네크로맨서였다.

"이자! 이자가 죽어야 마땅합니다! 늙었을 뿐이라며 부인했습니다만, 사실 이 노인네야말로 무고한 자들을 제물로 희생시키기 시작한 원흉이자 장본인입니다!"

조금이나마 젊은 네크로맨서.

그가 작정하고 말문을 쏟아냈다.

동료애 따위는 존재하지 않았다.

옆에 놈이 죽어야 자신이 산다.

남은 건 오직 그뿐이었다.

"이, 이놈……!"

"이 노인네가 우리 모두의 우두머리였습니다! 지금껏 일으켰던 모든 악행의 원흉이기도 합니다! 저 같은 잔챙이보다야

이 노인네를 본보기로 처리하심이……!"
"그만."
이안이 흑마도서를 덮었다.
천천히 자리에서 일어났다.
두 네크로맨서 앞으로 걸어갔다.
"늙은이가 죽어야 한다, 이거지?"
"그렇습니다! 그렇고말고요!"
"허허……."
이안의 확인에도 젊은 네크로맨서만 길길이 날뛸 뿐, 늙은 네크로맨서는 그저 허탈한 웃음만 지어보일 뿐이었다. 포기했다기보다는 짙어진 절망의 표현인 것 같았다.
"좋아."
"……!"
이안의 손바닥이 무심하게 뻗어졌다. 동시에 늙은 흑마법사의 눈이 질끈 감겼다. 곧 핏물 한 줌만 남긴 채 몸뚱이가 터져나갈 터.
퍼엉-!
익숙한 폭발음이 울려 퍼졌다. 고깃덩이로 변해 버린 몸뚱이 역시 바닥으로 후두둑 후두둑 떨어졌다.
"……?"
한데 어딘가 이상했다. 아무런 느낌도 받지 못했다. 육신이 박살 난 탓에 아무것도 느끼지 못한 걸까? 아니, 그럴 리는 없다.
늙은 네크로맨서가 한쪽 눈을 천천히 떠봤다.

"무, 무슨……."

가장 먼저 시야에 들어온 존재. 그것은 응당 손바닥을 쭉 뻗은 이안이었다. 문제는 손바닥의 방향이었는데, 그 손바닥은 결코 늙은 네크로맨서를 향하지 않았다. 조금 더 비스듬히 빗겨져 있었다. 즉, 젊은 네크로맨서를 향하고 있었다는 거다.

"일이……?"

사방에 마치 딱지처럼 눌어붙어버린 고깃덩이, 그 육편의 주인은 늙은 네크로맨서가 아니었다.

"요즘 말 많은 놈이 싫더라."

이안이 냉소와 함께 뇌까리며 고깃덩이가 된 젊은 흑마법사의 사체를 바라봤다. 보기만 해도 역한 광경이었으나, 이안은 그 광경으로부터 눈을 떼지 않았다. 반드시 확인해야 할 결과가 있었으니까. 일종의 실험이기도 했다.

(불사의 육신을 내리겠다.)

최고위 흑마법과 언어의 힘이 결합된 권능. 그 진보된 주문이 시체조각을 하나하나 휘감았다. 물론 시간이 촉박했기에 이론만 세워뒀을 뿐, 실전은 처음이었다.

"그어어어어……."

한데도 이안의 주문은 성공 가도를 달렸다. 갈기갈기 박살났던 젊은 네크로맨서의 몸뚱이가 어느새 본래의 모습으로 되살아났으니까.

"허억……?"

그 광경에 늙은 네크로맨서조차 놀라움을 감추지 못했다.

실로 감쪽같지 않던가? 언데드 특유의 기워 붙인 듯 어설픈 모양새조차 보이지 않았다. 변질된 점이라고는 고작 새까맣게 물든 머리칼, 다소 창백해진 피부 정도가 전부였다. 그 외에는 죽기 직전 모습 그대로 되살아난 셈이었다.

"대체 어찌하신 겁니까……?"

되살아난 존재를 멍한 눈으로 바라봤던 네크로맨서, 제 처지조차 잊어버린 듯 질문까지 내뱉었다.

"궁금한가?"

"아, 알려주실 수 있겠습니까?"

"당연히 안 되지."

"그런……."

"팔자 좋군."

"히이익……!"

무감정으로 똘똘 뭉친 이안의 눈빛과 어투에 네크로맨서가 정신을 차렸다. 곧바로 땅바닥에 넙죽 엎드려 싹싹 빌기 시작했다. 아직 안심할 수 없음을 뒤늦게나마 감지해 버린 탓. 아니, 덕분이었다.

"제, 제발 살려……."

"줄게."

"예……?"

"살려준다고."

이안이 늙은 네크로맨서의 심장 쪽으로 손바닥을 뻗었다. 심장 속 마나 하트를 먹통으로 만들기 위해서였고, 그렇게 만들어줬다.

"쿨럭!"

그 여파로 늙은 네크로맨서가 붉은 피를 고통스럽게 게워 냈다. 마나 하트를 잃어버린 노쇠한 몸뚱이, 그는 이제 평범함 이하의 노인네나 마찬가지인 셈이었다.

"그 상태로 얼마나 살 수 있겠냐만, 남은 시간 천천히 죽어가면서 후회하는 것도 나쁘진 않겠지."

그렇다. 마나 하트란 초월적 장기를 박살 내버렸다. 육신은 물론 정신까지 엄청난 타격을 입었을 터, 당장은 문제가 느껴지지 않더라도 곧 증상이 나타나리라.

"그럼 잘 버텨봐."

더 이상 네크로맨서의 은신처에 볼일이 남지 않은 이안, 그가 텔레포트 주문을 발동시켰다. 물론 여전히 안심할 순 없었다. 아주 급하면서도 자그마한 불씨만 껐을 뿐.

'이제부터 시작이다.'

물론 자그마한 불씨라 하여 위협적이지 않다는 건 아니었다. 오히려 아주 긍정적인 상황과 전개의 신호탄이나 마찬가지였다. 이로서 인류는 동부 대초원 불사의 군단에게 당당히 맞설 수 있는 수단을 얻게 되었으니까.

'바빠 죽겠군.'

고생 끝에 수단을 얻어냈으니, 이제는 그 주인부터 찾아줘야 할 터. 이안의 육신이 새하얀 빛줄기와 함께 사라졌다. 목적지는 그린리버 제국의 황궁, 그 안에서도 가장 삼엄한 경계를 자랑하는 황제, '테리 그린리버'의 집무실이었다.

"자네……?"

그 갑작스러운 방문에 황제의 눈이 휘둥그레졌다. 물론 불쾌하진 않았다. 이 제국에서 이안 페이지란 이름이 갖는 의미를 누구보다 잘 알았으니까. 나아가 황제 개인적으로도 은인과 같은 존재였다.

"폐하, 소신이 저지른 무례를 용서치 마시옵소서. 하오나 급한 사안이기에 도리가 없었사옵니다. 부디 잠깐이나마 폐하의 시간을 할애해 주실 수 있으시겠사옵니까?"

이안이 읍하며 말했다.

황제 역시 고개를 끄덕였다.

칼을 뽑았던 호위 기사도 물렸다.

"상아탑주로서의 무례인가, 이안 페이지로서의 무례인가?"

"국난에 대응하는, 상아탑주로서의 무례이옵니다."

"그렇군. 하면……."

황제 테리 그린리버가 살피던 보고서들을 내려놨다. 황제의 인장 역시 제자리에 두었다. 대화에 몰입할 준비가 되었다는 표시였다.

"말씀하시오. 상아탑주."

이윽고 제국 최정상의 인사, 상아탑주 이안 페이지와 황제 테리 그린리버의 독대가 시작되었다. 물론 시작만 했을 뿐, 짧지 않은 침묵이 두 사람 사이에 흘러내렸다.

"동부 대초원에."

그 침묵의 종결자는 이안이었다.

"문제가 생겼습니다."

"어떤 문제를 말씀하시오?"

"초원에 존재했던 모든 생명, 원주민부터 몬스터까지 끔찍한 봉변을 당했습니다. 죽음으로부터 되살아난 존재, 언데드가 되었더군요."

"무, 무어라? 그게 사실인가?"

"한 치의 거짓 없는, 사실입니다."

갑작스럽고도 믿기 힘든 얘기에 황제의 표정이 복잡해졌다. 거대한 땅의 모든 생명이 봉변을 당했다니? 선뜻 믿을 수 없는 얘기였다.

"으음……."

이안의 보고를 사실로 가정한 황제, 그가 계속해서 질문을 이었다.

"상아탑주. 짐은 그대의 말을 누구보다 신뢰하오만, 그래도 그 말을 확인할 방법이 필요하오."

황제는 이안의 말을 믿었다. 하나 그다음이 문제였다. 어떤 대책을 내놓기 위해서라도 확인이 필요했다. 그래야 인력이 되었든, 다른 무엇이 되었든 행동할 수 있을 터.

"물론입니다."

이안도 공감한바, 집무실 허공에 거대한 마력의 구체가 생성해냈다. 그 반투명 구체로부터 대초원의 여러 풍경이 비쳤다. 표현 그대로 텅텅 비어버린, 무생명의 초원으로 전락한 모습을 말이다.

"지, 지금 이게 정말 동부 대초원의 모습이란 말이오?"

"그렇습니다. 육안으로 보이지는 않사오나, 땅속에 숨어

들어 있더군요. 다음 장면을 보시면……."

구체의 장면이 전환되었다. 바로 '불사의 군단'이 땅속으로부터 나오는 장면이었는데, 이안의 기억을 통하여 비치는 시각적 정보였다.

"이런 식으로 말이죠."

"허어, 어찌 이런……!"

황제가 놀라움을 금치 못했다. 물론 그것도 잠시간일 뿐, 빠르게 평정심을 되찾았다. 현 황제의 특기이자 통치의 요소 중 하나였다.

"상아탑주, 솔직히 다른 이가 이런 보고를 올렸더라면 쉽게 믿지 않았을 것이오. 저 구체의 장면 역시 조작된 술수쯤으로 여겼겠지. 원칙대로 조사단을 파견해 진실부터 파악하는 것이 순서겠으나, 지금은 얘기가 조금 다르겠지."

다른 누구도 아닌, 이안 페이지가 최초 보고자다.

그 이름이 갖는 의미를 모를 리 없을 터. 황제 특유의 재빠르고 정확한 판단력이 빛을 발하기 시작했다.

"또한, 이렇게 급히 보고부터 올린다는 것은 그대가 직접 처리할 수 있는 문제도 아니란 뜻일 터."

"폐하의 혜안이 옳으십니다. 소인은 동부 대초원을 죽음의 땅으로 만든 존재, 그 거악의 계획에 대항하는 것만으로도 여유가 부족합니다. 하여, 초원의 일은 저를 제외한 모든 분에게 맡기고자 합니다."

"그 거악이란 존재가 누구인지, 아니 무엇인지 알 수 있겠소?"

"최초의 마법사를 아십니까?"
"알지. 탑주 그대가 처음 세간에 이름을 알렸을 때, 그 존재의 환생이라며 소문이 자자하지 않았소?"
"그랬었지요."
새삼 옛 기억을 되짚어봤던 이안. 그러나 실상은 환생이 아니라 핏줄, 아니, 과거로 돌아간 본인이었을 줄이야.
물론 그렇게 구구절절한 이야기까지 나눌 수는 없었다.
"그 이름으로 알려진 존재, 최초의 마법사가 바로 거악입니다."
"……."
정말이지 얼토당토않은 소리. 하지만 발언자가 이안이기에 외면하기도 힘들었다.
"아마 그 대답에는, 짐이 가늠한 수준보다 훨씬 더 심대한 배경을 품고 있겠지."
"부정하지 않겠습니다."
"그런가."
황제가 두 눈을 지그시 감았다.
생각할 시간이 필요한 탓이었다.
오래 걸리지는 않았다.
"많은 것을 묻고 싶지만, 또 들어야 마땅하나. 탑주의 얼굴을 보아하니 아직 때가 아닌 것 같군."
"송구하옵니다. 하지만 폐하께서 말씀하신 그대로 촌각을 다투는 문제입니다."
"해서, 짐이 어찌해 주기를 바라시오? 허심탄회하게 말씀해 보시게.”

“이 도시를, 제국을 노리는 적이 발견되었습니다. 가히 대군을 이루었죠. 바로 그러한 적을 발견했을 때, 폐하께서 내리실 판단을 하여주셨으면 합니다.”

“짐이 내릴 판단이라…….”

황제가 턱수염을 가볍게 매만졌다. 판단이라면 어렵지 않았다. 적이 존재하고, 의도가 분명하다. 심지어 그 위치까지 알고 있다.

가만히 앉아서 기다릴 수는 없을 터.

“전쟁보다는, 토벌이 어떻소?”

“소인의 생각과 같으십니다.”

콜드우드 제국의 수상쩍은 움직임으로 취소되었던 동부 대초원 토벌, 그 삼국 협정하에 출범되기 일보 직전이었던 대규모 토벌대가 한 박자 늦게 소집될 차례였다.

“우리에게 주어진 시간적 여유가 정확하게 얼마나 되오?”

“육 일 남았습니다.”

“촉박하군. 탑주께 부탁을 하나 드리겠소. 도성 내 모든 고위급 관료, 장성 이상급 군인, 고위급 마법사, 단장 이상급 기사는 물론 각 영지의 대영주 및 대리인까지 모두, 지금 즉시 이곳 집무실로 소집해 주길 바라오.”

그야말로 제국을 쥐락펴락하는 최고위 인사들의 소집령이 방금, 황제의 명령하에 떨어졌다.

“가능하시겠소?”

물론 어렵지 않았다.

상아탑주, 이안에게는 말이다.

포탈, 그리고 텔레포트 마법.

두 가지 주문이 존재했으니까.

"분부대로 하겠나이다. 폐하."

"협조하시는 게 좋을 겁니다."

흐르는 시간처럼, 삼국 대토벌군의 편성 및 작전 준비도 순식간에, 차곡차곡 진행되었다.

먼저 이안은 콜드우드 제국과 로 공국의 협조를 구했다. 콜드우드 쪽은 어려울 게 없었다. 이안이 얼굴 한번 비추는 것만으로도 자지러지는 놈이 사실상 최고 통수권자 아니던가?

"아, 아무리 그래도……."

"이번 일에 전력으로 협조를 해주신다면, 약속하건대 전하의 침소나 집무실을 마음대로 찾아오는 일도 멈추도록 하겠습니다."

"……진심이시오?"

"밑져야 본전 아니십니까?"

"그건 그렇지만……."

"싫으면 마시고."

"이, 인류 전체의 생존을 위한 대업! 본국 또한 큰 보탬이 되도록 만고의 노력을 다하겠소이다!"

물론 로 공국 역시 거절하기란 불가능에 가까웠다. 이안이 직접 나선 이상, 아무리 좋은 회유와 제안도 협박이나 마찬가지였으니까.

"자세한 논의는."

이안이 콜드우드 제국과 로 공국에게 통신구 하나씩을 건넸다.

"이 통신구를 통해 나누십시오."

무려 국가 간 통신을 가능케 만들어주는 아티펙트 통신구였다.

마도 공학자 장인 스람의 작품이었는데, 공개 시기가 최소한 천 년은 이르다며 거절당했으나, 이번 사안에만 사용하고 회수하는 조건으로 어렵사리 대여할 수 있었다.

"그럼."

이안의 다음 행선지. 그곳은 공학자 스람의 '지하공방'이었다. 비행포격선 '용의 심장'의 보관이 이루어지는 초대형 공간 말이다.

"오……."

동시에 감탄할 수밖에 없는 이안이었다.

거대한 거치대로 공중에 붕 뜬 모양새인 비행포격선, 그 아래 달린 거대하고도 묵직한 '무언가'를 목격해 버린 까닭이었다.

"벌써 완성된 겁니까?"

이안의 물음에 마도 공학자 스람이 가슴을 탕탕 쳤다. 온갖 기름과 얼룩으로 범벅된 얼굴, 팔뚝, 옷가지였으나 그 표정만큼은 밝았다.

"그걸 말이라고. 워낙 어마어마한 놈이라 성능 확인까진 어렵겠지만, 딱히 확인해 보지 않아도 불량 가능성은 없을 거요. 영향력의 오차범위도 마찬가지일 거고."

"아무렴요. 누가 만드신 건데."

이안이 비행포격선 아래 매달린 '타원형의 물체'에서 좀처럼 눈을 떼지 못했다. 마치 비행 도중 뚝 떨어뜨리려고 제작된 모양새였다.

"그럼 제가 말씀드린 사항들, 염치없지만 계속 부탁드리겠습니다."

정중하게 인사를 올린 이안이 저택으로 돌아왔다. 래디오와 더글라스의 연금술 연구실이 오늘 마지막 행선지였다. 그들의 연구 결과에 따라 향후 행방도 달라질 터.

그때였다.

(인간.)

익숙한 여인의 목소리.

꽤나 반가운 음성이기도 했다.

이안이 알려준 대로 드래곤을 만나고 돌아온 페어리 퀸이었으니까.

"오셨습니까. 여왕님."

(흐응, 네놈에게 익숙한 기운이 느껴진다. 아타르 하카, 그분께서 내려주신 은총이더냐?)

"도움을 좀 받긴 했습니다."

(항상 어둠 속에만 머물기를 선호하시던 분이거늘, 아무래도 네놈이 꽤 마음에 드신 모양이구나.)

"뭐, 그런 셈이죠."

틀린 말은 아니었다. 아타르 하카 역시 '마음에 든다'라는 표현을 실제로 사용하지 않았던가?

(그 말은 즉, 그분들과의 동맹을 환영한다는 뜻이겠지?)

"그야 여왕께서 가져오신 대답에 따라서 달라질 것 같습니다만."

페어리 퀸이 가져왔을 대답.

수장 리시스 라덴쥬의 의지.

귀를 기울이는 이안이었다.

(그분께서는, 너와의 동맹을 모든 일족에게 공식적으로 선언하셨느니라. 모든 사태가 마무리된 뒤에도 너와 네 주변을 해하거나, 주시하시지 않을 것이다.)

"그것뿐입니까?"

(무엇이 더 필요하지?)

"달랑 말 몇 마디일 뿐인데, 어찌 마음을 놓을 수 있겠습니까?"

(내 목숨.)

이안의 반발에 페어리 퀸, 그녀가 결연한 어조로 대꾸했다.

(만약 그분께서 약속을 어기신다면, 기꺼이 내 목숨을 내놓겠다.)

"부족합니다."

(지금 이 몸께서 목숨을 내놓겠다는 데도 부족하다는 게냐?)

"네. 부족합니다."

하지만 이안의 목소리가 더더욱 단호하기 짝이 없었다. 목숨을 내놓겠다.

참으로 확고한 의지가 엿보이는 말이긴 하다만, 이안에게는 전혀 중요치 않았다. 이미 문제가 발생한 뒤 페어리 퀸을 죽인다 해도 무슨 소용이 있겠는가?

"저는 보다 확실한 장치를 원합니다. 여왕님의 목숨은 추상적인 의미에 불과할 뿐, 아무런 장치도 될 수 없죠. 잘 아시지 않습니까?"

(…….)

페어리 퀸의 말문이 잠시간 멈춰 버렸다. 사실 그녀도 알았다. 자신의 목숨을 걸어봐야 아무짝에도 쓸모없음을, 설득할 수 없음을.

(그렇게 얘기해도 말이다. 방법이 없지 않느냐? 내 너에게 간곡히 부탁하마. 지금껏 네 가족 곁을 지켜준 노고를 생각해서라도, 그분들의 뜻을 믿어줄 순 없겠느냐?)

'결연'의 다음은 '처연'이었다. 항상 오만함을 유지하는 그녀에게 좀처럼 보기 힘든 분위기였다.

"여왕님의 은혜는 항상 감사하게 생각하고 있습니다. 지금도 그렇고, 앞으로도 마찬가지일 겁니다."

(그러니까, 그러니까 내 말을 믿어달라는 거다. 네가 그분들을 적으로 간주한다면 너와 나, 그리고 네 가족 또한 적이 되어버리고 말 테니까. 그렇지 않느냐?)

이안이 침묵하는 가운데, 그녀가 계속해서 말문을 이어갔다.

(나는…… 솔직히 모르겠다. 네놈과 네놈의 가족, 백 년도 채 살지 못하는 미천한 족속들과 고작 몇 년을 보냈을 뿐인

데…… 싫구나. 정말 싫구나. 이리 허무하게 너희와 척을 지고 싶진 않아. 그러니까 제발, 제발 내 말을 믿어다오. 인간. 아니…… 이안 페이지.)

단언컨대 처음이었다.

페어리 퀸이 이안을 이름으로 부르는 것은. 언제나 '인간,' 혹은 '네놈'으로 일관되지 않았던가?

"……."

페어리 퀸의 간곡하고도 간절한 부탁 때문일까, 이안은 한동안 말을 이을 수가 없었다.

이안이 품고 굳혔던 가치관에 격렬한 진동이 찾아왔다. 처음 라그나르의 손아귀에 독살을 당했을 때, 하여 30년이란 세월을 되돌렸을 때. 다시는 누군가를 믿지 않겠다고 다짐했었다. 분명 그렇게 결심하고, 수없이 되새겨 가슴 한구석에 각인시켰다.

'하지만…….'

과연 지금 이 순간도 불신으로 일관하는 것이 옳은 걸까? 페어리 퀸의 부탁마저 단칼에 거절하는 것이 더 올바른 결과를 가져다줄까? 글쎄, 확신하기가 어려웠다.

"……저는."

실로 오래도록 지속하였던 적막함의 끝에서, 결심을 내린 이안의 입가가 천천히 떨어졌다.

to be continued

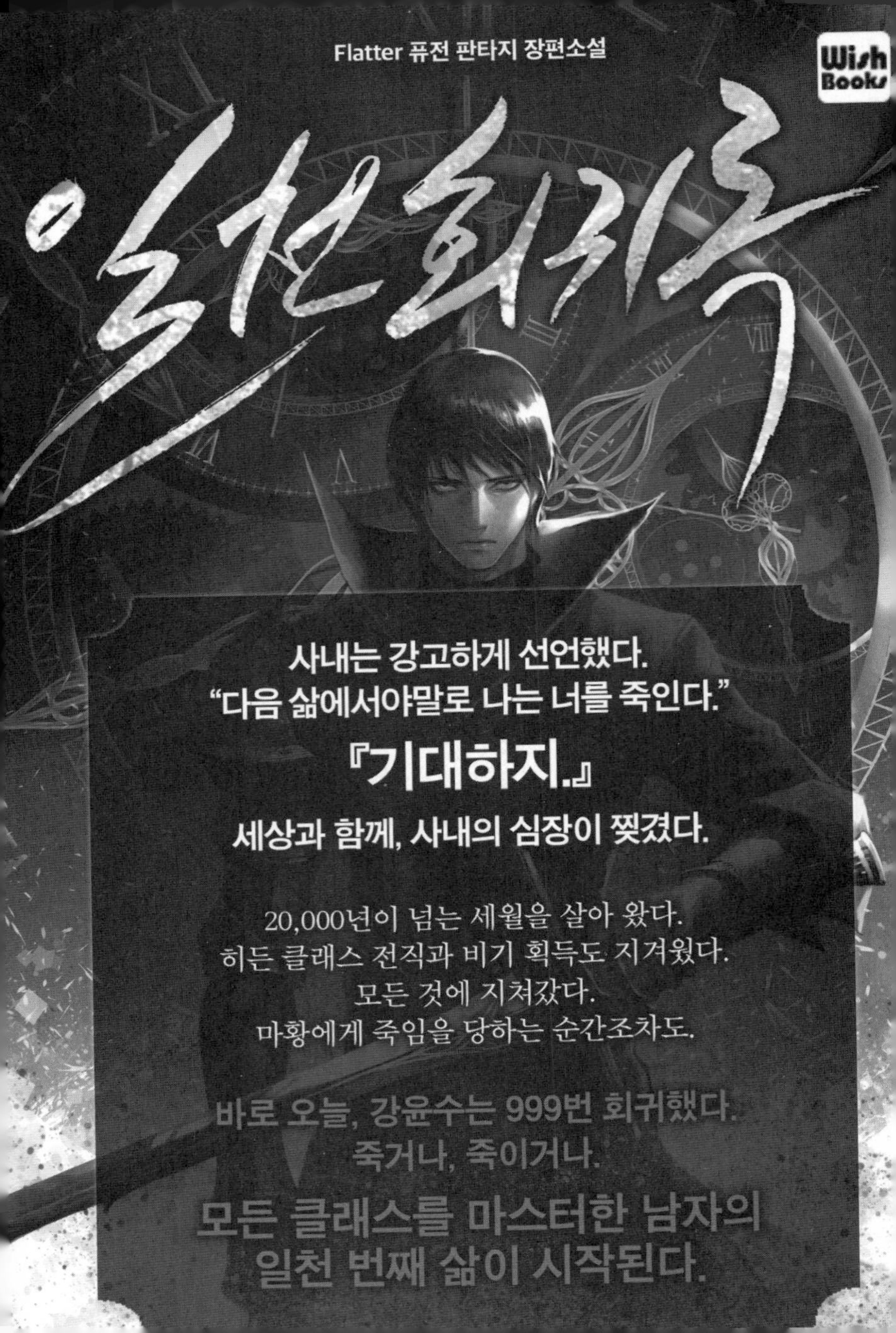
Flatter 퓨전 판타지 장편소설
Wish Books
일천회귀록
사내는 강고하게 선언했다.
“다음 삶에서야말로 나는 너를 죽인다.”
『기대하지.』
세상과 함께, 사내의 심장이 찢겼다.
20,000년이 넘는 세월을 살아 왔다.
히든 클래스 전직과 비기 획득도 지겨웠다.
모든 것에 지쳐갔다.
마황에게 죽임을 당하는 순간조차도.
바로 오늘, 강윤수는 999번 회귀했다.
죽거나, 죽이거나.
모든 클래스를 마스터한 남자의
일천 번째 삶이 시작된다.